W0407834

Mr Griswolds Bücherjagd
Der Unlösbare Code

Ich widme dieses Buch Ellen, in Erinnerung an ihre Mutter Michelle Begley, und Kate DiCamillo, weil Michelle das gefallen hätte.

JENNIFER CHAMBLISS BERTMAN

MR GRISWOLDS BÜCHERJAGD

· DER UNLÖSBARE CODE ·

Aus dem Englischen von Elisa Martins

MIXTVISION
Weiter. Erzählen.

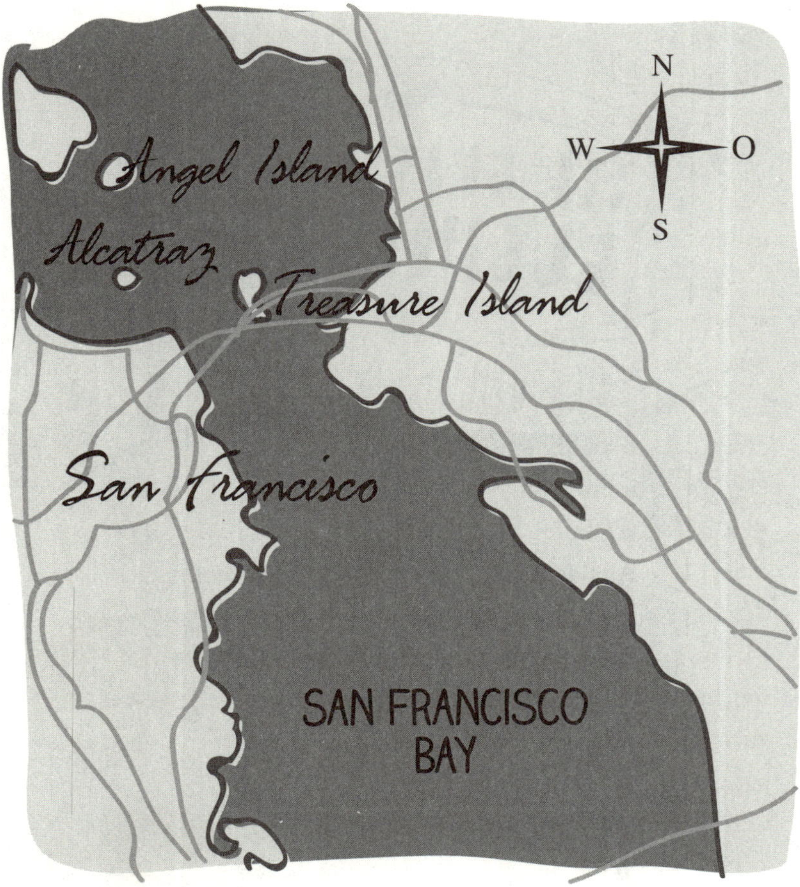
N
W
O
S
Angel Island
Alcatraz
Treasure Island
San Francisco
SAN FRANCISCO
BAY

Der Phoenix mischte sich an der Bushaltestelle unter die wartenden Leute. Er trug Handschuhe und hielt einen Pappbecher in seiner Hand. Jeder Blick, der ihn streifte, hätte ihn als durchschnittlich, nichtssagend eingestuft.

So war es und so war es schon immer gewesen. Die Leute unterschätzten ihn.

Das war ein Fehler.

Der 10er-Bus bog um die Ecke und kam vor dem Washington Square zum Stehen. Bevor er sich anstellte, um in den Bus einzusteigen, hielt der Phoenix den Becher an seine Lippen und tat so, als würde er einen letzten Schluck nehmen. Dann zog er ein Kaugummipapier aus seiner Tasche, ließ es in den Becher fallen und stellte ihn auf die Parkbank neben einen grünen Beutel mit Reißverschluss. Er war der Letzte, der in den Bus stieg. Er nahm die zwei Stufen in einem Satz, hielt sein Ticket dem Busfahrer hin, der kaum von ihm Notiz nahm, und ging den Gang nach hinten, an Leuten vorbei, die zu sehr mit ihren Handys, ihren Taschenbüchern, ihren Zeitungen, ihren Tablets oder dem stumpfen Beat, der in ihren Ohren dröhnte, beschäftigt waren, um ihm Aufmerksamkeit zu schenken.

Er setzte sich hinten an ein Fenster, damit er den Blick auf die Bay in der Ferne vor Augen hatte, während sie den Hügel hinaufkrochen. Der Himmel hatte sich in ein tiefes, rauchiges Blau verwandelt und drängte die schwindende Glut des Sonnenuntergangs unter den Horizont. Alcatraz war ein schwarzer Klumpen auf dem schimmernden Wasser.

Während er aus dem Fenster sah, dachte er an den Abfall, den er zurückgelassen hatte. An den Pappbecher, in dem Wasser gewesen war, und keine Kaffeereste. Das Kaugummipapier, das nicht flach gedrückt war, sondern einen kleinen, silbrig weißen Würfel enthielt. Er dachte daran, wie das Wasser vom Papier aufgesogen wurde und sich seinen Weg durch die Wachsschicht bahnte, bis es den Würfel erreichte.

Und wie es dann explodierte.

Es würde nicht so sensationell sein wie in den Filmen. So war es auch nicht gedacht. Durch die Explosion würde es einen Knall geben, der laut genug war, um Menschen und Hunde, die sich in der Nähe befanden, zu erschrecken. Das Feuer würde klein anfangen. Flammen würden zuerst den Becher verschlingen und sich dann rasant ausbreiten, auf den Beutel mit Reißverschluss daneben übergreifen.

Irgendwann würde er mal dableiben und zusehen. Das hatte er noch nie zuvor getan. Heute Abend jedoch war er auf dem Weg zu einer Bücherparty und schon spät dran.

2

»Tick, tack, tick, tack, tick, tack!«, rief Emily den leeren Flur hinab. Sie tippte ungeduldig ihre Absätze auf den Boden und rückte den Bücherjagd-Button an ihrem Kleid zurecht. Sie trug sonst selten Kleider, aber heute war ein besonderer Anlass. Ihre Mom hatte ein Strickkleid mit Kapuze für sie gefunden, daher fühlte es sich nicht so fremd an im Vergleich zu ihrem üblichen Hoodie-und-Jeans-Outfit. Außerdem waren ihre Stiefel flach. Gut dazu geeignet, die Straßen von San Francisco entlangzulaufen.

»Jetzt kommt endlich!«, rief sie drängend.

Matthews Tür ging auf. Das Apartment war lang und schmal, daher musste er nur zwei Schritte machen, um den Flur zu überqueren und sich zu ihr auf den Treppenabsatz zu gesellen. Ihr älterer Bruder trug Jeans und ein T-Shirt, das so bedruckt war, dass es wie ein Smoking aussah. Seine Haare waren schwarz gefärbt und steil nach oben gegelt. Emily zeigte mit fragendem Blick auf seinen Kopf und er antwortete: »Moderner Zylinder.«

Am anderen Ende des Flurs hüpfte ihr Dad auf einem Bein aus dem Elternschlafzimmer in die Küche und versuchte gleichzeitig, sich eine Socke anzuziehen.

»Brauche ich eine Krawatte?«, drang seine Stimme von hinten zu ihnen.

»Dad besitzt Krawatten?«, fragte Matthew.

»Er bewahrt sie in der Küche auf?«, entgegnete Emily. Sie ging eine Stufe hinunter, was sie näher zur Haustür brachte, als könnte das ihre Eltern dazu bewegen, sich zu beeilen. James, ihr bester Freund, der über ihnen wohnte, würde jede Minute mit seiner Familie auftauchen, um mit ihnen zu Hollisters Buchladen zu gehen.

Emilys Dad erschien mit einem Karton in den Händen, der noch immer nicht ausgepackt war, obwohl die Cranes nun schon seit drei Monaten in San Francisco wohnten. Er stellte ihn im Flur ab und zog ein Abtropfsieb, ein Kunstbuch über Diego Rivera und ein Stoffpäckchen heraus. Als er es aufrollte, entpuppte es sich als zwei Krawatten. Er stand vor dem winzigen Badezimmer der Familie auf dem Gang und betrachtete sein Spiegelbild, während er sich erst die blaue und dann die rote Krawatte unters Kinn hielt. »Die sind ein bisschen verknittert.«

Emilys Mom kam in einem langen Rock aus dem Schlafzimmer, der um ihre Knöchel wehte, und mit ihrer Kamera um den Hals, die sie wie eine Kette über ihrem Pullover trug. »Du wirst sicherlich eine Jacke brauchen, Matthew«, sagte sie. »Wenn wir zurückgehen, wird es bestimmt kühl sein.«

Matthew ging in sein Zimmer zurück und in genau diesem Augenblick läutete es an der Tür. Emily ballte verzweifelt ihre Hände zu Fäusten.

»Die Lees sind da«, sagte sie und nahm eine weitere Stufe in Richtung Tür. »Vergiss die Krawatte, Dad, du siehst super aus.«

Sein besorgtes Gesicht schmolz zu einem Lächeln. »Danke, Schätzchen.« Er warf die Krawatten zurück in den Karton. »Dann bin ich jetzt fertig.«

Kurz bevor es zum zweiten Mal läutete, stieß Matthew wieder zur Familie.

»Endlich«, sagte Emily.

Ihre Mom schnipste mit den Fingern. »Die Batterien für die Kamera. Ich habe sie im Ladegerät gelassen.« Sie eilte wieder den Flur hinab.

Emily seufzte.

◇◇

Die Cranes und die Lees stellten einen richtiggehenden Festzug dar, wie sie so den Hügel hinunterstapften. James' Großmutter lief vorneweg, ein zierlicher, energischer Anführer, der mit schwingenden Armen voranmarschierte, immer um die dürren Weihnachtsbäume herum, die auf dem Gehweg auf Abholung warteten. Emily, James und Matthew folgten dicht hinter ihr. Im Licht einer Straßenlaterne warf Matthews »Zylinder« einen Schatten, der ihn wie Frankenstein aussehen ließ. Die Mütter gingen hinter ihnen, tief versunken in ein Gespräch über Food-Fotografie. James' Mutter betrieb zusammen mit seiner Großmutter eine Catering-Firma für Chinesische Küche und Emilys Mutter war Grafikdesignerin und fotografierte nebenher. James' Vater, den Emily überhaupt erst einmal zuvor getroffen hatte, und ihr Dad bildeten das Schlusslicht.

Während sie die Straßen entlangliefen, dämmerte es langsam, aber so richtig dunkel wurde es in ihrem Viertel eigentlich nie. In New Mexico, wo die Cranes früher gelebt hatten, war der Nachthimmel immer tintenschwarz und je länger man hineinstarrte, desto mehr Sterne erschienen, als würde eine unsichtbare Hand immer neue Löcher in den Himmel stechen. In San Francisco leuchteten Fenster in bernsteingelb in den drei- und vierstöckigen Wohnhäusern, die sich dicht an dicht die Straßen entlangdrängten und mit ihnen Straßenlaternen und Autolichter. Sterne waren da in dem hellen nächtlichen Himmel nur schwer zu entdecken.

Die Gruppe bog in die Polk Street ein, und ein Gefühl von Spannung flammte in Emilys Magen auf. Sie konnte nicht unterscheiden, ob sie nervös oder aufgeregt war.

Sie waren auf dem Weg zu einer Buchparty, die von der *Bayside Press* zur Feier eines bislang unbekannten Manuskripts von Edgar Allan Poe ausgerichtet wurde. Emily, James und Matthew hatten es vor ein paar Monaten gefunden – oder besser: gerettet. Heute abend sollten die drei dafür geehrt werden.

Im Schein der Restaurant- und Geschäftsfenster bemerkte Emily, dass in James' Haaren etwas funkelte.

»Trägt Steve etwa Glitzer?«, fragte Emily. *Steve* nannte James seinen Haarwirbel, eine Strähne, die einen eigenen Willen hatte. Steve stand sowieso meist in einer »Ta-daaa«-Pose von James' Kopf ab und das Funkeln stand ihm gut.

»Er wollte sich auch ein bisschen schick machen«, erwiderte James. Matthew nickte verständnisvoll.

Die Gruppe erreichte Hollisters Laden. Durch das Fenster sah man normalerweise einen gemütlichen, ruhigen Buchladen, aber für dieses Ereignis war etwas Platz geschaffen worden, und der freie Raum war voller Menschen. Als Emily sich vorstellte, wie jeder Einzelne seinen Kopf drehen und sie anstarren würde, wenn sie durch die Tür kam, wurde ihr Kleid sieben Nummern kleiner. Würde man erwarten, dass sie vor all diesen Leuten etwas sagte?

James' Großmutter stieß die Tür auf. Das Summen der Gespräche im Raum verschluckte die Glöckchen, die beim Öffnen der Ladentür normalerweise klingelten. Die meisten Leute, die sich in der Buchhandlung befanden, waren Erwachsene, eher langweilige Normalos, was diejenigen, die sich als Edgar Allen Poe verkleidet hatten, umso deutlicher herausstechen ließ, mit ihren altmodischen Anzügen, um den Hals geknoteten Tüchern und winzigen Schnurrbärten. Ein Mann hatte in Anlehnung an eines der berühmtesten Gedichte Poes einen künstlichen Raben auf der Schulter sitzen. Ein anderer trug einen Käfig mit einem echten Raben darin und hatte dazu blutbefleckte Pflaster an den Fingern.

Es waren auch Kinder da, die kleineren von ihnen in den Armen oder an der Hand ihrer Eltern. Die älteren beugten sich über einen Tisch, an dem man Rätselaufgaben lösen konnte, oder klebten sich gegenseitig Tattoos mit Goldkäfermotiven auf. Matthew nickte in die Richtung einer Gruppe Teenager, die in der Nähe des Essens und der Getränke herumstanden, und ging hinüber, um seine Freunde zu begrüßen.

Als Emily sich die Leute genauer ansah, bemerkte sie etwas, das fast alle vereinte: der kleine, goldene Bücherjagd-Button. Derselbe Button, den Emily selbst jeden Tag trug. Die Bücherjagd war ein Spiel, bei dem Emily schon seit Jahren mitmachte. Man versteckte gebrauchte Bücher an öffentlichen Orten und postete Hinweise über den Fundort auf der Website. Der Button war nicht wirklich Teil des Spiels; er war nur eine Art Symbol, an dem man Mitspieler erkennen konnte, ohne nachfragen zu müssen. Emily hatte noch nie zuvor so viele Buttons zur gleichen Zeit so deutlich zur Schau getragen gesehen. Das goldene Glimmern hätte sie eigentlich entspannen sollen, da es ihr die Gewissheit gab, dass sie von Bücherjagd-Fans umgeben war. Es wäre allerdings etwas anderes gewesen, wenn die Leute ihre Bücherjagd-Avatare getragen hätten, da sie so den einen oder anderen hätte erkennen können.

Emily reckte den Kopf und versuchte, Mr Griswold zu entdecken, den Erfinder der Bücherjagd und Verleger des neuen Buchs von Poe. Groß wie er war und da er sich mit Vorliebe in den *Bayside-Press*-Farben, weinrot und silberblau, kleidete, war er schwer zu übersehen. Sie sah die Farben durch die Menge blitzen und dachte, sie hätte ihn entdeckt, aber es war nur Jack, Mr Griswolds Assistent, der mit jemandem am anderen Ende des Raums sprach.

Am Rand des Geschehens nestelte ein Mann an einer riesigen Videokamera herum und eine Frau in einem Kostüm kreiste mit dem Kopf und machte eine Art Kussmund-Gymnastik. Sie hielt ein Mikrofon lose in der Hand.

Emilys Magen drehte sich, als ihr klar wurde, dass die zwei von einem der Nachrichtensender sein mussten. Hollister hatte gesagt, dass Journalisten bei der Party sein würden.

Wo war Hollister eigentlich? Endlich erblickte Emily ihn am anderen Ende des überfüllten Raums. Er stand mit dem Rücken zu ihr und unterhielt sich angeregt mit jemandem, wobei seine zu einem Pferdeschwanz gebundenen Dreadlocks auf seinem Blazer hin und her hüpften. Jemand tippte ihm auf die Schulter und zeigte in Emilys und James' Richtung. Hollister drehte sich um und ein Lächeln legte sich auf sein Gesicht. Er breitete seine Arme aus, als würde er ihnen eine Umarmung schicken, und rief durch den Raum: »Die Kids der Stunde!«

Die Gespräche verstummten. Genau wie Emily es sich vorgestellt hatte, drehten sich alle Anwesenden zu ihnen um und starrten sie an. Ihre Wangen wurden heiß, als sie das allgemeine anerkennende Murmeln hörte. Sie spielte an ihrem Bücherjagd-Button herum. James hob seine Hand zu einem zögerlichen Gruß. Matthew gesellte sich zu ihnen und ballte seine Faust wie ein Sieger in Richtung der Menge. Als Hollister zu ihnen kam, zog er Emily, James und Matthew in einer Riesenumarmung an sich.

»Seid ihr aufgeregt?«, fragte er.

Panisch, dachte Emily, aber sie nickte Hollister nur zu. »Ist Mr Griswold schon da?«

Irgendetwas veränderte sich in Hollisters Gesicht – war es Besorgnis oder ein schlechtes Gewissen? – und er schüttelte den Kopf. »Er konnte nicht kommen. Ich bin mir aber sicher, er wäre gerne hier. Jack springt für ihn als Zeremonienmeister ein.«

Während Hollister sich umdrehte, um ihre Eltern zu begrüßen, sah James Emily mit hochgezogener Augenbraue an. Hollister und Mr Griswold waren vor langer Zeit die besten Freunde gewesen, aber dann hatten sie sich zerstritten. Als sie erfahren hatten, dass Mr Griswold in Hollisters Laden eine Party zum Erscheinen des neuen Buchs geben würde, hatten Emily und James gehofft, dass sich die beiden alten Freunde also wieder vertragen hätten. Aber wenn Mr Griswold nicht hier war, dann war das vielleicht gar nicht der Fall.

»Zeigen Sie uns, wo die Bücher sind, Hollister?«, fragte Emilys Dad. »Die stolzen Eltern wollen gerne ein paar Extra-Exemplare.«

»Wirklich?«, fragte Emily.

Da ihre Familie in der Vergangenheit so oft umgezogen war, hielten ihre Eltern nicht viel von materiellen Besitztümern, Bücher eingeschlossen, obwohl sie gerne lasen. »Dafür ist die Bibliothek da!«, pflegte ihr Dad zu sagen. Ihre Eltern hatten bisher ihrem Vorsatz standgehalten, einmal in jedem Staat der USA gelebt zu haben. Erst kürzlich hatte Emily sie davon überzeugt, San Francisco auf unbestimmte Zeit zu ihrem Zuhause zu machen, anstatt sich wieder der Frage zu widmen, wo es als Nächstes hingehen solle. Daher war es eine kleine, aber bedeutsame Geste ihres Vaters, wenn er nach einem weiteren Exemplar des neuen Buchs fragte.

»Ich bitte Charlie, Ihnen welche zu bringen«, sagte Hollister.

»Wer ist Charlie?«, fragte James.

»Ihr kennt ihn noch nicht?« Hollister sah sich im Raum um, auf der Suche nach der genannten Person. »Er ist seit ein paar Wochen hier. Mein neuer Mitarbeiter. Ich habe ihn vor Kurzem reinkommen sehen, deshalb weiß ich, dass er hier ist …« Hollister schüttelte den Kopf. »Na ja. Dann hole ich die Bücher.«

Während Hollister sich entfernte, schlängelte sich Jack, Mr Griswolds Assistent, durch ein Trio von Edgar Allen Poes hindurch. Wegen seines weinrot und silberblau gemusterten Pullunders und den Poes hinter sich sah er aus wie der Leadsänger einer sehr bizarren Band. Er deutete auf das groß aufgezogene Cover von *The Cathedral Murders*, das über dem Verkaufstresen hing.

»Dieses Buch gäbe es ohne Ihre Kinder nicht – ich hoffe, Sie wissen das«, sagte Jack zu Emilys und James' Familien.

Mr Lee legte James beide Hände auf die Schultern. »Ich wünschte, ich hätte so ein Glück gehabt, als ich jünger war. Aber ich hätte sowieso nicht die Zeit gehabt, nach so etwas zu suchen – meine Mutter hat dafür gesorgt, dass ich mit wichtigeren Dingen beschäftigt war.«

Neugierig sah Emily Mr Lee an. Sein Gesicht strahlte Stolz aus, aber was er sagte, klang spöttisch. Es war überhaupt nicht nur Glück gewesen, das sie und James zu dem unentdeckten Poe-Manuskript geführt hatte.

James bemerkte Emilys Gesichtsausdruck und zog seine Schultern hoch zu einer Art »Erwachsene, – was soll man machen?«-Geste.

»Dann wollen wir mal loslegen.« Jack rieb sich die Hände. »All die Leute hier sind schon ganz gespannt darauf, euch kennenzulernen und mehr über eure Abenteuer zu erfahren.«

Emily und James rückten nervös einen Schritt näher zueinander, aber Emilys Bruder reckte sich, bereit für seine Aufgabe. Matthew war immer dabei, wenn es darum ging, potenzielle Fans zu unterhalten.

Jack sprang auf das Podest, das im vorderen Teil des Ladens stand und normalerweise ein Sockel für Schaufensterdekorationen war, aber heute Abend als kleine Bühne diente. Neben ihm stand ein weißer Bildschirm auf einer Staffelei. Er klopfte auf das Mikrofon, das ein Pfeifen von sich gab, dann sprach er hinein. »Hallo, zusammen!« Jacks Überschwänglichkeit und seine große, schmale Gestalt erinnerten Emily an einen jüngeren Mr Griswold. Sie fühlte einen Stich von Enttäuschung, der sie für einen Moment ihre Nervosität vergessen ließ. Sie hatte sich so darauf gefreut, ihr großes Vorbild heute Abend hier zu sehen, zumal sie ihn erst einmal zuvor persönlich getroffen hatte.

»Willkommen in Hollisters großartigem Buchladen!«, sagte Jack. »Danke, dass wir hier sein dürfen, Hollister!«

Die Menge brach in Jubel aus, den Hollister aber gutmütig abwinkte.

»Mr Griswold kann zwar leider nicht persönlich hier sein, aber er wollte sich trotzdem zeigen. Deshalb ohne große Umschweife …« Jack zeigte auf den Bildschirm neben sich und Hollister knipste die Lichter aus. Der Bildschirm erwachte zum Leben und zeigte Griswolds Gesicht. Er lehnte sich nach vorne zur Kamera, bis nur noch seine randlose Brille, seine knollige Nase und der buschige Schnurrbart das Bild füllten. Dann lehnte er sich wieder zurück und lächelte.

»Willkommen, Bücherjäger!«, sagte Griswold und der Raum füllte sich erneut mit Jubel.

3

Emily sah sich um, unsicher, ob sie überraschter war von der tosenden Begeisterung oder dem Anflug von Eifersucht, weil sie Mr Griswold mit so vielen anderen teilen musste.

»Ich freue mich berichten zu können, dass ich mich gut erhole«, sagte Mr Griswold. An dem Tag im letzten Oktober, an dem Emily und ihre Familie nach San Francisco gezogen waren, war Mr Griswold in einer U-Bahn-Station überfallen worden und musste daraufhin einige Zeit im Krankenhaus liegen. »Trotzdem bin ich noch nicht fit genug, daher verzeiht mir, dass ich zu Hause geblieben bin. Es bereitet mir große Freude, euch dieses neue Werk von Edgar Allan Poe vorzustellen, ein Werk, das ihr ohne die Gewitztheit und Ausdauer dreier Kinder sehr wahrscheinlich nie hättet lesen können.«

Der Anflug von Eifersucht schlug um in Stolz und Emily verlor sich in Mr Griswolds Worten. Die Leute im Publikum warfen Emily, James und Matthew immer wieder Blicke zu, während Mr Griswold die Geschichte hinter dem Roman erzählte, aber es wurde nicht erwartet, dass sie eine Rede oder so etwas hielten, und dafür war Emily dankbar.

Mr Griswold hob ein Glas Wasser zum Toast und sagte: »Genießt die Feierlichkeiten!« Damit war das Video zu Ende und der Buchladen füllte sich mit Jubelschreien und Applaus. Dann gingen die Lichter wieder an und mit ihnen wurden auch die Gespräche wieder aufgenommen.

»Lass uns mal den Rätseltisch anschauen«, sagte James.

Der Gedanke, sich auf Rätsel zu konzentrieren, anstatt auf die Fremden, die sie weiterhin anstarrten, war für Emily eine große Erleichterung. Sie hatten sich gerade in Bewegung gesetzt, als einer der Edgar Allan Poes sie aufhielt.

»Würdet ihr mein Buch signieren?«

Emily und James sahen sich an. »Wir?«, fragte Emily.

»Na klar!«, erwiderte er. »Ihr seid doch Bücherjagd-Stars!«

Emily nahm das Buch und den Stift und wusste plötzlich nicht mehr, wie sie ihren Namen schreiben musste. Die Bögen des *m* klebten aneinander und sie versuchte verkrampft, die Unterschrift in ihrer schönsten Schreibschrift anzufertigen. Sie gab das Buch an James weiter, der sich genauso viel Mühe gab, seinen Namen zu schreiben.

James hatte gerade das Buch zurückgegeben, als sich ein Mädchen mit orangefarbenem Brillengestell und einem Bücherjagd-Button vor sie stellte. »Ich gehe auch auf die Booker Middle«, sagte sie leise.

James sah sie an. »Bist du nicht in meinem Naturwissenschaftskurs? Du heißt Misha, richtig?«

»Nisha«, sagte sie.

»Stimmt. Nisha. Tut mir leid.«

Nisha reichte ihnen ein Buch und einen Stift, aber gerade als Emily den Stift auf das Papier setzen wollte, platzte Nisha heraus: »Könnt ihr es als Code unterschreiben?«

»Als Code?«, fragte Emily.

Nisha nickte und Emily dachte eine Sekunde lang nach, bevor sie DOUWC schrieb. James schrieb GBODF. Sie benutzten die Chiffre, die sie sich gemeinsam ausgedacht und sich so lange eingeprägt hatten, bis sie zu einer Geheimsprache zwischen ihnen geworden war. Nisha nahm das Buch mit einem gehauchten »Danke« an sich. Emily sah ihr nach, wie sie in der Menge verschwand, und fragte sich, wie viele Bücherjagd-Spieler es wohl an ihrer Schule gab, von denen sie nichts wusste.

Die Wörter *Emily* und *James* klangen immer und immer wieder aus den Gesprächen heraus und machten ihnen bewusst, dass sie noch immer der Mittelpunkt des Geschehens waren. Von dem Stimmengewirr und der auf sie gerichteten Aufmerksamkeit wurde Emily schwindelig.

»Ich muss mal zur Toilette«, sagte sie. »Bin gleich wieder da.«

Sie verließ den überfüllten Vorraum und fühlte sich sofort getröstet von der Bücherwand, die ihren Weg in den hinteren Teil des Ladens säumte. Sie blieb stehen, um nach Herb zu sehen, einem Lesezeichen in der Form des berühmten Schriftstellers der Stadt, Herb Caen. Emily und James versteckten Herb gerne an irgendwelchen Stellen im Laden, damit die Kunden zufällig auf ihn stießen, wenn seine Augen hinter einer Bücherreihe hervorspähten. Herb war da, wo sie ihn zurückgelassen hatten, die Nase und die Augen sichtbar hinter einer Sammlung alter Nancy-Drew-Bücher. Er hatte liebe, mondförmige Augen. Sie stellte sich vor, wie er sagte: »Es ist okay, Kind. Ich mag auch keine Menschenansammlungen.«

Es war verlockend, einen der Nancy-Drew-Krimis aus dem Regal zu ziehen, sich in die Nische zu verziehen, wo ihr dick gepolsterter lila Lieblingssessel stand, um die Party zu vergessen und zu lesen. Aber sie konnte James nicht im Stich lassen. Sie setzte ihren Weg zur Toilette also fort, obwohl sie gar nicht wirklich musste, doch als sie in den hinteren Flur trat, war sie überrascht zu sehen, dass ihr Lieblingssessel schon besetzt war.

Besetzt von einer riesigen Handtasche mit Blumenmuster, aber trotzdem besetzt.

Ein Mann stand mit dem Rücken zu ihr dicht neben dem Sessel. Schnell zog sich Emily hinter das Bücherregal zurück, spähte um die Ecke und bemerkte, dass etwas an dem Typ ihr bekannt vorkam.

»Oh«, rutschte es ihr heraus.

Es war ihr Sozialkundelehrer, Mr Quisling. Emily wusste, dass Mr Quisling auch ein Bücherjäger war, daher hätte es sie eigentlich nicht überraschen dürfen, dass er hier auf der Buchparty war, aber es war seltsam, einen Lehrer außerhalb seines natürlichen Lebensraums zu sehen. Und dann noch hier hinten, wo sonst niemand war. Vielleicht mochte ihr Lehrer auch keine Menschenmengen?

Ihr wurde klar, dass Mr Quisling, wenn er sie jetzt hinter dem Bücherregal entdeckte, annehmen würde, dass sie ihn ausspionierte, obwohl das natürlich nicht so war. Sie musste hier weg. Entschlossen machte sie einen Schritt nach vorne, bereit überrascht zu spielen, wenn Mr Quisling sie entdeckte, aber da bemerkte sie, wie er erst nach rechts, dann nach links schaute und dann eine Hand in die geblümte Tasche steckte.

Jetzt spionierte sie ihren Lehrer tatsächlich aus, denn sie konnte ihre Augen nicht mehr abwenden. Warum um alles in der Welt fischte er in einer Tasche herum, die ganz offensichtlich nicht ihm gehörte?

Mr Quisling zog etwas Dünnes, Kleines heraus – war es Geld? Sie konnte es nicht sagen. Er sah sich das Ding kurz an, dann verschwand er in einem Nebengang, vermutlich um zurück zur Party zu gehen.

Hatte sie etwa gerade ihren Lehrer bei einem *Diebstahl* beobachtet?

Emily vergaß schlagartig ihre Nervosität, genauso wie ihre Toilettenmission und flitzte zurück zur Party, um James zu suchen. Er war über den Rätseltisch gebeugt, als sie seinen Arm ergriff.

»James«, sagte sie.

»Warte kurz, ich hab dieses Sudoku gleich fertig«, sagte er.

»Es geht um Mr Quisling.«

»Er ist hier?«

»Da drüben«, sagte Emily, die ihren Sozialkundelehrer am Rand der Menge entdeckt hatte. Er hatte die Arme über der Brust verschränkt und überblickte den Buchladen mit stoischem Gesicht, genauso wie er es machte, wenn die Schüler in seinem Klassenzimmer eintrafen.

»Wir sollten ihn begrüßen gehen«, sagte James.

»Warte.« Emily griff wieder nach seinem Arm und hielt ihn zurück. »Ich habe gesehen, wie er jemandem etwas gestohlen hat.«

James kräuselte seine Nase. »Du hast *was* gesehen?«

Emily sah sich um, um sicherzugehen, dass niemand sie belauschte und flüsterte: »Gestohlen.«

»Mr Quisling?« Er schüttelte den Kopf. »Das kann nicht stimmen. Er ist der regelkonformste Mensch in der Geschichte des Universums.«

Das stimmte. Ihr Lehrer war ziemlich streng und seine Ansichten darüber, was erlaubt und nicht erlaubt war, waren ziemlich festgefahren. Wenn sie es nicht gerade mit eigenen Augen gesehen hätte, hätte sie es auch nicht geglaubt.

»Ich sage dir, dort hinten hat jemand eine Handtasche auf dem lila Sessel abgestellt. Und Mr Quisling hat definitiv etwas rausgenommen.«

James runzelte die Stirn. Sie konnte sehen, dass er ihr nicht so ganz glaubte. »Hm, wir sollten ihn trotzdem begrüßen gehen.«

Sie liefen an einem Mann in einem Rollkragenpullover und einer Frau mit grauem Pferdeschwanz, der ihr bis zur Hüfte reichte, vorbei. Die beiden diskutierten gerade, wie Poe gestorben war, während ein anderes Grüppchen Geschichten darüber austauschte, welche Rätsel sie schon für die Bücherjagd gelöst hatten. Als sie die Stelle erreichten, wo ihr Lehrer gestanden hatte, war er nicht mehr da.

»Wo ist er denn hin?«, fragte Emily.

Einen Augenblick lang ließen sie ihren Blick über den Raum wandern. Endlich sagte James: »Da drüben ist er.«

Als sich eine Hand auf Emilys Schulter legte, fuhr sie zusammen. Sie gehörte zu der Reporterin, die sie gesehen hatte, als sie vorhin den Laden betreten hatten. Die Frau beugte sich verschwörerisch zu ihr wie eine gute Freundin, aber ihr Griff wirkte besitzergreifend. »Ich habe mich mit deinem

Bruder unterhalten. Er ist zum Schreien.« Der Kameramann stand hinter ihr und wirkte gelangweilt.

Matthew war auf der anderen Seite des Raums und warf unter tosendem Applaus seiner Freunde Trauben in die Luft, um sie mit dem Mund aufzufangen. Was konnte ihr Bruder der Frau wohl erzählt haben? Sie sah, wie ihr Lehrer sich einen Weg durch die Menge in Richtung Tür bahnte. Emily versuchte angestrengt zu erkennen, was er in der Hand hielt.

»Mit ihm wird es bestimmt nie langweilig«, sagte die Reporterin. Emily war sich nicht sicher, ob sie Mr Quisling meinte oder Matthew.

»Mit meinem Bruder?«, sagte Emily schließlich.

»Ja! Er …«

Ihre Worte wurden vom schrillen Lärm einer Sirene verschluckt. Eine Sekunde lang fragte sich Emily, ob jemand die Polizei gerufen hatte, weil Mr Quisling etwas gestohlen hatte, aber in Hollisters Buchladen blinkte es nur kurz rot, während draußen ein Feuerwehrauto vorbeifuhr. Die Gespräche im Laden stockten kurz, wurden aber gleich darauf noch lauter als zuvor wieder aufgenommen.

Die Reporterin checkte eine Nachricht auf ihrem Telefon. »Sieht aus als gäbe es am Washington Square ein Feuer«, sagte sie zu ihrem Kameramann.

»Ein Feuer?«, wiederholte James.

Während sie wie eine Verrückte mit beiden Daumen auf ihrem Display herumtippte, murmelte sie: »Nichts weswegen man in Panik geraten müsste. Wahrscheinlich was ganz Kleines, aber man weiß ja nie, wann sich etwas Kleines zu etwas Riesigem entwickelt.« Zum Kameramann sagte sie: »Wir haben hier genug Material gesammelt, mit dem wir arbeiten können. Lass uns gehen.«

Die beiden Presseleute verließen den Laden und Emily sah sie durchs Schaufenster unter den weißen Lichterketten, die um die Bäume vor Hollisters Laden gewickelt waren, vorbeigehen. Die Ecken der Scheibe waren beschlagen als gäbe es Frost, obwohl das Wetter an diesem Abend Ende Dezember kaum winterlich war.

Emily und James nahmen die Spur ihres Lehrers wieder auf. Es schien hoffnungslos, dass sie ihn erwischen würden, bevor er die Eingangstür erreichte. Aber dann wurde Mr Quisling von einem Mann aufgehalten. Sie waren nur noch ein paar Meter entfernt und hörten den Mann sagen: »Brian Quisling?«

Mr Quisling stand mit dem Rücken zu ihnen, daher konnten sie sein Gesicht nicht sehen, aber Emily konnte hören, wie er »Ja?« sagte, mit ruhiger, aber neugierig klingender Stimme. Schnell verschränkte er seine Arme hinter dem Rücken und Emily sah etwas Weißes in seiner Hand aufblitzen. War es das, was er aus der Handtasche genommen hatte? Sie nahm an, dass der Lehrer die Karte in seine Gesäßtasche schieben wollte, aber ohne dass er es merkte, verfehlte er sie und die Karte flatterte zu Boden, wo sie inmitten der herumschlurfenden Füße der Leute lag, die den Buchladen bevölkerten.

»Brian«, sagte der Mann zu ihrem Lehrer. »Ich bin es – Harry Sloan. Wir haben uns bei dem Bücherjagd-Literatur-Labyrinth letzten September wiedergetroffen. Wir haben vor vielen Jahren zusammen unterrichtet.«

Emily tippte James mehrmals auf den Arm und zeigte auf die weiße Karte am Boden.

Mr Quisling sagte: »Harry Sloan? Das Bücherjagd-Literatur-Labyrinth?«

James streckte seinen Fuß aus, setzte die Zehenspitze auf das Papier und zog es in ihre Richtung. Er wollte sich gerade bücken, um es aufzuheben, als der Mann, der sich mit Mr Quisling unterhielt, Emily geradewegs in die Augen schaute.

Hatte er etwa gesehen, wie sie ihrem Lehrer eine Karte klauen wollten, die er aus einer Handtasche gestohlen hatte? Diesmal wurde ihr Kleid ungefähr zwanzig Größen kleiner. Sie konnte kaum atmen, bis Mr Sloan sagte: »Sag jetzt nicht, dass du der Glückliche bist, der diese Kinder unterrichtet.«

James griff eilig nach der Karte und schob sie in seine Hosentasche, bevor Mr Quisling sich zu ihnen umgedreht hatte.

»Schön Sie zu sehen, Mr Quisling!« Emily kam es fast vor, als würde sie schreien, ihre Stimme war um einiges lauter und enthusiastischer als sonst. James entfuhr ein kurzes prustendes Lachen.

»Wusstet ihr, dass dieser Mann letzten Herbst eine kleine Berühmtheit war?«, fragte Mr Sloan. »So wie ihr beide heute.«

»Eine Berühmtheit?«, fragte Emily. Sie war diesem Fremden dankbar, dass er diesen vermutlich peinlich gewordenen Austausch mit ihrem Lehrer auf eine normale Schiene lenkte.

Mr Quisling seufzte. »Berühmtheit ist etwas hoch gegriffen.«

»Immer so bescheiden, immer so bescheiden«, sagte Mr Sloan und klopfte ihm auf die Schulter.

Mr Quisling sah mit gequältem Gesichtsausdruck zur Tür.

»Habt ihr beiden schon einmal vom Literarischen Labyrinth gehört?«, fragte Mr Sloan. »Garrison Griswold hatte ein Labyrinth gebaut, dessen Wände komplett aus Büchern bestanden. Man musste hineingehen, drei Rätselstationen finden, die Aufgaben lösen und innerhalb einer bestimmten Zeit wieder draußen sein.« Der Mann schüttelte Mr Quislings Arm ganz leicht. »Euer Lehrer hier hat bei den Erwachsenen alle anderen abgehängt. Wie schnell hast du es geschafft, Brian? Vierzehn Minuten und sechsunddreißig Sekunden?«

»So in etwa«, sagte Mr Quisling.

»Der Zweitplatzierte brauchte ungefähr fünfundzwanzig Minuten. Ich war nicht einmal nah dran.« Mr Sloan griff in seine Tasche und zog ein Portemonnaie heraus. »Ich habe es schon erwähnt, als wir uns im September gesehen haben, Brian, aber ich fange wieder als Lehrer an. Erst mal als Vertretung.« Er hielt ihm eine schlichte Visitenkarte hin. »Ich habe dir wahrscheinlich schon eine gegeben, aber ich weiß, wie schnell man sie verliert.«

Da Mr Quisling keine Anstalten machte, die Karte an sich zu nehmen, drückte er sie ihm einfach in die Hand. »Falls ihr mal einen Vertretungslehrer braucht. Du kannst mich anrufen.« Er tippte auf die Karte in Mr Quislings Hand. »Pass gut drauf auf, mein Freund. Ich kann jedes Fach übernehmen. Mathe, Geschichte, Englisch … Ich habe neulich mein Referendariat mit Bestnote beendet, kannst du das glauben?«

»Es tut mir leid, aber ich sollte jetzt los«, sagte Mr Quisling und steckte die Visitenkarte ein. Er nickte Emily und

James zu und sagte: »Glückwunsch, ihr zwei. Wir sehen uns im neuen Jahr.«

Während ihr Lehrer sich auf den Weg zum Ausgang machte, beugte Mr Sloan sich zu Emily und James hinüber. »Geht es nur mir so, oder ist euer Lehrer nicht gerade ein Partytiger?«

Emily und James grinsten. »Das geht nicht nur Ihnen so«, antworteten sie.

Mr Sloan zwinkerte ihnen zu und verschwand in der Menge.

»Und?«, fragte Emily, als sie wieder alleine zwischen den Partybesuchern standen. »Was ist das nun für ein Zettel?«

James holte die Karte aus seiner Tasche und sie betrachteten sie: Das Notizkärtchen zeigte auf der Vorderseite einen Vogel mit ausgebreiteten Flügeln und einem langen Schweif aus Federn. Hinten stand eine handgeschriebene Notiz:

Erinnerst du dich an die Niantic? Ich auf jeden Fall. Um meine Botschaft zu entschlüsseln, ist das hier dein Hinweis.

SCG KSMOJSGBCIUSO PMSTTSG WCMN
OQSOOSM OSCG WSGG WCM NSG
QGBJSOREMSG IJNS DSAGEIAP UERSG

Löse das Rätsel oben, hinterlege die Lösung im nächsten Buch und vielleicht wirst du meine Meinung ändern.

»Niantic? Was soll das denn bedeuten?«, fragte James.

»Mich interessiert eher die Chiffre«, sagte Emily. »Und die Frage, warum unser Lehrer das hier aus einer Handtasche gestohlen hat.«

»Und was bedeutet ›hinterlege die Lösung im nächsten Buch‹?«, fügte James hinzu.

»Entschuldigt.«

Sie schauten auf und sahen einen Edgar Allan Poe vor sich stehen. Er beugte den Kopf, woraufhin sein raupenartiger Schnurrbart zu Boden fiel. Poe fluchte, hob den Schnurrbart wieder auf und drehte ihnen den Rücken zu. Als er sich ihnen wieder zuwandte, war der Schnurrbart wieder dran, allerdings hing er schief. »Entschuldigt, werte Kinder.« Poe hielt ihnen sein Buch hin und lächelte, was dazu führte, dass der Schnurrbart von der Oberlippe auf sein Kinn rutschte.

Sie signierten das Buch und beobachteten den Mann, wie er zum Tisch mit den Snacks schlich.

»Was für ein seltsamer Abend«, sagte James.

»Das kannst du aber laut sagen«, antwortete Emily.

4

Emily war schon seit zwei Stunden wieder zu Hause und sollte sich eigentlich längst fürs Bett fertig machen, aber sie war von den Feierlichkeiten in der Buchhandlung immer noch viel zu aufgedreht. Zum Glück war James auch noch wach.

KLOPF. KLOPF-KLOPF-KLOPF. KLOPF.

Das Klopfsignal von oben veranlasste Emily, zu ihrem offenen Zimmerfenster zu gehen. Das Licht aus James' Zimmer, das direkt über ihrem lag, warf ein schmales Rechteck auf das Nachbargebäude, das nur ein paar Meter entfernt war. Einen Moment lang konnte Emily den Schatten des Blecheimers sehen, der mit dem Flaschenzug heruntergelassen wurde, welcher zwischen ihren Fenstern gespannt war.

Sobald der Eimer, den sie sich immer hin- und herschickten, sie erreicht hatte, nahm Emily einen Notizzettel heraus. Sie überflog die Nachricht, die wie immer in ihrem erfundenen Code geschrieben war, den sie seit ein paar Monaten benutzten. Den Schlüssel dazu hatte sie sich in ihr Notizbuch geschrieben, auch wenn sie ihn inzwischen kaum mehr brauchte.

Normales Alphabet:
ABCDEFGHIJKLMNOPQRSTUVXWYZ

Schlüssel:
BEIJDMKLUGNWORTVSAFXHPZYCQ

Emily brauchte nicht lange um zu entziffern, was James geschrieben hatte:

LBED DF KDWTDFX! »DAURRDAFX JH JUIL BR JUD RUBRXUI« UFX JBF FILWHDFFDWZTAX.
(Habe es geloest! »Erinnerst du dich an die Niantic« ist das Schluesselwort.)

Eine Schlüsselwort-Chiffre! Emily stöhnte. Warum war sie da nicht draufgekommen? James hatte die Lösung nicht dazugeschrieben, daher blätterte sie zu einer neuen Seite in ihrem Notizbuch und zog den Bleistift heraus, den sie immer in ihrem Pferdeschwanz stecken hatte.

Eine Schlüsselwort-Chiffre war eine Art von Substitutions-Chiffre, ähnlich wie ihr Geheimcode. Emily schrieb erst das reguläre Alphabet nieder, dann schrieb sie *Erinnerst du dich an die Niantic* darunter und ließ alle Buchstaben aus, die sich wiederholten. Am Ende füllte sie den Rest des Alphabets auf, um auf den Schlüssel zu kommen.

Normales Alphabet:
ABCDEFGHIJKLMNOPQRSTUVWXYZ

Schlüssel:
ERINSTDUCHABFGJKLMOPQVWXYZ

Nun musste sie nur noch jeden Buchstaben der codierten Nachricht mit dem Schlüsselbuchstaben abgleichen. Sie sah sich wieder das Rätsel in Mr Quislings Notiz an:

Erinnerst du dich an die Niantic? Ich auf jeden Fall. Um meine Botschaft zu entschlüsseln, ist das hier dein Hinweis.

SCG KSMOJSGBCIUSO PMSTTSG WCMN
OQSOOSM OSCG WSGG WCM NSG
QGBJSOREMSG IJNS DSAGEIAP UERSG

Langsam las sie jedes Wort laut vor, während sie die Nachricht entschlüsselte: »Ein … persoenliches … Treffen … wird … suesser … sein … wenn … wir … den … Unloesbaren … Code … geknackt … haben. – Der Unlösbare Code?«

Es gab keinen besseren Weg, Emilys Interesse an einer Chiffre zu wecken, als zu behaupten, sie sei unlösbar. Ihre Haut prickelte wie elektrisiert. Das war das Gefühl, das sie immer bekam, wenn ein Buch sie völlig in seinen Bann zog. Wie damals, als sie *Harry Potter und der Stein der Weisen* las und ihre Eltern es irgendwann aufgaben, sie zum Essen zu rufen, und sie sich schließlich mit kalten Spaghetti begnügen musste, als sie das Buch endlich fertig gelesen hatte.

Nur war dies kein Buch. Es gab keine Seiten, die man umblättern konnte, um herauszufinden, was die geheimnisvolle Nachricht mit dem Unlösbaren Code meinte.

James' Stimme gelangte durch den schmalen Spalt seines Fensters von oben zu ihr. »Du wirst nie erraten, was die *Niantic* ist! Ich habe im Internet nachgeschaut.«

Emily steckte ihren Kopf aus dem Fenster und sagte ins Dunkel: »Was ist aus unserer ›Nicht sprechen, wenn wir den Eimer benutzen‹-Regel geworden?«

»Das ist zu cool um warten zu können«, rief James zurück. »Rate, was die *Niantic* ist.«

Emily versuchte daraufzukommen, was James so begeistert hatte. »Ein Supercomputer? Ein Code, der von Aliens stammt?«

Über dem gleichmäßigen Rauschen der nächtlichen Stadt ertönte in der Ferne ein Nebelhorn. Emily wartete auf James' Antwort. Schließlich sagte er ein wenig sehnsüchtig: »Hm, ein Code, der von Aliens stammt, wäre viel cooler.«

Emily schnaubte. »Jetzt erzähl's mir endlich.«

»Die *Niantic* ist ein Schiff, das unter der Stadt verschüttet liegt.«

»Unter San Francisco ist ein Schiff verschüttet?«

»Laut Wikipedia gibt es ungefähr fünfzig Schiffe, die unter der Stadt vergraben liegen. Sie stammen aus der Goldrausch-Zeit.«

»Echt jetzt?« Sie stellte sich eine riesige Höhle unter San Francisco vor, in der Stalaktiten von der Decke hingen und in der in jeder Ecke und jedem Winkel Piratenschiffe angelegt hatten. Aber James hatte »verschüttet« gesagt, nicht in einer Höhle zurückgelassen, daher war es vielleicht eher wie ein Schiffsfriedhof.

»Warum sollten die denn verschüttet worden sein?«, fragte Emily.

»Keine Ahnung, aber Wikipedia sagt, dass ein großer Teil der *Niantic* unten in dem Museum am Fort Mason ausgestellt ist.«

»Denkst du, wir könnten dort mehr über diesen unlösbaren Code erfahren?«, fragte Emily.

Im Nachbargebäude öffnete jemand ein Fenster und das Geräusch hallte quietschend durch die Nacht. Emily erstarrte. Ein Mann bellte: »Wisst ihr eigentlich, wie spät es ist?«

»Entschuldigung«, sagten Emily und James im Chor.

Das Fenster schloss sich wieder mit einem Seufzer und die zurückbleibende Stille wog schwer von dem Unbehagen, erwischt worden zu ein.

Emily kritzelte eine Nachricht für James:

ZUWWFX JH OTAKDR JUD RUBRXUI BRFILBH-
DR KDLDR?
(Willst du morgen die Niantic anschauen gehen?)

Sie legte die Nachricht in den Eimer und zog ihn hoch. Bei jedem QUIEK, QUIEK, QUIEK des Flaschenzugs zuckte sie zusammen. Sie wusste, dass James' Antwort nicht lange auf sich warten lassen würde, daher blieb sie am Fenster stehen, und tatsächlich kam der Zettel nach kurzer Zeit zurück.

JB MABKFX JH RTIL?
(Da fragst du noch?)

5

Der Phoenix saß in einem Restaurant und zog ein leeres Zuckerpäckchen über die Kerzenflamme auf seinem Tisch. Vor, zurück, vor, zurück. Er meditierte über der Flamme und beobachtete, wie sie bei jedem Versuch vergeblich nach dem Päckchen züngelte.

»Noch nicht«, tadelte er. »*Ich* kontrolliere, wann du gefüttert wirst.«

Er schmunzelte über seinen kleinen Witz, als wäre das Feuer sein Haustier, dann wandte er wieder seinen Blick auf den Fernsehbildschirm hinter der Bar, während er weiter abwesend das Zuckerpäckchen über der Flamme hin und her zog. Zurück. Vor. Zurück. Vor.

Im Fernseher stand ein Reporter auf dem Washington Square. Er konnte die Worte nicht hören, aber es war offensichtlich, dass es um sein Feuer ging. In seinem Magen braute sich ein ungutes Gefühl zusammen und das war ihm gar nicht recht. »Wenn du denkst, dass du so schlau bist«, zwitscherte eine imaginäre Stimme, »warum musst du dann so hart daran arbeiten, es anderen zu beweisen?«

Es sah nicht so aus, als wäre ein Zusammenhang hergestellt worden zwischen diesem Feuer und seinem letzten. Das war gut. Nicht wahr? Zweifel blitzten in ihm auf, bevor er es verhindern konnte, und er ballte seine Hand zur Faust und zerknüllte darin das Zuckerpäckchen. Sich infrage zu stellen war etwas für Weicheier. Er hatte einen Plan gemacht und daran würde er festhalten.

»Ich kontrolliere dich«, flüsterte er der Flamme zu. Er streckte die Hand mit den Päckchen aus und konnte das Feuer beinahe vor Erleichterung zischen hören, als es das Papier auffraß. Die Ränder bogen sich nach oben, wurden braun, dann schwarz. Er ließ das brennende Stück in den Kerzenhalter fallen, wo es verkümmerte und schließlich ausging.

Die Kellnerin kam mit der Rechnung und sah zweimal hin, als sie das verkohlte Papiertütchen in dem Kerzenhalter erblickte.

»Blöde Angewohnheit«, erklärte der Phoenix.

Die Kellnerin räumte seinen Teller und das Glas ab. »Ich kaue an meinen Nägeln. Wir haben alle unsere Macken.«

6

Am nächsten Morgen machten Emily und James sich auf den Weg zum Maritime Museum. Emily hatte im Internet nach Informationen über den Unlösbaren Code gesucht, während sie ihr Müsli aß, aber sie fand nicht heraus, ob Mr Quislings Notiz sich auf die McCormack-Chiffre bezog oder auf die Kryptos-Skulptur in der CIA-Zentrale oder auf irgendeinen der anderen Dutzend ungelösten Codes, die bei ihrer Onlinesuche aufgetaucht waren. Sie hatte ja keine Ahnung gehabt, dass es in der Welt da draußen so viele ungelöste Rätsel gab.

Sie gingen die abschüssigen Straßen hinab, bis sie den Fisherman's Wharf erreichten. Der letzte Hügel war so steil, dass sie nur noch trippeln konnten, bis sie unten angekommen waren. In der Ferne ankerte ein riesiges Schiff am Hyde Street Pier, das direkt aus einem Piratenfilm hätte stammen können. Das Schiff war schon da, seit Emily in San Francisco wohnte, aber heute sah sie es mit anderen Augen an.

»Denkst du, die *Niantic* war so groß wie dieses Schiff?«, fragte sie James.

»Wahrscheinlich«, sagte er.

Es war schwer vorstellbar, dass ein Schiff dieser Größe unter San Francisco verschüttet lag, geschweige denn fünfzig Stück davon.

Das Maritime Museum war ein weißes Stuckgebäude, das seitlich abgerundet war und Fenster wie Bullaugen hatte, wodurch es an ein Kreuzfahrtschiff erinnerte. Das Innere bestand aus einem riesigen offenen Raum, der voller Ausstellungsvitrinen war und in dem ein kleines Segelboot stand. Bodentiefe Fenster öffneten den Blick hinaus zu einem schmalen Strand. In der Bay konnte man Alcatraz sehen und eine größere Insel, die dahinter lag.

Die Überreste der *Niantic* bestanden aus einem gezackten Brocken grünspanbesetzten Kupfers, der um Holzbalken geschlungen war. Das Ausstellungsstück war so lang wie Emily und James zusammen, wenn sie sich Seite an Seite mit ausgestreckten Armen hinstellen würden, aber sehr schmal, kaum breiter als Emilys Schultern. Sie konnte sich nur schwer vorstellen, dass das einmal Teil eines großen Schiffs gewesen sein sollte.

Während sie die Informationstafeln an den Wänden las, war Emily überrascht, dass viele Amerikaner während des Goldrauschs von der Ostküste den ganzen Weg um Südamerika herum gesegelt waren, um an die Westküste zu gelangen. Aus irgendeinem Grund hatte sie angenommen, dass die Leute früher nur in Planwagen gereist waren. Als sie sieben Jahre alt war und ihre Familie von New York nach South Dakota umzog, hatten sie sich im Auto *Unsere kleine Farm* angehört, und Emily hatte sich vorgestellt, dass sie zusammengedrängt in einem Planwagen auf dem Weg in den Westen wären. Es war eine passende Vorstellung gewesen, so lang und beschwerlich wie ihre Fahrt gewesen war.

Emily erfuhr auch, dass die Schiffe, die nach San Francisco gekommen waren, nicht nur Goldgräber von der Ostküste gebracht hatten, sondern auch Menschen aus anderen Ländern wie Mexiko, Peru, Chile und China.

»Wie sind die Schiffe wohl begraben worden?«, überlegte Emily laut.

»Landaufschüttung«, kam eine Frauenstimme von der anderen Seite des Raums. Sie drehten sich um und sahen eine Museumsführerin, die kaum größer als sie selbst war, mit grauen Haaren und einer Frisur wie der von James, allerdings ohne Steve. Die Frau kam zu ihnen herüber, doch da ihr rechter Fuß in einem Gehgips steckte, bereitete ihr jeder Schritt große Mühe.

»All das war mal Wasser«, sagte die Frau, als sie näher kam, und deutete auf eine Landkarte, die hinter ihnen hing. Sie zeigte die Küstenlinie San Franciscos von heute überlagert von der Küstenlinie während des Goldrauschs. Mit dem Zeigefinger beschrieb die Museumsführerin auf der Landkarte ein Oval, mehrere Meilen außerhalb der Stadtgrenze von San Francisco.

Sie tippte auf die Karte. »Diese Gegend hieß Yerba Buena Cove«, sagte sie.

»Ist das nicht die Innenstadt von San Francisco?«, fragte Emily.

»Jup«, sagte die Museumsführerin.

Die Innenstadt San Franciscos war dort, wo die Hochhäuser und andere große Gebäude standen. Der Gedanke, dass diese Häuser erbaut wurden, wo einst nur Wasser war, war total seltsam. Irgendwie fühlte es sich instabil an. Als ob das Wasser einen Weg finden könnte, wieder dorthin zurück zu gelangen, wo es hingehörte, und damit alles zu entwurzeln.

James zeigte auf eine andere Stelle auf der Landkarte. »Und da ist North Beach.«

»Kein Wunder!«, sagte Emily. »Ich kam einfach nicht darauf, warum man es Strand nennt, wenn es dort gar kein Wasser gibt. Aber es gab welches, vor hundertfünfzig Jahren.«

James studierte noch ein wenig die Karte. »Ich wusste nicht, dass das möglich ist, einfach einen Teil der Bay aufzufüllen, als wäre es ein Swimmingpool oder so was«, sagte er. »Ich frage mich, was noch unter der Stadt begraben liegt außer diesen ganzen Walfangschiffen.«

Das Wort *begraben* ließ Emily an tote Menschen denken. »Was, wenn es da unten auch Leichen gibt?«

James dachte darüber nach. »Das ist über hundert Jahre her, die wären längst weg, selbst wenn dort welche gewesen wären. Uns wird also keine Zombie-Apokalypse drohen, keine Angst. Verrottete Leichen können nur schwer von den Toten auferstehen.«

Die Museumsführerin lachte schallend. »Zombie-Apokalypse. Das ist gut. Das benutze ich auf jeden Fall bei meiner nächsten Führung.«

»Aber warum wurden die Schiffe begraben?«, fragte Emily.

»Na ja.« Die Museumsführerin faltete die Hände vor ihrem Bauch. »Ihr müsst wissen, dass hier eine Bevölkerungsexplosion stattfand, als sich herumsprach, dass in dieser Gegend Gold gefunden wurde. Zuvor war hier nur eine kleine Siedlung gewesen, keine Stadt. Es gab keinerlei Infrastruktur – keine Häuser, in die die Menschen ziehen konnten, keine gepflasterten Straßen, keine Eisenbahn, um Menschen oder Güter zu transportieren. So ziemlich alles – Menschen und Güter – kam mit dem Schiff und die San Francisco Bay war der Haupt-Einfuhrhafen für den Schiffsverkehr. Könnt ihr euch vorstellen, wie verrückt es hier zuging?«

Die Frau tippte auf ein Schwarz-Weiß-Foto der Bay, auf dem ein Schiffsmast neben dem anderen zu sehen war. »Das war Yerba Buena Cove. Es heißt, man hätte das Wasser überqueren können, indem man von Schiff zu Schiff hüpfte. Diese Schiffe wurden oft einfach zurückgelassen. Die Besatzungen waren so begierig darauf, endlich zum Gold zu kommen, dass sie sich in Windeseile aus dem Staub machten und sich zu den Goldfeldern begaben. Die Schiffe, die zurückblieben, wurden oft auseinandergenommen, um die Materialien weiterzuverwenden. In anderen Fällen wurden sie an Land gebracht und zu Geschäften oder Hotels umgebaut. So, wie es auch mit der *Niantic* geschehen ist. Es wurden Landestellen gebaut, um besseren Zugang zu den Schiffen zu bekommen. Das seichte Wasser zwischen den Kais wurde nach und nach aufgefüllt. Es war das begehrteste Bauland, denn man hatte den Komfort, dass die Schiffe die Materialien brachten. Das Hafenviertel war das kommerzielle Herz der Stadt.«

»Hat irgendetwas davon mit etwas namens ›Der Unlösbare Code‹ zu tun?«, fragte James.

Wenn die Augen der Museumsführerin aus dem Kopf hätten springen können, dann hätten sie es getan. Sie trat einen Schritt zurück und zog ihren verletzten Fuß nach, bis ihre Füße nebeneinanderstanden.

»Oh nein – darüber spreche ich nicht. Nein. Nein. Nein. Nicht mit euch Kindern.«

Emily warf James einen Blick zu. Hatten sie irgendetwas falsch gemacht? Die Frau hatte ihnen alles andere mit so einer Begeisterung erzählt.

»Ihr beiden solltet euch nicht in die Sache mit diesem alten Code verwickeln lassen«, sagte sie.

»Warum?«, fragte Emily.

»Weil er verflucht ist.«

7

»Verflucht?«, wiederholten Emily und James im Chor.

»Er verursacht Feuer. Das erzählen sich die Leute. Er soll sogar eins überlebt haben, das die *Niantic* zerstört hat, damals, im Jahr 1851. Und dann …« Die Museumsführerin winkte ab. »Ich habe schon zu viel gesagt. Er ist es nicht einmal wert, darüber zu sprechen. Was ihr euch viel lieber anschauen solltet, sind diese Artefakte der *Niantic*.«

Sie zeigte auf eine Glasplatte auf dem Boden, die über einem klaffenden Loch lag, das voller Schmutz, verrußter Flaschen und Gegenstände war, die wie Spitzhacken aussahen. »Dies ist die Simulation einer Ausgrabung, die im Jahr 1978 stattfand. Das sind Original-Gegenstände, die in dem verschütteten Schiffskörper gefunden wurden …«

Ihre Stimme wurde zum Hintergrundrauschen, als Emily sich in ihren Gedanken über den Unlösbaren Code verlor. Zu hören, dass ein Fluch auf ihm lag, führte nur dazu, dass sie mehr darüber erfahren wollte, aber sie spürte, dass die Frau genug gesagt hatte. Emily wollte gehen, aber dann fiel ihr ein Foto ins Auge. Es war Teil einer Serie, die die Ausgrabung von 1978 zeigte: eine große Erdgrube, die von Bürogebäuden umgeben war, etwa ein Dutzend Menschen in Siebzigerjahre-Schlaghosen, die mit Spaten die Erde umgruben oder in kleinen Gruppen beisammenstanden und sich unterhielten und den anderen beim Arbeiten zusahen.

Es war die Nahaufnahme einer Person, die herausstach: ein Mann – besser gesagt, ein Teenager –, der die Arme um die Schultern eines Teenager-Mädchens gelegt hatte. Das Mädchen lachte und der Mann hatte seinen Kopf zu ihr geneigt und lächelte sie an. Ein weiterer Mann im Hintergrund blickte mit zusammengekniffenen Augen in die Kamera, als wäre er sich nicht sicher, ob er im Bild war oder nicht.

»James, schau mal.«

»Das sind Freiwillige, die gekommen waren, um dem Maritime Museum bei den Ausgrabungen zu helfen«, sagte die Museumsführerin.

»Und das ist auch unser Sozialkundelehrer«, sagte Emily.

»Ist er das?« James beugte sich nach vorne. »Mr Quisling?«

»Lies mal die Bildunterschrift.«

Die Bildunterschrift lautete »Freiwillige Helfer Brian Quisling und Miranda Oleanda beim Ausgrabungs-Projekt des Maritime Museum.«

»Miranda *Oleanda*? So heißt im Ernst jemand?«, sagte James.

»Unter so vielen Leuten ist unser Lehrer bei dieser historischen Sache dabei und alles, was dich interessiert, ist der Name seiner damaligen Freundin? Echt jetzt?«

»Woher willst du wissen, dass sie seine Freundin war?« James betrachtete das Foto genauer.

»Sie wirken einfach wie Freund und Freundin. Ich meine, allein schon wie er sie ansieht. Hast du Mr Quisling schon jemals jemanden so anschauen sehen?«

»Vielleicht ein … Sandwich? Ein echt gutes?«

Die Museumsführerin schüttelte den Kopf und gluckste. »Die Jugend von heute.«

◇◇

Nach ihrem Besuch im Maritime Museum hatte Emily das Gefühl, viele neue Informationen verarbeiten zu müssen, aber nichts davon erklärte den Unlösbaren Code. Sie fügte »Feuerfluch« zu ihrer Online Suche hinzu, doch es ergab immer noch kein wirklich brauchbares Ergebnis. Die folgenden beiden Tage überlegten Emily und James weiter, was der Code sein könnte.

»Wenigstens wissen wir, dass es ihn wirklich gibt. Das ist doch schon mal was«, sagte Emily. Sie saßen auf der Treppe vor ihrer Haustür und warteten darauf, dass Emilys Bruder endlich fertig wurde, damit sie in die Stadtmitte zu ihrem ersten Bücherjagd-Beratertreffen fahren konnten. »Denkst du, Mr Quisling weiß schon seit der *Niantic*-Ausgrabung 1978 von dem Unlösbaren Code?«

»Kann gut sein«, sagte James. »Aber die Museumsführerin sagte, der Code habe 1851 ein Feuer auf diesem Schiff überlebt, nicht, dass er während der Ausgrabung entdeckt wurde.«

Das war zumindest ein wenig beruhigend. Obwohl sie noch immer nicht wussten, was der Unlösbare Code war, hatte Emily an dem Gedanken Gefallen gefunden, diejenige zu sein, die ihn lösen würde. Die Tatsache, dass ihr Lehrer, der Rätsel-Experte, mehr als die letzten dreißig

Jahre glücklos damit verbracht hatte, den Code zu knacken, machte es allerdings schwerer, daran zu glauben.

»Wir können immer noch Mr Quisling danach fragen, wenn wir wieder in der Schule sind«, sagte James.

Emily schnaubte. »Das würde bestimmt gut klappen.« Sich selbst nachahmend, setzte sie eine hohe, aufgedrehte Stimme auf und sagte: »Ähm, Mr Quisling? Wir haben beobachtet, wie sie auf einer Buchparty etwas gestohlen und dann fallen gelassen haben, haben es deshalb aufgehoben, Ihre geheime Botschaft dechiffriert, und nun wissen wir über etwas namens der Unlösbare Code Bescheid. Wissen Sie etwas darüber und wenn ja, könnten Sie es uns bitte sagen?«

James lachte. »Hey, es gibt keine dummen Fragen – sagt er das nicht immer im Unterricht?«

»Ich glaube, er will damit sagen: ›Es gibt keine dummen Fragen, nur schlecht durchdachte Fragen.‹ Das hier würde dann wohl in die Kategorie der schlecht durchdachten Fragen fallen.«

Die Haustür öffnete sich und Matthew gesellte sich zu ihnen auf dem Treppenabsatz. »Bereit für den Buchnerd-Einsatz«, verkündete er.

Emily stand auf und musterte ihren Bruder. Seine Haare waren immer noch rabenschwarz gefärbt von der Buchparty, aber anstatt steil nach oben zu stehen, waren sie nun pseudo-spießig nach hinten gegelt. Er trug eine Brille mit einem dicken schwarzen Rahmen und ein T-Shirt, auf dem stand: I LIKE BIG BOOKS AND I CANNOT LIE.

»Oh, Bruder«, sagte Emily.

»Sie haben gerufen?«

Statt einer Antwort boxte Emily ihm in den Arm.

Die drei gingen den Hügel hinunter, wo der Bus in Richtung Stadtmitte fuhr. Als sie eine befahrene Straße zu der riesigen grünen Fläche vom Washington Square überquerten, läuteten die Kirchenglocken.

»Was ist denn da los?«, fragte Emily.

Ein rotes Absperrband war um einen großen Baum gespannt. Was aus der Ferne wie ein Schatten aussah, stellte sich in Wirklichkeit als ein verkohlter Grasstreifen heraus. Neben den Überresten einiger verbrannter Büsche stand eine Bank, die an einer Seite angekokelt war. Der Baum darüber raschelte sanft und ein kleines Blatt löste sich, dessen Grün sich gegen das Schwarz beinahe neonfarben abhob.

»Sieht aus, als hätte es hier gebrannt«, sagte James.

Sie setzten ihren Weg zur Bushaltestelle fort, aber Emily warf noch einmal einen Blick zurück. Sie kam ständig an diesem Park vorbei. Manchmal war hier richtig viel los, etwa wenn ein Kunstfestival stattfand. Manchmal war es dagegen ruhig und es saßen nur einige Menschen auf den Bänken oder übten Tai Chi oder andere Sportarten. Und nun war da diese Narbe, die sie daran erinnerte, dass alles, was man für selbstverständlich hielt, sich jederzeit ändern konnte.

8

Bei der *Bayside Press* angekommen, meldeten sich die drei beim Sicherheitsdienst an und drückten dann den Aufzugknopf für den sechsten Stock. Während sie schweigend hochfuhren, überlegte Emily, was so ein Bücherjagd-Berater wohl zu tun hätte. Seit Mr Griswold sie vor einem Monat dazu eingeladen hatte, ein Jugend-Beratungskomitee für die Bücherjagd ins Leben zu rufen, hatten sie und James Ideen für coole Events in Mr Griswolds Sinne gesammelt, bei denen sie mitplanen konnten. Sie hoffte, dies würde ihre erste Aufgabe sein.

Als die Aufzugtüren sich öffneten, wurden sie von den Farben weinrot und silberblau geblendet. Die Wände und der Teppichboden der Empfangshalle waren mutig in den *Bayside-Press*-Farben gehalten. Die Empfangsdame ließ Jack ausrufen und dieser tauchte kurz danach in einem weinroten Pullover auf, aus dem ein silberblauer Kragen hervorlugte.

»Schreibt Mr Griswold Ihnen vor, dass Sie diese Farben tragen müssen?«, fragte Matthew. Garrison Griswold war bekannt dafür, stets in den Firmenfarben gekleidet zu sein.

Jack lachte. »Ist nur ein Modetrend, dem ich folgen wollte. Es fördert den Teamgeist, denkst du nicht? Und die Farben schmeicheln meinem Teint.« Jack machte ein *Duck face* und nahm eine Modelpose ein, bevor er sie den Gang hinunterführte.

Es war Emilys dritter Besuch in Mr Griswolds Büro. Sie hatte zuvor viele seiner Bücherjagd-Videos gesehen und verschiedene Artikel über ihn und Posts von Bücherjagd-Spielern gelesen, die Mr Griswold bei Veranstaltungen getroffen hatten. Als sie Mr Griswold dann zum ersten Mal selbst getroffen hatte, war er genauso warmherzig und bunt gewesen, wie sie ihn sich vorgestellt hatte, obwohl er damals gerade erst aus dem Krankenhaus entlassen worden war.

Jack hob eine Hand als Zeichen, dass sie stehen bleiben sollten, bevor der Gang sich in einen großen Raum öffnete, der voller Arbeitsnischen war.

»Leute, ich sollte euch vielleicht etwas sagen …« Jack fuhr sich mit der Hand durch die Haare, packte eine dicke Strähne und zog sie nach oben, sodass es kurz so aussah, als hätte er einen falschen Mohawk. »Mr Griswold geht es schon viel besser, aber es … es liegt noch ein langer Weg der Genesung vor ihm. Sein Körper ist dabei zu heilen, aber der Vorfall letzten Herbst … na ja, es hat ihn erschüttert. Das war natürlich zu erwarten.« Jack lachte leise vor sich hin, aber es klang gezwungen und er sprach schnell weiter. »Ich will nur nicht, dass ihr enttäuscht seid, wenn er heute nicht ganz er selbst ist. Es liegt nicht an euch. Er freut sich, dass ihr hier seid, glaubt mir, und ich denke, es wird ihm guttun, euch zu sehen. Er braucht nur noch ein wenig Zeit, um wieder ganz er selbst zu sein.«

»Ganz er selbst?« Emily wischte sich die Hände an ihrer Hose ab und steckte sie in die Taschen ihres Hoodies, denn plötzlich war sie unsicher, wen sie vorfinden würden, wenn

Jack die Tür zu Mr Griswolds Büro öffnen würde. Als Jacks Hand sich auf den Türknauf legte, drang ein dreifaches tiefes Jaulen von der anderen Seite der Tür herüber, gefolgt von einem gellenden Bellen. Emily erschrak.

»Hunde?« Sie und James sahen sich mit großen Augen an. Das war mit das Letzte, was sie erwartet hätte.

»Im Prinzip sind es Assistenzhunde.« Jack machte Anführungszeichen mit seinen Fingern, als er *Assistenz* sagte. »Sie sind harmlos.«

Als er die Tür aufdrückte, kamen zwei Hunde herausgesaust: einer mit glattem braunen Fell, der Emily fast bis an die Brust reichte, und der andere klein, wuschelig und weiß.

»Oooh!« Emily und James waren ganz fasziniert von den Hunden. Matthew ging auf ein Knie, streckte seine Hand aus und schnalzte mit der Zunge, aber die beiden Hunde ignorierten ihn. Der große drehte Kreise um sie, während der kleine direkt vor dem Büro stehen blieb, einmal kurz aufjaulte und dann wieder hineinrannte. Jack versuchte, den großen Hund wieder in das Büro zu scheuchen, aber das spornte ihn nur weiter an, in Kreisen um sie herum zu traben.

»Claus«, rief Mr Griswold von drinnen. Der Hund stellte die Ohren auf, als er hörte, wie eine Tüte Leckerlis raschelte. Er drehte sich auf der Stelle um und lief zurück in das Zimmer.

Mr Griswolds Büro war groß und sonnig mit Aussicht auf die Hochhäuser in Downtown, die den Uhrenturm des Ferry Buildings und die Bucht dahinter einrahmten. Eine Büste von Edgar Allan Poe, die ein goldenes Hasen-Medaillon trug, war vor dem Fenster positioniert worden. Die Bücherregale waren neben Büchern über und über mit Spielzeug und Puzzles vollgestopft. In einer Vitrine befand sich ein Gerät, das aus Rampen und kippenden Eimern und anderen Hindernissen bestand, die so konstruiert waren, dass die Murmeln darin ständig in Bewegung waren.

Das Büro sah genauso aus, wie Emily es in Erinnerung hatte, im Gegensatz zu Mr Griswold. Der Mann, den sie im November kennengelernt hatte, hatte viel eher dem Mr Griswold geähnelt, den sie von den Videos auf der Bücherjagd-Website kannte. Heute schien der Verleger zerbrechlich und verhärmt in seinem übergroßen grauen Pullover und der Freizeithose. Jack hatte sie gewarnt, dennoch war es für Emily enttäuschend, diese verwässerte, *normale* Version ihres Idols zu sehen. Es war, als würde jemand das Geheimnis hinter dem Zauberer von Oz lüften.

Man muss ihnen ihre überraschte Reaktion angesehen haben, denn Mr Griswold strich sich seine Klamotten glatt und sagte fast entschuldigend: »Die Anzüge, die ich sonst trage, sind momentan nicht so bequem.« Zu Jack sagte er: »Ich schätze, meine Freizeitkleidung könnte ein bisschen mehr Farbe vertragen, oder?«

»Sie sehen super aus, Alter-Bücher-Typ«, sagte Matthew. Normalerweise war dies die Art von Kommentar, die Emily dazu veranlassen würde, ihrem Bruder einen Tritt zu verpassen, aber Mr Griswold lachte leise über den Spitznamen, den Matthew vor ein paar Monaten erfunden hatte.

»Meine Hunde habt Ihr schon kennengelernt, nicht wahr?« Der große Hund hörte nicht auf, Mr Griswolds Handfläche abzulecken, nachdem er sein Leckerli aufgeschlabbert hatte. »Der hier ist Claus und der kleine heißt Angel.«

Angel hatte sich in ihrem Körbchen in einer Ecke des Raums niedergelassen und beobachtete das Geschehen skeptisch mit einer pelzigen, hochgezogenen Augenbraue. Nachdem er mit dem Abschlecken fertig war, stolzierte Claus zum Sofa, biss behutsam in eines der Kissen und trabte dann mit hoch erhobenem Kopf mit dem Kissen davon, als würde er mit einem gerade gewonnenen Pokal schaulaufen.

»Ich glaube, Claus würde gern bei einer Parade mitlaufen«, sagte Mr Griswold, dessen Schnauzbart sich beim Lächeln nach oben kräuselte.

Sie lachten, was sich gut anfühlte – wie eine frische Brise, die durch den Raum wehte.

»Sind das Kameras?« James zeigte zur Decke, wo eine Art Plastikblasen glänzende schwarze Geräte umhüllten.

Mr Griswold nickte. »Eine Neuerung, seit …« Er deutete auf sich selbst. »Heutzutage kann man nicht vorsichtig genug sein. Das könnte euch drei interessieren. Ich weiß ja, dass du dich für Technik interessierst, James.« Mithilfe eines Stocks durchquerte Mr Griswold den Raum und öffnete ein Element der Bücherregale, hinter dem ein geheimer Raum zum Vorschein kam. Das kleine Zimmer, das sie schon einmal zuvor gesehen hatten, war voller Computer und Equipment. Emily trat hinein. Mechanisches Surren umschwirrte sie wie ein Schwarm unsichtbarer Roboterbienen. Vier Monitore zeigten

Schwarz-Weiß-Aufnahmen von Mr Griswolds Büro, dem Empfangsbereich der *Bayside Press*, etwas, das aussah wie der Eingang eines Wohngebäudes und von einer Dachterrasse.

»Damit ich ein Auge darauf haben kann, was hier und zu Hause vor sich geht«, erklärte Mr Griswold.

»Wow …«, sagte Emily mit gedämpfter Stimme.

»Ich schätze, das ist beeindruckend, nicht wahr?«

Aber Emily empfand es nicht so. Die Wachhunde und die Überwachungskameras … Es plagte Emily vielmehr, dass die Ereignisse offenbar eine Delle in Mr Griswolds Persönlichkeit und in seinem Gemüt hinterlassen hatten.

Sie verließen den Raum und Mr Griswold zog das Bücherregal wieder hinter ihnen zu. Dann humpelte er zur Couch hinüber. Claus sprang neben ihm auf die Couch, zog an seinem Kissen und platzierte sowohl das Kissen als auch seinen Kopf in Mr Griswolds Schoß. Zufrieden knabberte der Hund an der Ecke des Kissens.

»Er sieht vielleicht ein wenig Furcht einflößend aus, aber er ist das größte Baby, das ihr je getroffen habt«, sagte Mr Griswold, während er Claus' Kopf streichelte.

Angel schnaubte in ihrem Körbchen, als würde sie zustimmen und ließ ihren Kopf auf ihre Pfoten sinken.

»Nun zu unserem Jugend-Beratungskomitee!« Mr Griswold lächelte. »Ich wollte schon eine ganze Weile so etwas ins Leben rufen. Eure junge Perspektive wird von unschätzbarem Wert für die Bücherjagd sein.«

Emily konnte den Gedanken nicht abschütteln, dass ihre Ideen genau das sein könnten, was Mr Griswold brauchte, um wieder der Alte zu werden – mit seiner schillernden Persönlichkeit, die sich immer wieder neue Spiele ausdachte. Sie kam sofort zur Sache. »Wir sind wirklich aufgeregt. James und ich haben schon einen Plan. Wir dachten, es könnte einen Hindernislauf im Golden Gate Park geben …«

»Mit Rätselstationen«, fügte James eilig hinzu. »Die Teilnehmer würden eine Rätselstation absolvieren, dann die Betonrutsche hinunterdüsen, dann zur nächsten Station rennen …«

»Und dann über den Stow Lake paddeln, um zur letzten Station zu gelangen.«

Matthew war an ihrer Ideenfindung nicht beteiligt gewesen, aber er nickte beifällig zu allem, was sie sagten. »Das Ganze sollte in einem Live-Konzert enden. Ich frage mich, wie viel es wohl kosten würde, wenn *Flush* spielen würde.«

Mr Griwolds Augenbrauen wanderten hoch und immer höher. »Oje«, sagte er schließlich. »Nun ja. Das klingt auf jeden Fall ambitioniert. Und es ist etwas, das ich getan hätte … vorher.« Mr Griswold seufzte. »Diese Tage liegen nun hinter mir. Die ausgeklügelten Spiele und Events haben Spaß gemacht, zu ihrer Zeit, aber …« Mr Griswold schüttelte den Kopf, kräuselte die Nase und sein Schnurrbart zog sich zusammen, als hätte er in etwas Saures gebissen.

»Oh.« Das war alles, was Emily herausbrachte. Natürlich würde Mr Griswold nur ungern noch einmal so ein riesiges Event machen. Aber wie konnte er das alles aufgeben? Sie erinnerte sich an das Video, das er auf der Bücherjagd-Website gepostet hatte, in dem er noch einmal die umgekehrte

Ostereierjagd Revue passieren ließ, die er veranstaltet hatte. Die Teilnehmer trugen riesige aufblasbare eiförmige Anzüge und rannten durch einen Park, wo sie wie beim Autoscooter gegen andere Spieler prallten und dabei versteckte Taschenbücher einsammelten, mit denen sie ihre Körbe füllten. In dem Video hatte Mr Griswold so laut angefangen zu lachen, dass er nicht mehr weiterreden konnte. Das Planen solcher Events hatte ihm eindeutig immer Freude bereitet. Emily konnte verstehen, warum er nun Angst hatte, aber wie konnte man etwas aufgeben, das so einen großen Teil dessen ausmachte, was man war?

Jack ergriff das Wort. »Unsere Idee für die Berater war, dass ihr zunächst einmal die Website inhaltlich füllt, vielleicht mit Buchempfehlungen oder Tipps für die Bücherjagd. Wir würden euch außerdem gerne als Website-Administratoren einsetzen, um eine Atmosphäre zu schaffen und aufrechtzuerhalten, die die User anspornt und zusammenbringt. Und ihr könntet dabei helfen, das Forum zu verwalten – inaktive Threads löschen, Trolle ausschließen, so was in der Art.«

Mr Griswold streichelte rhythmisch Claus' Kopf, während Jack sprach. Der Hund war eingeschlafen.

»Oh natürlich. Klar!«, sagte Emily vielleicht ein bisschen zu enthusiastisch. Der Hindernislauf, den sie und James sich ausgemalt hatten, könnte so witzig werden. Vielleicht würde Mr Griswold sich doch irgendwann darauf einlassen, ihn durchzuführen.

Nachdem sie noch eine Weile über ihre Tätigkeit als Berater gesprochen hatten, sagte James: »Hey, Mr Griswold, wussten sie, dass unter Ihrem Büro vielleicht ein Schiff begraben liegt?«

Mr Griswold lächelte. »Das wusste ich tatsächlich. Ich nehme an, ihr habt erfahren, dass Teile der Stadt aufgeschüttet wurden, um darauf bauen zu können?«

»Aufgeschüttet? Womit? Mit Müll?«, fragte Matthew. Er ging zum Fenster hinüber, als könne er den Beweis dafür draußen entdecken.

»Haben Sie schon mal etwas von dem ›Unlösbaren Code‹ gehört?«, fragte Emily. Sie lehnte sich auf ihrem Stuhl nach vorne, gespannt auf seine Antwort wartend. Wenn Mr Griswold von den begrabenen Schiffen gehört hatte, dann wusste er vielleicht auch darüber etwas.

»Der Unlösbare Code?« Mr Griswold betrachtete seine Hand, die auf Claus' Hals lag.

»Ist das nicht die Mark-Twain-Chiffre?«, fragte Jack.

Emily und James sahen erst Jack, dann sich gegenseitig überrascht an.

»Der Schriftsteller?«, fragte Emily. Die Frau im Maritime Museum hatte nichts über Mark Twain erwähnt. Aber sie hatte ja auch sofort dichtgemacht, als die beiden mehr über den Unlösbaren Code wissen wollten.

Mr Griswold betrachtete weiterhin den schlafenden Claus, doch Jack nickte begeistert. »Ja, ja – ich kann mich nur vage an Einzelheiten erinnern, aber ich weiß, dass ich vor einiger Zeit davon gehört habe. Man kann den Code in der Zentralbibliothek einsehen. Sie haben das Originaldokument dort vor Ort.«

»Er ist in der Bibliothek?!« Emily und James sahen sich betroffen an. Da hatten sie die letzten beiden Tage damit verbracht, zu diskutieren, was es mit dem Code auf sich haben könnte, und hatten willkürliche Internetsuchen gestartet. Warum war es ihnen nicht eingefallen, in der Bibliothek nachzufragen?

»Man muss in der Abteilung für Geschichte eine Anfrage stellen, um ihn sehen zu können«, antwortete Jack. »Aber ja, ich bin mir ziemlich sicher, dass er dort ist.«

»Das werden wir uns so was von anschauen«, sagte Emily.

Wenig später fuhren Emily, James und Matthew mit einer Straßenbahn die Market Street hinab, auf dem Weg zur Zentralbibliothek.

»Jack hat nichts über einen Feuerfluch gesagt«, bemerkte Emily.

»Vielleicht hat diese Museumsführerin uns auf den Arm genommen«, sagte James.

»Was ist der Feuerfluch?«, fragte Matthew.

Sie erzählten Emilys Bruder, wie komisch die Frau im Maritime Museum sich verhalten hatte, als sie nach dem Unlösbaren Code gefragt hatten und dass sie lediglich gesagt hatte, er sei verflucht.

»Sie sagte, der Code habe 1851 ein Feuer überstanden. Das bedeutet, er ist über einhundertsechzig Jahre alt. Wie cool wäre es bitte, eine Chiffre zu knacken, die so lange nicht gelöst werden konnte?«, fragte James.

Matthew steckte sich einen seiner Kopfhörer ins Ohr. »Ihr zwei freut euch echt über die komischsten Dinge.«

Die Zentralbibliothek sah ungefähr so aufregend aus wie ein silbergraues Karopapier aus Beton und Fenstern, daher war Emily ziemlich überrascht, als sie in eine ausladende, lichtdurchflutete Eingangshalle kamen, die von einem runden Sonnendach hoch über ihren Köpfen gekrönt war. Emily drehte ihren Kopf hin und her, während sie die offenen

Gänge betrachtete, die ringsum in die oberen Stockwerke führten. All diese Gänge und Türen führten zu verschiedenen Abteilungen der Bibliothek. Wenn sie nicht hergekommen wären, um den Unlösbaren Code zu sehen, dann hätte Emily sich einfach irgendein Stockwerk ausgesucht, um dort herumzuschauen.

Emily hatte sich vorgestellt, dass sie die Regale durchstöbern würden, sobald sie den Weg in die Abteilung für Geschichte gefunden hätten, so wie sie es normalerweise auch tat, wenn sie in einer Bibliothek war, aber sie wurden am Empfangstisch von einer Bibliothekarin gestoppt.

»Womit kann ich euch helfen?« Auf dem Namensschild der Frau stand »Regina Linden«, und sie sah überhaupt nicht so aus, wie jemand, den Emily sich vorstellte, wenn sie an das Wort *Bibliothekarin* dachte. Ihr sonst schwarzer Pferdeschwanz war von grünen Strähnchen durchzogen. Das fand Emily überraschend, denn die Bibliothekarin war alt. Nicht *alt-alt*, so wie *kleine-alte-Frau-alt*, aber bunte Haare waren Emilys Meinung nach eher etwas für Teenager und Studenten, und Ms Linden war auf jeden Fall älter. Vielleicht sogar älter als ihre Eltern. Und dann waren da noch die Tattoos, die sich um ihren Unterarm schlangen, der aus dem Ärmel ihrer Bluse herausschaute.

»Cooler Sleeve«, sagte Matthew anerkennend, als er die Tattoos entdeckte.

»Danke.« Ms Linden lächelte und schob den Stoff der Bluse nach oben, sodass sie die Collage von Bildern sehen konnten. Es war eine Art Wimmelbild aus Blumen, einer

Feder, einem Blitz, einer Katze – Emily dachte, es würde sie bestimmt eine Stunde kosten, all die einzelnen Elemente ausfindig zu machen. Ein Flugzeug zog ein Spruchband hinter sich her, auf dem stand »Sag mir, was planst du mit deinem einen wilden und kostbaren Leben zu tun?«

»Super Zitat, oder?«, fragte Ms Linden. »Es stammt von der Dichterin Mary Oliver. Und nun sagt mal«, sie legte ihre Hände aneinander, als würde sie beten, zeigte mit den Fingern auf sie, »was plant *ihr* mit eurem einen wilden und kostbaren … Besuch in unserer Abteilung für Geschichte zu tun?«

Emily lachte nervös. James trat von einem Fuß auf den anderen und dann sahen sie sich an, in der Hoffnung, der andere würde seinen Mut zusammennehmen und zuerst fragen. Irgendetwas an Ms Lindens forscher und lebhafter Art wirkte einschüchternd auf Emily.

»Sie wollen den Unlösbaren Code sehen«, sagte Matthew. »Ich bin nur Zaungast.«

Ms Lindens Augen fingen an zu leuchten. »Ihr seid also kleine Schatzsucher? Dann werdet ihr das toll finden.« Die Bibliothekarin hob ihre Halskette an, um ihnen eine seltsam aussehende Münze zu zeigen, die daran aufgefädelt war. »Die stammt von einem Tauchgang durch ein altes Schiffswrack vor der Küste Floridas.«

Emily und James stießen ein synchrones »Wow« aus. Matthew stützte einen Ellbogen auf den Tresen. »Sie tauchen?«, fragte er. »Das wollte ich auch schon immer mal ausprobieren.«

Emily schnaubte. Matthew flippte schon im Aquarium aus, daher war sie sich ziemlich sicher, dass er bis zu dieser Sekunde noch nie daran gedacht hatte, selbst zu tauchen.

»Du wirst es lieben«, sagte Ms Linden. »Ich habe ein J-Klasse-Segelboot, mit dem ich runter nach Monterey fahre, wann immer ich Lust auf einen Tauchgang bekomme.« Sie tippte etwas in ihren Computer. »Okay, ich bringe euch den Code, aber ihr müsst erst alle hier unterschreiben.« Ms Linden schob einen Zettel zu ihnen hinüber, auf dem stand, dass sie nichts kaputt machen oder etwas von den Materialien stehlen würden. »Und ich werde eure Taschen hier oben bei mir behalten.«

»Kann ich mein Notizbuch mitnehmen?«, fragte Emily.

»Klar. Notizbücher sind erlaubt. Kugelschreiber, Bleistifte, sogar Kameras – aber bei den historischen Dokumenten natürlich ohne Blitz. Keine Kopien, das ist ja klar.«

Ms Linden führte sie zu einem langen leeren Tisch, der in der Mitte eines einschüchternd stillen Raums stand, an dessen Wänden sich ringsum glänzende Bücherregale mit Glasfronten befanden. Mit ihnen im Raum befanden sich drei weitere Leute, die lasen.

»Also, ich bin neugierig«, sagte Ms Linden. »Was genau wisst ihr über den Unlösbaren Code?«

»Nicht sehr viel.«

Emily zögerte, in der Angst, zu viel zu verraten, aber ihr Bruder plauderte drauflos. »Wir wissen, dass er verflucht ist, aber so etwas macht uns keine Angst.« Er zuckte betont gleichgültig mit den Schultern.

Wer war dieser Typ, der sich hier vor der Bibliothekarin in Szene setzte? Emily war sich nicht einmal sicher gewesen, dass Matthew zugehört hatte, als sie ihm von der Unterhaltung mit der Frau im Maritime Museum erzählt hatte, aber anscheinend hatte er das.

Sie selbst hätte den Fluch lieber nicht erwähnt, da die Museumsführerin sich aus diesem Grund geweigert hatte, darüber zu sprechen – was, wenn Ms Linden nun ihre Meinung ändern würde und sie nicht mehr den Code ansehen ließe?

»Wir wissen auch, dass er die Mark-Twain-Chiffre genannt wird«, fügte James hinzu.

Ms Lindens Augen begannen zu leuchten. »Dann wisst ihr also über Tom Sawyer Bescheid?«, fragte sie.

»Das Buch?« Emily kannte den Titel, weil sie ihn bei der Bücherjagd schon einmal gefunden hatte. Es war die erste Bücherjagd gewesen, auf die sie in San Francisco gegangen war, und nur ein Spieler hatte das Buch vor ihr entdeckt.

»Nicht das Buch.« Ms Linden lächelte. »Ah, das wird lustig. Ihr werdet die Geschichte lieben. Ich bin gleich wieder da.«

Ms Linden ließ sie für einen Moment alleine zurück und kam mit zwei Ordnern in der Hand zurück. »Bevor wir mit dem Code weitermachen, möchte ich, dass ihr jemanden kennenlernt.« Sie klappte einen der beiden Ordner auf und das Schwarz-Weiß-Porträt eines Mannes mit Schnurrbart, Kinnbärtchen und Koteletten kam zum Vorschein. Ein großer Feuerwehrhelm krönte seinen Kopf. »Das hier ist Tom Sawyer. Er lebte im späten neunzehnten Jahrhundert hier in San Francisco.«

»Der Typ da? Er lebte hier vor so langer Zeit? Der sieht aus wie ein Hipster mit ’nem riesigen Hut«, machte Matthew sich lustig.

Ms Linden schaute sich das Foto noch einmal an. »Ich schätze, manche Trends kommen immer wieder. Jedenfalls war Tom Sawyer ein Held des noch jungen San Francisco. Er half der Stadt, eine der ersten Feuerwehren zu organisieren und aufzubauen.«

»Aber hat er denn auch irgendetwas mit dem Buch *Tom Sawyer* zu tun?«, fragte Emily.

Ms Linden nickte. »Hier wird die Geschichte interessant. Dieser Tom Sawyer hier behauptete, der Autor Mark Twain habe den Protagonisten seines Buches nach ihm benannt. Twain selbst hat sich nie dazu geäußert, ob das stimmte. Sie kannten sich aber tatsächlich, aus der Zeit, als Twain als Reporter hier in San Francisco gearbeitet hatte. Damals hieß er natürlich noch Samuel Clemens.« Ms Linden hielt inne, sah ihre gerunzelten Stirnen und erklärte: »Mark Twain war sein Künstlername. Tom Sawyer und Twain waren gut genug befreundet, dass Sawyer ihn besuchte, als er in Virginia City wohnte, einer der Bergbaustädte oben im Norden von Nevada. Es muss zu der Zeit gewesen sein, als Mark Twain angeblich den Unlösbaren Code beim Glücksspiel gewonnen hat. Der Mann, der gegen ihn verlor, hatte kein Geld, um seine Spielschulden zu zahlen, daher bot er ihm stattdessen den Code an. Er behauptete, dass er, wenn er einmal gelöst war, zu einem Haufen Gold führen würde, das in der Nähe von San Francisco vergraben sei.«

»Echt?« Emily suchte James' Blick. Konnte es das sein, hinter dem Mr Quisling her war? Vergrabenes Gold? Wenn sie zuerst den Unlösbaren Code knackten, würden sie dann vor ihrem Lehrer den Schatz finden?

»Echt«, antwortete Ms Linden. »Mark Twain hatte eine Schwäche für gute Geschichten, daher akzeptierte er den Code als Bezahlung. Aber jemand warnte ihn, dass der Code mit einem Fluch belegt sei – angeblich hatte er ein großes Feuer überstanden …«

»Das Feuer, dem die *Niantic* zum Opfer gefallen ist«, sagte Emily, die sich an das erinnerte, was die Museumsführerin im Maritime Museum ihnen erzählt hatte.

Ms Linden hob beeindruckt ihre Augenbrauen. »Also kennt ihr doch einen Teil der Geschichte.« Sie nickte. »So kam die Idee eines Fluchs zustande. Die Legende besagt, derjenige außer dem ursprünglichen Besitzer, der die Chiffre knackt und den sagenumwobenen Schatz findet, würde mit einem Feuer bestraft werden. Aber Mark Twain machte sich darüber keine Sorgen – einige Historiker spekulieren, dass er den Code gerade aus dem Grund als Zahlungsmittel akzeptiert hatte, weil er fasziniert von der Hintergrundgeschichte war. Aber dann änderte Mark Twain seine Meinung, als in seinem Hotelzimmer ein Feuer ausbrach.«

»Im Ernst?«, fragte Matthew.

Ms Linden nickte. »Im Ernst. Das hat Twain wohl sehr erschreckt. Tom Sawyer bot an, ihm den Code abzunehmen. Er war schließlich Feuerwehrmann und ließ sich von so einem albernen Feuerfluch nicht abschrecken. Sawyer besaß einen

Saloon in San Francisco und er wollte Gäste in sein Lokal locken, indem er den Code öffentlich ausstellte. Er rahmte ihn und hängte ihn zu den Feuerwehr-Erinnerungsstücken, die die Wände zierten. Dann erzählte er den Gästen, dass der Code ein Geschenk von Mark Twain war und forderte sie dazu heraus, ihn zu lösen. Sawyer versprach jedem, der dazu in der Lage war, lebenslang Getränke aufs Haus. Aber es hat nie jemand geschafft.« Ms Linden machte eine kurze Pause und fuhr dann fort: »Aber jetzt kommt der Knaller! Tom Sawyers Bar brannte nieder, während der Code an der Wand hing. Stellt euch das mal vor! Und nun ratet mal, was den Flammen entronnen ist?«

Ms Linden schlug den zweiten Ordner auf, hinter dessen Deckel ein vergilbtes Blatt Papier zum Vorschein kam, das zwischen zwei Bögen Pergament steckte. Die untere Hälfte des Blatts war voller Buchstaben, die in altmodischen Schnörkeln geschrieben waren: »Der Unlösbare Code.«

10

»Ich lasse euch damit mal alleine«, sagte Ms Linden und trippelte davon.

Das Blatt Papier war an den Rändern etwas dunkler und roch wie der Dachboden in einem alten Haus. Das Einzige, was sich auf der oberen Hälfte des Blatts befand, war ein fast nicht mehr sichtbarer, mondförmiger Fleck, als hätte eine Kaffeetasse einen Ring hinterlassen. Von der Rückseite des Blattes schimmerten Schatten von etwas durch das Papier. Emily schob ihre Finger darunter und drehte die Seite um. Dort befand sich eine einfache Zeichnung – vier unregelmäßige Kreise und ein paar wurmartige Striche –, als ob jemand eine Skizze begonnen, sich es dann aber anders überlegt hätte. Die Art von Kritzelei, die sie im Unterricht machen würde.

»Diese Person schreibt wie ein Kind«, sagte Matthew. »Mein Englischlehrer würde das für Schönschrift mit einer fetten Drei benoten.«

Emily seufzte, genervt von ihrem Bruder. »Das ist alt, Matthew«, sagte sie. »Die haben damals eben anders geschrieben.«

Aber was Matthew beobachtet hatte, war schon richtig. Die Schrift war wirklich irgendwie … kindlich? Es sah aus, als hätte jemand zwar peinlich genau darauf geachtet, jeden Buchstaben so ordentlich wie er konnte zu schreiben, aber er hatte einfach nicht die beste Handschrift.

Während sie das Raster untersuchte, drehte sie den Bleistift, der in ihrem Pferdeschwanz steckte. Das hier sah sehr viel schwerer aus als die Rätsel, die sie normalerweise von der Bücherjagd-Website herunterlud. »Ich weiß nicht mal, womit ich hier anfangen soll. Du?«

»Es heißt ja nicht umsonst ›Der Unlösbare Code‹«, gab James zu bedenken. »Dafür brauchen wir mindestens einen Tag. Warum schreiben wir ihn nicht ab, damit wir zu Hause daran arbeiten können?«

Emily drehte das Papier um, um sich die Zeichnung anzusehen, dann wendete sie es wieder zu der Seite mit den Buchstaben.

»Ihr könntet es abpausen«, schlug Matthew vor. Er zeigte auf die Fenster auf der anderen Seite des Raums. »Wir könnten ein Fenster als Leuchtkasten verwenden.«

Emily riss schnell eine leere Seite aus ihrem Notizbuch. Sie zog den Stift aus ihrem Pferdeschwanz und die drei gingen hinüber zu dem Fenster, das größtenteils von Bücherregalen verdeckt war. Nicht dass sie irgendetwas Kriminelles vorhätten, aber Emily wollte nicht unbedingt Aufmerksamkeit auf sich ziehen.

»Ich halte das Papier fest«, sagte Matthew und drückte den Unlösbaren Code mit dem Zettel aus dem Notizbuch darüber gegen die Scheibe. Die Buchstaben schienen nur schwach hindurch, aber lesbar genug, dass Emily damit beginnen konnte, sie abzupausen. Als sie fertig war, drehte Matthew beide Seiten um, sodass das Papier aus dem Notizbuch in der gleichen Richtung lag wie der Unlösbare Code, und Emily zeichnete vorsichtig die Umrisse der Skizze nach.

Als sie Ms Linden den Ordner zurückgaben, fragte Emily: »Wird der Unlösbare Code oft angesehen?« Sie überlegte, wie viele Leute neben Mr Quisling wohl gerade noch dabei waren, ihn zu lösen.

»In letzter Zeit zumindest nicht, so viel kann ich verraten«, sagte Ms Linden. »Aber vielleicht versuche ich auch mal, ihn zu entschlüsseln.« Sie zwinkerte.

◇◇

Am nächsten Tag war Silvester und nach mehreren vergeblichen Versuchen, den Unlösbaren Code zu knacken, waren Emily und James ganz froh, eine Ablenkung vom ganzen Nachdenken zu haben.

Die Lees kochten für Emilys Familie ein Essen, das James' Mom »Heißer Topf« genannt hatte, was sich im wahrsten Sinne des Wortes als heißer Topf voller Ingwerbrühe herausstellte, der in der Mitte des Tischs stand. Die Lees waren geduldig mit Emilys Familie, wenn sie versuchten, mit den Essstäbchen eine ganze Reihe von rohen Zutaten in die kochende Brühe fallen zu lassen. Als Emilys Vater einen glitschigen Shrimp auf dem Servierteller herumschob, weil er ihn nicht aufnehmen konnte, sagte James: »Wir haben auch Gabeln. Sie können doch stattdessen eine Gabel nehmen.«

»Nein, nein«, protestierte Mr Crane. »Normal kann ich ganz gut mit Stäbchen umgehen. Jedenfalls wenn ich Sushi esse.«

Eine siegreiche Sekunde lang balancierte er den Shrimp zwischen seinen Stäbchen, bis er davonschoss und zielsicher mit einem kleinen Platsch in der Brühe landete.

Die beiden Familien brachen in Jubel aus und Emilys Dad grinste verlegen, bevor er ein kleines Sieb benutzte, um seinen fertig gegarten Shrimp wieder herauszufischen.

Nach dem Abendessen blieben Emilys Eltern noch oben, um zu lernen, wie man *Mah-Jongg* spielte, während Emily, ihr Bruder und James Brettspiele in einem Zelt spielten, das sie sich aus Bettlaken im Wohnzimmer der Cranes gebaut hatten. Emily konnte sich nicht daran erinnern, wann sie zuletzt eine solche Festung gebaut hatte, und vielleicht waren sie dafür jetzt auch schon zu alt, aber niemand von ihnen hätte es ausgesprochen. Es war so, als hätten die drei einen Pakt geschlossen, einfach den Moment zu genießen und niemals infrage zu stellen, ob sie sich vielleicht kindisch verhielten. Manchmal machte es einfach Spaß, sich nicht seinem Alter entsprechend zu verhalten.

»Tom Grün, in der Eingangs-Halle, mit dem Kerzenleuchter.« Sie spielten ihre dritte Runde *Cluedo* und Matthew hielt sich gerade einen braunen Umschlag vor die Stirn, schloss konzentriert die Augen und versuchte, seine finale Antwort zu erraten.

Durch die Zimmerdecke hindurch drang das Geklapper von Spielplättchen, die auf einen Tisch geschüttet wurden, gepaart mit einer Runde Gelächter.

Matthew zog die Karten heraus und klatschte sie auf das Spielbrett. »Ja!« Er stieß seine Fäuste in die Luft und kippte nach hinten, verlor die Balance und stieß gegen einen der Stühle, die das Zelt stützten. Der Stuhl flog um und riss das Laken von dem gegenüberliegenden Stuhl, sodass sie darunter begraben wurden.

»Vorsicht Matthew!« Emilys Schrei wurde von dem Laken gedämpft.

»'tschuldigung!« Matthew sprang hoch, blieb aber auch im Laken hängen. »'tschuldigung.« Er machte sich daran, mit James' Hilfe das Zelt wieder aufzubauen.

»Zeit für ein neues Spiel.« Emily hatte sich von dem Laken befreit und rannte in ihr Zimmer, um den Stapel Spiele zu durchsuchen, den James mit heruntergebracht hatte. »*Kniffel* oder *Tabu*?«, rief sie. Von ihrem Bruder und James kamen unterschiedliche Antworten, daher schnappte sie sich beide Spiele. Kurz bevor sie das Zimmer verließ, zögerte sie, um sich die nebelblauen, aquamarinfarbenen und dschungelgrünen Kleckse anzusehen, die sie kürzlich an die Wand gemalt hatte. James' Großmutter, die auch ihre Vermieterin war, hatte Emily die Erlaubnis gegeben, ihr Zimmer zu streichen, solange die Cranes es wieder weiß strichen, wenn sie irgendwann auszögen, doch nun war Emily unschlüssig, für welche Farbe sie sich entscheiden sollte.

Emily trug die beiden Spiele ins Wohnzimmer. »Kennt ihr das Sprichwort, dass die Art, wie man den ersten Tag eines neuen Jahres verbringt, vorgibt, wie das ganze Jahr wird?«

»Wer sagt das?« Matthew kniff skeptisch die Augen zusammen.

»So wie wenn Mom und Dad immer sagen ›Neuer Staat, neuer Start‹, wenn wir umziehen. Das kommt aufs Gleiche raus«, sagte Emily. »Womit soll dein nächstes Jahr gefüllt sein?«

»Musik«, sagte Matthew, was sie sich hätte denken können.

»It's-Its«, sagte James.

»It's-Its?«, fragten Emily und Matthew wie aus einem Mund.

»Ihr lebt seit drei Monaten hier und hattet noch nie ein It's-It? Sie sind … sie sind …« James seufzte und starrte verträumt zur Zimmerecke. »Stellt euch vor, ein weicher Hafer-Cookie und eine in Schokolade getauchte Eiswaffel hätten ein Baby.«

»Nicht gerade appetitlich, darüber nachzudenken, wie Lebensmittel sich paaren«, sagte Matthew.

James zuckte mit den Schultern. »Sie sind köstlich. Das ist alles, was ich damit sagen wollte.«

»Ich möchte ein Jahr voller …«, begann Emily.

»Bücher«, warf ihr Bruder ein.

»Bücherjagden«, fügte James hinzu.

Emily runzelte die Stirn. Diese Antworten waren offensichtlich und wahr, aber trotzdem unbefriedigend. Sie dachte an Ms Linden und ihr Boot, wie sie durch Schiffswracks tauchte und so viel über die Geschichte des Unlösbaren Codes wusste. Eine echte Schatzsucherin zu werden klang großartig, aber zu sagen, sie wünsche sich ein Jahr voller Schätze wäre ungefähr so lächerlich wie zu sagen, sie wünsche sich eines voller Einhörner.

»Ich hab eine Idee.« James schnappte sich seinen Laptop.

»Was für eine Idee?« Emily sah, dass die Bücherjagd-Website auf dem Bildschirm geöffnet war, bevor James ihn wegdrehte.

»Ich schaue gerade nach, ob an einem meiner Lieblingsorte der Stadt bereits ein Buch versteckt ist, aber es ist besser, wenn es erst mal eine Überraschung bleibt.« Er tippte noch ein paar Wörter, dann sagte er: »Ja! Jemand hat tatsächlich eins dort versteckt. Lasst es uns morgen suchen gehen. Es ist

Musik im Spiel, Matthew, daher wird es dir auch gefallen. Und wenn die Sterne gut stehen, dann gibt es auch It's-Its.«

Das mit der Bücherjagd war nicht Emilys Idee gewesen, aber sie musste zugeben, dass es nach einer guten Art klang, den Tag zu verbringen.

◇◇

Am nächsten Morgen brachen Emily, James und Matthew zu ihrem Bücherjagd-Abenteuer auf, das James geplant hatte, aber sie waren gerade einmal ein paar Schritte von ihrem Haus entfernt, als Emily einfiel, dass sie ihr Busticket vergessen hatte.

»Ich bin gleich wieder da«, sagte sie und rannte die Eingangstreppe hinauf.

Die erhobene Stimme ihrer Mutter kam aus der Küche. »Sie haben Konkurs angemeldet?«

»Ich weiß«, antwortete ihr Vater. »Ich bin genauso schockiert wie du.«

»Das ist einer deiner festen Kunden. Das ist eine Riesensache, David. Warum bist du so unbesorgt? Wir haben uns darauf verlassen, dass die Zahlungen für diese Lektoratsprojekte regelmäßig reinkommen.«

Die Stimmen ihrer Eltern wirkten wie eine Angelschnur, die Emily an den Haken nahm und sich spannte. Sie zog an ihr, während sie den Flur zu ihrem Zimmer entlanglief, sie zog an ihr, als sie ihr Busticket fand, das sie als Lesezeichen in *The Egypt Game* gelegt hatte.

»Ich weiß, ich weiß. Glaub mir, ich bin genauso besorgt wie du. Vielleicht noch mehr«, sagte ihr Dad. »Aber wir werden das schon schaffen. Das Geld war vorher auch manchmal knapp. Ich wende mich an meine Kontakte und lasse sie wissen, dass ich mehr Arbeit gebrauchen könnte.«

»Das Geld war vorher auch knapp, aber da haben wir nicht in San Francisco gelebt. Selbst das Atmen ist hier schon teuer«, sagte Emilys Mom.

Eine bedeutungsschwere Pause entstand. Emily wusste, sie sollte sich von den scharf klingenden Worten befreien, die nicht für ihre Ohren bestimmt waren, und die Treppe hinunter und zur Tür hinausdüsen. Sie wusste, dass sie das tun sollte, aber sie blieb auf dem Treppenabsatz stehen und lauschte.

»Wir bekommen auch noch die Vorauszahlung für unser *50-Staaten*-Buch«, sagte ihr Dad.

Emilys Mom schnaubte verächtlich. »Das reicht uns vielleicht für zwei Monate, höchstens, und wer weiß, wann das Geld kommt.«

»Das weiß ich, Elizabeth.« Die Stimme ihres Vaters klang dünn.

»Ich weiß, dass du das weißt«, sagte ihre Mutter weicher. »Ich werde meine Designkunden auch anschreiben. Vielleicht kann ich an ein paar mehr Aufträge kommen. Und während wir uns umsehen, können wir an unser Erspartes gehen, aber das wird uns auch nicht so lange reichen. Ursprünglich hatten wir nicht geplant, länger als ein Jahr hierzubleiben.«

Emily holte tief Luft und die Wörter-Angelschnur wurde durchgeschnitten. Sie ging so schnell die Treppen wieder nach unten, wie sie gekommen war. Sie hatte ihre Eltern immer als Team, als vereinte Front wahrgenommen. Natürlich gerieten sie zum Beispiel beim *Scrabble* spielen auch mal in hitzige Debatten, aber bis jetzt war das immer eher spielerisch gewesen. Schlimmer als der Ton ihres Streits war aber der Grund dafür gewesen. Ihre Eltern hätten jetzt nicht streiten müssen, wenn Emily sie nicht dazu gebracht hätte zu versprechen, dass sie in San Francisco bleiben.

Emily schloss die Haustür mit einem leisen Klicken und gesellte sich zu James und ihrem Bruder auf dem Gehweg.

»Du wolltest doch einen perfekten Neujahrstag«, sagte Matthew und deutete zum glasklaren blauen Himmel und dem Wasser der Bucht in der Ferne, das durch die Lücken der Häuser hindurch funkelte, während sie den Hügel hinaufstiegen. »Besser als jetzt wird es nicht.«

◇◇

Sie fuhren mit dem Bus in die ungefähre Richtung des Jachthafens. Emily kaute auf ihrer Lippe herum und starrte aus dem Fenster. In ihrem Kopf klang immer noch der Satz ihrer Mutter nach: »Selbst das Atmen ist hier teuer.«

Neben ihr löcherte Matthew James mit Fragen darüber, was dieser mysteriöse Ort mit Musik zu tun hatte. »Ist es ein Ort, wo Shows oder Konzerte stattfinden?«

James gab ihm einen Ausdruck von der Bücherjagd-Website. »Das ist das Einzige, was ich dir darüber verraten kann. Es ist der Hinweis für das versteckte Buch.«

23 15 19 20 5 9 14 5 13 21 19 9 11
13 1 3 8 5 14

»Das ist Nancy-Drew-Level«, ergänzte James.

Matthew stieß Emily an. »Ich brauche deine Hilfe, Sherlöckchen«, sagte er und benutzte den Spitznamen, den ihr Dad erfunden hatte, weil sie Rätsel so liebte. Emily wandte den Blick vom Fenster ab und starrte auf die Zahlen. Sie war versucht zu sagen: »Das bringt doch alles nichts«, aber dann sah sie Matthew an. Normalerweise war er inzwischen zu cool, um Zeit mit ihr zu verbringen, und nun brütete er über dem Code, als würde er dafür eine Note bekommen. James wippte auf seinem Sitz wie ein kleines Kind, das mit Mühe und Not ein Geheimnis zurückhält. Sie hatte gewollt, dass der Neujahrstag das widerspiegeln würde, was sie sich für das neue Jahr erhoffte. Wollte sie das ganze Jahr über schmollen? Bestimmt nicht. Emily setzte ihr Pokerface auf.

Nancy Drew war eines der leichteren Rätsel-Levels bei der Bücherjagd, und mit diesem Hinweis schätzte Emily, dass es eine unkomplizierte Zahlensubstitutions-Chiffre sein musste. Sie zog den Bleistift aus ihrem Pferdeschwanz und kritzelte ein Alphabet in ihr Notizbuch. Dann schrieb sie die Zahlen 1 bis 26 unter jeden Buchstaben. Schnell hatte sie den Hinweis entziffert, der lautete:

Wo Steine Musik machen.

Matthew wiederholte den Satz laut. »Ist es irgendein Ort, wo die Rolling Stones mal gespielt haben?«, fragte er James.

»Nö«, erwiderte James.

Matthew stütze einen Arm auf die Rückenlehne des Vordersitzes und trommelte mit den Fingern. »Die Stone Temple Pilots?«

»Es hat nichts mit einer Band zu tun«, sagte James.

Emilys Gedanken schweiften zurück zum Streit ihrer Eltern. Vielleicht konnte sie etwas tun, um die Situation zu ändern? Wenn sie einen Weg finden würde, ihren Eltern zu helfen, dann würde sie sich nicht so schuldig fühlen, ihre Eltern gebeten zu haben, nicht wieder umzuziehen, und vielleicht würden sie sehen, wie ernst es ihr war, in San Francisco bleiben zu wollen.

Was machten andere Fast-Dreizehnjährige, um Geld zu verdienen? Sie könnte Babysitten. Sie kannte keine Familien mit kleinen Kindern, aber sie könnte welche suchen. Ihr Dad hatte einmal erzählt, dass er als Kind Zeitungen ausgetragen hatte. Wurden Zeitungsausträger noch gesucht? Oder vielleicht könnte Hollister Hilfe in seinem Laden brauchen. Ja, sie sollte mit der Hollister-Idee anfangen. Beim Pläneschmieden rückten ihre Sorgen in den Hintergrund. Das war ein Problem, das gelöst werden konnte. Ihr perfekter Neujahrstag konnte immer noch gerettet werden.

Emily, James und Matthew waren gerade einmal einen Block von der Bushaltestelle in das Jachthafen-Viertel gelaufen, als James auf einen Laden zeigte, der an einer Straßenecke lag.

»Hier ist unser erster Halt«, sagte er.

»Hier? Das ist der spektakuläre Ort, mit dem du uns überraschen wolltest?«, fragte Emily.

»Wir müssen hier ein paar notwendige Dinge einkaufen«, erklärte James.

Sie und Matthew folgten ihm in den Laden. Sie stoppten vor dem Verkaufstresen, wo ein älterer Mann auf einem Hocker saß und lautstark in einer fremden Sprache in ein Handy sprach. In der Glasvitrine neben der Kasse waren Schalen voller Baklava, Spanakopita, Dolmas und einem Salat, der mit Feta, Oliven und Peperonis garniert war, daher nahm Emily an, der Mann spreche Griechisch. Er nickte ihnen fast unmerklich zu, um ihnen zu zeigen, dass er sie wahrgenommen hatte, dann setzte er sein Gespräch fort.

Direkt vor der Kasse stand eine Gefriertruhe. James schob den Deckel auf.

»Seht an: It's-Its. Der wahre Genuss San Franciscos«, sagte er feierlich. Einzeln verpackte, runde Eis-Sandwiches stapelten sich in der Truhe. James pflückte eins aus der Gefriertruhe und legte es auf den Tresen. »Sucht euch eine Geschmacksrichtung aus. Ich bin ein Vanille-Typ.«

»Cappuccino«, sagte Matthew. »Ausgefallen.«

»Das ist auch eine Sorte, die wirklich schwer zu finden ist«, sagte James, und Matthew brauchte keine weitere Aufmunterung, sich dafür zu entscheiden.

Emily biss sich unentschlossen auf die Lippe.

»Man kann wirklich nichts falsch machen«, sagte James, aber es war keine Unentschiedenheit, die sie zögern ließ. Minuten zuvor hatte sie noch im Bus gesessen und sich geschworen, einen Weg zu finden, ihren Eltern zu Geld zu verhelfen. Sollte sie jetzt wirklich zwei Dollar für ein Eis-Sandwich ausgeben? Zwei Dollar waren natürlich nicht genug, um ihre Miete zu zahlen, das wusste sie, aber sie konnte das Geld in ein Glas tun und sparen.

Als könnte er Gedanken lesen, fügte James hinzu: »Ich lade euch ein. Meine Mom hat mir Geld gegeben, bevor wir los sind.«

Emily nagte noch ein paar Sekunden lang auf ihrer Lippe herum, bevor sie sich ein Minz-Sandwich nahm. »Danke James«, sagte sie, während der Mann abkassierte, ohne sein Gespräch zu unterbrechen.

Sie traten wieder nach draußen, wo Matthew schon Anstalten machte, die Verpackung seines Sandwiches aufzureißen, aber James hielt ihn auf. »Nein, nein, nein! Ihr müsst euch euer erstes It's-It in einer denkwürdigen Umgebung auf der Zunge zergehen lassen. Lasst uns erst das Buch finden.«

Matthew sah sein Eis sehnsüchtig an. »Aber es wird schmelzen.«

»Keine Sorge«, sagte James und schnippte seins mit dem Finger an. »Die sind wie Hockey Pucks. Wir haben Zeit.«

Sie liefen weiter, bis das Viertel an einem Parkplatz mit Blick aufs Meer endete. Die Kabel der Golden Gate Bridge führten von ihren Hauptpfeilern hinunter und trafen sich in der Mitte wie Riesen, die sich quer über das Wasser an den Händen hielten.

»Hier ist das Buch versteckt?«, fragte Emily. »Auf einem Parkplatz?«

»Ihr werdet diesen Ort mögen, glaubt mir«, sagte James. Er führte sie zu einer winzigen Halbinsel, die in das Wasser hineinragte und gerade einmal breit genug für einen Fußgängerweg war. In dem Jachthafen auf ihrer Stadtseite schaukelten Dutzende Segelboot-Masten auf dem Wasser auf und ab, auf der anderen Seite war die offene Bucht.

»Dieser Weg sieht nicht so aus, als würde er irgendwo hinführen, Kumpel«, sagte Matthew. »Willst du, dass wir über die Planke gehen?«

»Wer als Erster dort ist!« James schoss los und lief den Weg entlang. Emily und Matthew sprinteten hinter ihm her, vorbei an vertäuten Segelbooten und einem einsamen Fischer, der am felsigen Rand der Bay stand. Emily wurde schnell klar, dass der Weg gar nicht endete, sondern eine Kurve nahm. Dort ging es etwas abschüssig weiter und eine Ebene kam zum Vorschein, die vorher nicht sichtbar gewesen war.

Es war eine Plattform an einem Abschnitt des Jachthafens, an dem keine Boote lagen. Um sie herum waren Steine und Zementblöcke in solch merkwürdigen Mustern aufgeschichtet, dass daraus runde Bänke und Mauern entstanden. Stufen führten zu höher gelegenen Ebenen aus Pflanzkübeln und überall ragten riesige Betonrohre heraus, deren Öffnungen schwarz umrandet waren. Sie sahen aus wie mutierte Würmer, die ihre Münder in der Hoffnung auf Futter geöffnet hatten.

»Donnerkeil«, sagte Matthew. »Was ist das hier?«

»Es wird *Wave Organ* genannt«, sagte James. »Ist das nicht cool?«

Es roch nach feuchten Steinen, salziger Luft und irgendetwas Unbestimmtem, wie altes Pommesfett. Die harten Oberflächen und das öde Grau wurden hier und da von einem grünen Busch in einem kleinen Pflanzbeet durchbrochen, oder einem Erdhügel voller lila Blumen. Einige der Steine waren glatt und glänzten, andere waren uneben und matt. Es gab gemaserte Stücke, gemeißelte und verzierte Blöcke, Teile von Säulen und etwas, das wie zerbrochener Schutt aussah. Wenn nicht alles so arrangiert gewesen wäre, dass es wie Absicht aussah, dann hätte Emily angenommen, dass sie inmitten eines winzigen altertümlichen Gebäudes stünden, das bei einem Erdbeben eingestürzt war.

»Warum sind einige der Blöcke so schick verziert und andere nicht?«, fragte sie.

»Ich glaube, die Steine kamen alle von einem Friedhof, der aufgelöst wurde«, sagte James.

»Cool«, sagte Matthew zur gleichen Zeit als Emily sagte: »Uäh.«

»Was soll das eigentlich bedeuten, *Wave Organ*?«, fragte Matthew.

»Hört mal«, sagte James. Er hielt ein Ohr an einen der Wurmmünder. Die Öffnung war mehr als halb so groß wie sein Kopf. Emily und Matthew suchten sich jeweils auch einen und lauschten. Was Emily wahrnahm, klang wie Wasser, das über Blechdosen schwappte.

»Das sind die Orgelpfeifen und wenn die Flut kommt, füllt das Wasser sie und erzeugt Töne«, sagte James. »Das ist sozusagen die Wasserversion eines Windspiels.«

»Aqua-Rock!«, sagte Matthew. Nachdem er noch eine Weile den Geräuschen nachgehorcht hatte, fügte er hinzu: »Das wäre ein guter Name für eine Band.«

Emily vergaß alles über gruselige Würmer und Friedhofsstimmung, während sie herumlief, um ihre Ohren an die unterschiedlichen Tentakel zu halten. Dann stellte sie sich mitten auf die Plattform und hielt Ausschau nach Verstecken, die die Größe eines Buches hatten.

Es gab Spalten und Lücken zwischen den Steinen, aber keine sah irgendwie groß genug aus. Sie kletterte die Steinstufen nach oben und ließ ihre Hand durch unkrautartiges Grünzeug wandern, das aus den Kübeln wuchs, aber sie fand kein Buch.

Sie überquerte die Plattform und blieb am Rand stehen, mit Blick auf die von Gebäuden übersäten Hügel San Franciscos jenseits des Jachthafens. Unter ihr senkte sich eine wilde Ansammlung von Felsen und Geröll bis zum Wasser ab. Sanfte Wellen schlugen gegen die Steine und zogen sich wieder zurück, um ein Stück Sandstrand zum Vorschein zu bringen.

Emilys Blick wurde von einem grauen Klotz angezogen, der auf einem der Felsen lag. Es war die einzige rechteckige Form inmitten einer Ansammlung von runden. Der Winkel, in dem der Klotz lag, sah irgendwie auch unnatürlich aus. Emily ging am Rand der Plattform in die Hocke und versuchte, an den Block heranzukommen, aber ihre Fingerspitzen streiften ihn lediglich. Sie setzte einen Fuß auf einen großen Felsblock, testete kurz, ob er auch stabil war, und streckte sich noch einmal nach dem Klotz. Diesmal konnte sie ihn hochheben und darunter kam eine transparente Plastiktüte mit einem Taschenbuch zum Vorschein, das sicher darin verwahrt war.

»Ha!«, schrie Emily.

»Du hast das Buch gefunden?«, rief James. Er und Matthew kamen näher, als Emily eine Ecke der Plastiktüte zu fassen bekam und sie herbeizog. Sie schob den Zip-Verschluss auf und zog eine Taschenbuchausgabe von *Der vierzehnte Goldfisch* heraus. Sie hätte sich am liebsten direkt auf eine der Steinplatten-Bänke gesetzt und angefangen zu lesen, aber James wedelte mit seinem It's-It hin und her.

»Der perfekte Zeitpunkt zum Feiern!«, sagte er.

Die drei gingen den Weg ein Stück weiter entlang, um sich auf die steinige Oberfläche des Anlegestegs zu setzen, mit Blick auf die Bucht. Dutzende Kitesurfer waren auf dem Wasser und es sah aus, als würden ihre bunten Segel in der Luft tanzen. Emily nahm einen Bissen von ihrem It's-It. Die Schokoladenhülle knackte und unter ihr kam ein weicher Haferflockenkeks zum Vorschein. Halb geschmolzene

Minzeiscreme quoll heraus. Es war süß und kalt, mit knusprigen Stückchen, alles in einem Bissen.

»Das ist so gut«, sagte Emily, nur dass ihr Mund voll und kalt war, daher klang es mehr nach »Dasch ischo guut!«

Nach ein paar Minuten mit nichts als Möwenschreien, rhythmischem Plätschern von Wasser und konzentriertem Essen von Eis-Sandwiches, schluckte Emily einen Bissen hinunter und zeigte in Richtung Bay.

»Ich weiß, dass das Alcatraz ist«, sagte sie und zeigte auf das Felsmassiv einer Insel mit einem langen weißen Gebäude und einem Leuchtturm an der Spitze. »Aber welche Insel ist das?« Die größere Landmasse in der Nähe von Alcatraz war grün bewachsen.

»Das ist Angel Island«, sagte James. »Die Leute fahren dorthin zum Wandern oder Radfahren. Und vor langer Zeit wurden dort Einwanderer als Erstes hingebracht. Übrigens machen wir demnächst einen Ausflug zu der Einwanderungsstation dort. Die Siebtklässler fahren jedes Jahr dorthin.« James war fertig mit seinem It's-It und faltete die Plastikverpackung in immer kleinere Quadrate.

»Wenn man eine Karte von San Francisco anschaut, dann sieht die Bucht nicht groß genug für zwei Inseln aus«, sagte Emily.

»Es gibt sogar mehr als zwei. Man kann bei guten Bedingungen eine weitere dort draußen sehen. Sie heißt Treasure Island. Die Bay Bridge führt da drüber.«

James zeigte zum höchsten Punkt der Bay Bridge, die aus dieser Entfernung wie ein Miniatur-Spielzeug aussah.

»Treasure Island, wie Schatzinsel?«, wiederholte Emily.

Matthew kaute auf seinem It's-It. »Hat dort jemand einen vergrabenen Goldschatz gefunden oder so was? So wie der Code, den ihr in der Bibliothek angeschaut habt?«

James starrte zu der kleinen Insel hinüber als würde er sie in neuem Licht sehen. »Ich dachte immer, sie sei nach dem Buch benannt.«

»Selbst wenn jemand dort einen Schatz gefunden hat, bedeutet das immer noch nicht, dass es der Schatz des Unlösbaren Codes war«, sagte Emily bestimmt. Ihr war bisher nicht klar gewesen, wie sehr sie gehofft hatte, den lange verloren geglaubten Schatz zu finden, bis sie mit der Möglichkeit konfrontiert wurde, dass jemand schneller gewesen sein könnte.

»Das ist wahr.« James nickte. »Der Code wurde nicht geknackt, das wissen wir sicher, das heißt also, wenn der Unlösbare Code wirklich zu einem Goldschatz führt, dann muss er noch immer versteckt sein.«

»Was würdet ihr kaufen, wenn ihr dieses lange verlorene Gold finden würdet?«, fragte Matthew. »Ich würde eine Gibson Les Paul kaufen.«

»Eine was?«, fragte Emily.

»Eine coole Gitarre«, erklärte Matthew.

»Ich würde einen neuen Computer kaufen«, sagte James.

»Aber du hast doch schon drei!«, sagte Emily. »Vier, wenn man deinen Laptop mitzählt.«

James zuckte mit den Schultern. »Ich würde einen durch ein besseres Modell ersetzen. Aber meine Eltern würden sowieso wollen, dass ich das Geld fürs College spare. Wofür würdest du es ausgeben?«

Emily dachte an die Diskussion, bei der sie ihre Eltern belauscht hatte, aber sie wollte Matthew und James nicht davon erzählen. Stattdessen sagte sie das Nächstbeste, das ihr in den Kopf kam.

»Ein Nachtsichtgerät vielleicht?«

»Ein Nachtsichtgerät?«, fragten Matthew und James im Chor.

Emily zuckte mit den Schultern. »Dann könnte ich nachts auf Bücherjagd gehen.«

James lachte und schüttelte den Kopf.

Die drei standen auf und warfen ihre leeren Verpackungen in einen Mülleimer, der mit Steinschutt des alten Friedhofs verkleidet war. Emily hatte ihn gar nicht wahrgenommen, als sie vorhin daran vorbeigerannt waren.

»Wie fällt euer Urteil aus?«, fragte James, als sie aufbrachen. »Wave Organ und It's-Its – war das ein guter Start ins neue Jahr?«

Emily zögerte für den Bruchteil einer Sekunde. Sie fühlte sich immer noch bedrückt von den Worten ihrer Eltern. Goldenes Licht wurde von den Fenstern der Gebäude in der Ferne reflektiert und Emily stellte sich vor, es sei der Geist verlorener Schätze, die sie lockten, sie zu finden. Sie streckte sich und lächelte. *Positiv denken und es wird einen positiven Ausgang haben.* »Es war ein super Start«, sagte sie.

12

Am ersten Schultag nach den Winterferien gingen Emily und James an Hollisters Buchladen vorbei. Ein GESCHLOSSEN-Schild stand im Schaufenster neben der Ausgabe von *The Cathedral Murders*. Die Buchparty war erst eine Woche her, aber irgendwie fühlte es sich an wie Monate. Während sie in das Schaufenster blickte, erinnerte Emily sich daran, wie erstickend die Aufmerksamkeit bei der Party gewesen war, und sie fragte sich, wie ihre Mitschüler sich ihr und James gegenüber in der Schule verhalten würden, nachdem sie sich das erste Mal nach der Bekanntgabe, dass sie das Buch von Poe gefunden hatten, wiedersahen. Sie stellte sich vor, wie die Schulflure sich verengen würden und sie von anderen Schülern angestarrt oder nach Autogrammen gefragt würden, so wie es bei der Buchparty gewesen war. Sie wollte James fragen, was er dachte, wie die Mitschüler drauf sein würden, aber fürchtete, dass er sie falsch verstehen und denken könnte, sie wolle die Aufmerksamkeit.

»Schau mal, was meine Oma gefunden hat.« James nahm seinen Rucksack von der Schulter und kramte einen Zeitungsartikel hervor.

»Ein Paar hat während der Renovierung seines Hauses eine Flasche gefunden, die in der Wand versteckt war«, fasste er zusammen.

»So was steht in der Zeitung?«, fragte Emily. »Die müssen ja verzweifelt nach Geschichten suchen.« Sie erinnerte sich an die Reporterin, die bei der Buchparty gewesen war, und wie heiß sie darauf gewesen war, die Party zu verlassen, nachdem sie die Nachricht über ein kleines Feuer irgendwo in der Stadt bekommen hatte.

»Es war nicht einfach irgendeine Flasche. Sie war sehr alt, stammte sogar noch vom Goldrausch. Es hat sich herausgestellt, dass manche von ihnen sehr selten und Sammlerstücke sind und diese war fünftausend Dollar wert!«

»Eine Flasche kann fünftausend Dollar wert sein?«, fragte Emily.

»Wenn die hier keine Macke gehabt hätte, dann wäre sie sogar noch mehr wert gewesen. Kannst du dir das vorstellen? Ich habe gleich an die *Niantic* gedacht und diese Flaschen, die sie gefunden haben.«

Emily nahm James den Artikel aus der Hand und überflog ihn im Gehen. Das Paar sagte, der Fund der Flasche habe am Ende ihr neues Badezimmer finanziert. Sie fragte sich, ob nicht auch in ihrer Wohnung eine Flasche aus der Goldrausch-Ära in den Wänden stecken könnte. Da sie natürlich nur Mieter waren, würde der Erlös so einer alten Flasche aber wahrscheinlich James' Großmutter zustehen und nicht den Cranes.

Vor ihnen ragte die Booker Middle School auf, ein riesiges Gebäude aus rotem Ziegel, das eher wie eine ausladende Villa aussah, in der Kriminalgeschichten gelöst wurden, als eine Schule.

Aus allen Richtungen kamen Kinder auf die Schule zu, sie strömten aus dem Stadtbus, stiegen aus Autos aus oder kamen zu Fuß, so wie Emily und James. Mit all ihrer Erfahrung, immer und immer wieder die Neue zu sein, hatte Emily die Kunst perfektioniert, sich schnell und unauffällig anzupassen. Sie war es nicht gewohnt, der Mittelpunkt des Interesses zu sein und diese ganzen Leute bei Hollister waren verschwindend, verglichen mit der Menge an Kindern, die zur Booker gingen. Emily holte langsam und tief Luft und atmete durch die Nase aus.

»Alles okay?«, fragte James.

Sie nickte. Es war besser, sich der Situation zu stellen, egal, wie die Reaktionen der anderen Schüler auch aussehen mochten.

◇◇

Als es Zeit für die Pause war, war Emily froh, James nichts über ihre Nervosität erzählt zu haben und sie fühlte sich albern, dass sie überhaupt so besorgt gewesen war. Den ganzen Vormittag über hatte niemand auch nur ein Wort über das Poe-Buch verloren. Nicht ein Schüler. Nicht mal ein Lehrer.

»Bin ich unsichtbar?«, fragte sie James, als sie sich in der Mittagspause am Trinkbrunnen trafen.

»Was?«, fragte James verwirrt.

Emily versuchte ein Lächeln. »Nichts. Dummer Witz.«

Sogar Nisha, das Mädchen, das bei der Buchparty gewesen war und sie gebeten hatte, ein Autogramm in Code in ihr

Buch zu schreiben, hatte Emily auf dem Flur im Vorübergehen nicht gegrüßt. Zugegebenermaßen war sie in ein Notizbuch vertieft gewesen und hatte Emily vielleicht gar nicht gesehen, aber trotzdem.

Emily fühlte sich hin- und hergerissen. Eigentlich wollte sie nicht, dass die Leute sie mit zu viel Aufmerksamkeit bedachten, aber als sie dann tatsächlich buchstäblich niemand zur Kenntnis nahm oder sie auf ihre Rolle bei der Entdeckung des Poe-Buchs ansprach, war sie doch ein wenig enttäuscht.

»Oh-oh«, sagte James. »Es sieht so aus, als wäre Vivian auf der Pirsch nach Freiwilligen.« Er deutete auf ihre Klassensprecherin, die im Zickzack den Gang entlangging und kurze Gespräche mit Einzelnen oder Grüppchen führte, die immer damit endeten, dass die Schüler ihre Köpfe schüttelten und weggingen.

»Freiwillige wofür?«, fragte Emily.

»Ich schätze, das werden wir gleich herausfinden.«

Vivian schritt auf sie zu, einen Ordner an ihre Brust gepresst. Sie lächelte breit und zeigte dabei ihre Zahnspange mit Gummibändern in den Schulfarben. »Wir brauchen Freiwillige für das Ballkomitee zum Presidents' Day. Kann ich auf eure Hilfe bauen?«

»Es gibt einen Ball am Presidents' Day?«, fragte Emily.

»Genau. Am Samstag, den vierzehnten Februar«, antwortete Vivian.

»Aber da ist Valentinstag. Warum gibt es dann keinen Valentinstagsball?«, fragte Emily.

Vivian verdrehte die Augen. »Befragte Schüler haben es mit überwältigender Mehrheit abgelehnt, einen eklatant kommerziellen Feiertag zu unterstützen und stattdessen dafür gestimmt, etwas so inspirierendes und akademisches zu feiern wie unsere Präsidenten.«

»Es gab eine Abstimmung?«, fragte James. »Ich kann mich an keine Abstimmung erinnern.«

Vivian wirkte plötzlich sehr beschäftigt damit, Notizen in ihrem Ordner zu machen.

»Bist du sicher, dass du die gesamten Schüler befragt hast? Nicht nur deine Freunde? Oder dich selbst? Muss ich mit Direktor Montoya darüber sprechen?«, zog James sie auf.

Vivians Augen wurden riesig. »Das kannst du nicht machen!« Sie presste ihren Ordner so fest gegen ihre Bluse, dass Emily sich fragte, ob dort wohl ein rechteckiger Abdruck zurückbleiben würde.

James lachte. »Entspann dich, Vivian. Ich mache nur Spaß. Ich hätte sowieso auch gegen den Valentinstag gestimmt.«

Vivian ließ die Schultern wieder sinken und lächelte betreten. »Also? Kann ich auf eure Hilfe zählen?«, fragte sie noch einmal.

»Na ja …«, begann Emily.

So lange sie denken konnte, steckte Emily in einer Schleife – der Umzugsschleife. Je älter sie wurde, desto schwieriger fand sie es, immer und immer wieder die Neue zu sein. Sie war nicht wie ihr Bruder, der sich sogar mit einem Stoppschild unterhalten konnte. Die beste Lösung war für Emily immer gewesen, sich im Hintergrund zu halten und sich nicht in den Mittelpunkt zu stellen. So gab es weniger Anlass, zurückgewiesen zu werden oder sich zu blamieren. Aber die letzten Monate, in denen James zu einem Freund geworden war, hatten ihr klargemacht, was sie bisher durch ihre Zurückhaltung verpasst hatte. Vielleicht war es an der Zeit, aus der Umzugsschleife zu treten und sich an ihrer Schule zu engagieren. Aber war das Ballkomitee die richtige Wahl? Sie hatte noch nie an einem Ball teilgenommen. Vielleicht sollte sie das erst einmal tun, bevor sie sich bereit erklärte, einen mitzuplanen.

»Mitglieder des Komitees bekommen die Tickets umsonst«, fügte Vivian hinzu.

»Der Eintritt zu dem Ball soll Geld kosten?«, fragte Emily.

»Wie sonst sollen wir die Dekoration und die Musik und all das bezahlen?«

Geld. Natürlich.

»Also?« Vivian zückte ihren Stift, bereit für ihre Antwort.

»Ich bin dabei«, sagte Emily schnell, bevor sie es sich anders überlegen konnte.

»Wirklich?«, fragte James ungläubig.

Vivian kritzelte Emilys Namen auf ihren Zettel und verfestigte somit die Zusage in Tinte.

Wenn sie sehen wollte, wie es ist, sich an Schul-Aktivitäten zu beteiligen, dann musste Emily irgendwann einmal ins kalte Wasser springen. Und so würde sie zumindest den Eintritt sparen.

»Und du auch?« Vivian war schon drauf und dran, James' Namen aufzuschreiben.

»Äh, okay – klar«, sagte James.

»Wir treffen uns jeden zweiten Mittwoch nach der Schule und beginnen diese Woche.« Vivian verschwand in der Menge, auf der Suche nach weiteren Freiwilligen.

Als Emily und James sich auf den Weg zur Mensa machten, ging die Tür zum Lehrerzimmer mit einem Schwung auf, und Emily konnte gerade noch zur Seite springen. Mr Quisling entschuldigte sich wortreich über den Beinahezusammenstoß, aber Emily konnte ihren Lehrer nur anstarren und an nichts anderes denken als daran, wie er in Hollisters Buchladen in der Handtasche herumgefischt hatte.

»Sie sehen schick aus heute, Mr Quisling«, sagte James. »Ist das Hemd neu?«

»Oh …« Mr Quisling sah an sich hinunter, als ob er eine Erinnerungshilfe brauchte, was er anhatte. »Ja, ist es.«

Er wischte mit der Handkante einen unsichtbaren Fussel von seinem Hemd und dabei flatterte der Zettel, den er in der Hand hielt, mit der Bewegung mit. Emily sah seine Handschrift auf dem Papier, eine Reihe von Buchstaben und durchgestrichene Wörter. Ihr eigenes Notizbuch war mit ähnlichen Zeichen gefüllt, Zeugnis von all ihren Versuchen, Bücherjagd-Codes zu knacken. Konnte es sein, dass Mr Quisling am Unlösbaren Code arbeitete? Ein ungutes Gefühl brach über Emily herein. Sie und James waren absolut ahnungslos, was sie mit dem Gitter aus Buchstaben tun sollten, das sie in der Bibliothek abgeschrieben hatten. Sie hatten es mit Anagrammen und Substitutions-Chiffren versucht, sie hatten die Buchstaben wie ein Wortsuchspiel behandelt, aber ohne Glück. Was, wenn Mr Quisling schon viel weiter war?

Emily legte den Kopf schief, um einen besseren Blick auf das Papier werfen zu können, aber Mr Quisling drehte sich unmittelbar um und ging weg. »Wir sehen uns im Unterricht«, rief er ihnen über die Schulter hinweg zu.

13

Als sie an diesem Nachmittag Mr Quislings Klassenzimmer betraten, saß ihr Lehrer an seinem Schreibtisch über sein Notizbuch gebeugt, anstatt an seinem üblichen Platz vorne zu stehen. Emily konnte nicht aufhören, ihn anzustarren und darüber nachzudenken, was er da wohl machte.

James, der am Tisch neben ihr saß, murmelte: »Mach dich auf was gefasst. Ihre Königliche Pilzheit kommt zurück.«

Maddie Fernandez. Es wäre ein wenig zu dramatisch zu behaupten, Maddie sei ihre Erzfeindin, aber seit Emilys allererstem Tag an der Booker schien sie aus keinem erkennbaren Grund eine Abneigung gegen Emily zu haben. James hatte erklärt, Maddie habe schon seit er mit ihr in der zweiten Klasse gewesen war ein ausgeprägtes Konkurrenzdenken. Das hatten sie aus erster Hand erfahren dürfen, als James und Maddie letzten Herbst an einem Chiffren-Wettbewerb teilgenommen hatten. Aber nachdem der vorüber war, tat Maddie so, als habe sie vergessen, dass sie sich kannten. Emily vermisste Maddies Sticheleien und Feindseligkeiten nicht, aber es brachte sie trotzdem aus der Fassung, wenn sie in der Nähe war. Es war, als würde man sich einer Stromquelle nähern, von der man mal einen Schlag abbekommen hatte.

Emily und James nannten sie heimlich Ihre Königliche Pilzheit, weil Maddies Frisur Emily immer an den Hut eines Pilzes erinnert hatte, aber jetzt, wo Emily sie zum ersten Mal seit den Winterferien wiedersah, bemerkte sie, dass Maddie eine andere Frisur hatte.

»Gar nicht mehr so pilzig«, kommentierte James, der wohl das Gleiche beobachtet hatte. Statt des Ponys, der in einer schnurgeraden Linie über ihrer Stirn hing und dem glatten Helm aus Haaren, der über den Ohren etwas aufgebauscht war, trug sie ihren Pony nun etwas weniger streng und zur Seite gekämmt, und ihre Haare waren wellig und zu einem im Nacken etwas kürzeren Bob geschnitten.

»Deine Haare sehen schön aus«, sagte Emily, als Maddie wie immer hinter James Platz nahm. Die Worte waren aus ihr herausgepurzelt, bevor sie groß darüber nachdenken konnte, und sie erwartete schon eine Antwort, wie: »Was interessiert mich schon, was du denkst?«

Stattdessen hob Maddie die Augenbrauen, wahrscheinlich überrascht über das Kompliment und nicht ganz sicher, ob es ernst gemeint war. »Danke«, sagte Maddie schließlich und ließ ihren Rucksack auf den Boden fallen. Nachdem sie ihren Ordner herausgezogen und ihren Druckbleistift und den obstförmigen Radiergummi arrangiert hatte, sagte sie: »Meine Mom hat mir das über euch in der Zeitung gezeigt. Es ist cool, dass ihr das Buch gefunden habt.«

James drehte seinen Kopf zwischen Maddie und Emily hin und her. »Bin ich in ein Parallel-Universum geraten?«, fragte er.

»Natürlich hattet ihr ja auch keine Konkurrenz«, fuhr Maddie fort. »Ich hätte es wahrscheinlich auch gefunden. Vielleicht sogar schneller.«

»Unnnnd da ist sie wieder. Alles wieder gut mit der Welt.«

James seufzte zufrieden und konzentrierte sich weiter darauf, Kreise zu malen.

Die Glocke läutete und das leise Murmeln der Gespräche verstummte beinahe sofort, wie üblich, aber Mr Quisling stand noch immer nicht auf. Jemand hustete, woraufhin Mr Quisling endlich von seinem Notizbuch aufblickte und die Stirn runzelte, als sei er genervt, dass seine Klasse anwesend war.

Emily und James sahen sich mit hochgezogenen Augenbrauen an.

»Wir versuchen heute mal etwas anderes«, sagte ihr Lehrer. »Nehmt euer Weltgeschichtsbuch heraus und ein leeres Blatt Papier und lest Kapitel 24 leise. Dann schreibt ihr eine Zusammenfassung, in der ihr die Hauptthemen und die wesentlichen Fakten nennt.«

Er wandte seine Aufmerksamkeit wieder seinem Notizbuch zu.

Die Verblüffung über Mr Quislings seltsames Verhalten ließ die Klasse erst einmal verstummen.

Jemand zog den Reißverschluss seines Rucksacks auf. Ein anderer zischte: »Wir sollen bitte was tun?«

Wie ein Lautstärkeregler, der langsam hochgedreht wird, füllte sich der Raum nach und nach mit Geräuschen. Emily und James, die in der Mitte des Raums saßen, beobachteten die Aktivitäten um sich herum. Dann blieb ihr Blick schließlich bei Mr Quisling hängen, der von dem Lärm um sich herum völlig unbeeindruckt schien.

»Was stimmt nicht mit ihm?«, flüsterte James Emily zu. Normalerweise hätte Mr Quisling seine Schüler schon längst ermahnt, leise zu arbeiten.

Emily formte mit dem Mund »Der Unlösbare Code«.

Sie starrten ihren Lehrer eine Weile an. Mr Quisling schrieb unverwandt Dinge auf, die er kurz darauf wieder durchstrich.

»Wetten, dass du dich nicht traust, nachzusehen, was er da tut«, sagte James.

»Klar. Er wird uns Punkte von dieser Aufgabe abziehen, wenn wir Quatsch machen.«

»Der normale Mr Quisling würde das tun, aber das hier ist Cyborg-Quisling. Seine Aufmerksamkeit ist voll von seinen Notizen in Beschlag genommen. Er würde dich wahrscheinlich nicht einmal bemerken.«

»Wenn du dir da so sicher bist, warum versuchst du es dann nicht selbst?«, fragte Emily.

»Ich habe heute extraquietschige Schuhe an«, sagte James grinsend.

Hinter ihnen schnaubte Maddie laut. »Ihr zwei seid erbärmlich. Dann mache ich es, wenn ihr beide zu feige dazu seid.«

Emily war nicht klar gewesen, dass sie so laut gesprochen hatten, dass andere es hören konnten. Bevor einer der beiden etwas antworten konnte, war Maddie schon auf halbem Weg zum Schreibtisch ihres Lehrers.

»Entschuldigen Sie, Mr Quisling?« Maddies Stimme war wie ein in Honig eingelegter Zuckerwürfel. »Meinen Sie das mit Zusammenfassung?«

Mr Quisling schaute hoch und sah prüfend in Maddies Ordner, den sie ihm hinhielt. »Ja, Maddie, das ist prima so.« Dann sah er zur Klasse, seine Augen glasig, als wäre er gerade aus einem Traum aufgewacht. »Lest erst das Kapitel, bevor ihr mit der Zusammenfassung anfangt«, sagte er. »Die Hauptthemen des Kapitels werden eure Überschriften sein. Die dazugehörigen Fakten und wichtigen Details kommen in Aufzählungspunkten darunter.«

Maddie machte sich auf den Weg zurück zu ihrem Platz. »Er arbeitet an einem Rätsel.«

»Was für ein Rätsel?«, fragte Emily.

»Eins, das er von der Bücherjagd-Website ausgedruckt hat. Das Logo war auf der Seite.«

»Er arbeitet an einem Bücherjagd-Rätsel?«, fragte James.

Maddie nickte gelangweilt und schlug das Schulbuch auf, um sich der Aufgabe zu widmen.

James zupfte an Steve herum. Emily kräuselte ihre Nase. Beide beobachteten sie verwirrt ihren Lehrer. Wenigstens war er ihnen nicht einen Schritt voraus, den Unlösbaren Code zu knacken, wie sie befürchtet hatten, aber ein Bücherjagd-Rätsel? Während des Unterrichts? Wirklich?

◇◇

Emily und James waren immer noch nicht über Mr Quislings seltsames Verhalten hinweg, als sie ihn nach der Schule um die Seite des Gebäudes biegen und zur Haltestelle des Stadtbusses joggen sahen, der gerade heranfuhr.

»Er ist offensichtlich in Eile«, sagte James.

Sie beobachteten, wie ihr Lehrer im Laufen seine neongrüne Jacke anzog und sich dann seine Umhängetasche über die Schulter warf.

»Lass uns ihm folgen«, sagte Emily.

»Ihm folgen? Wird er das nicht merken?«, fragte James.

»Es steigen Unmengen von Kindern ein. Er wird uns nicht mal entdecken.« Emily sprintete los Richtung Bus, James tat es ihr gleich. »Wir steigen aus, wenn er aussteigt und wenn er uns sieht oder so, dann tun wir, als würde uns überhaupt nicht interessieren, was er macht und sagen, dass wir meine Eltern irgendwo in der Nähe treffen.«

»Schätze, das könnte funktionieren«, gab James zu. »Selbst wenn er uns bemerkt – was soll's? Ist ja nicht so, als könnte etwas Schlimmes passieren.«

14

Im Finanzviertel wurde der Bus leerer, da immer mehr Fahrgäste aus- als zustiegen. Emily und James saßen vorne, wo die Sitze seitlich angeordnet waren, während Mr Quisling ganz hinten saß. James krümmte sich auf seinem Sitz zusammen, um nicht gesehen zu werden, während Emily immer ein Auge auf ihren Lehrer hielt. Mr Quisling las die ganze Fahrt über in einem Buch, daher konnte Emily nur die leicht ergraute, stoppelige Krone seines Kopfs sehen, der mit jedem Ruck des Busses hin und her wippte.

Als sie sich dem pyramidenförmigen Transamerica Gebäude näherten, griff Mr Quisling nach oben und zog die Halteschnur. Emily senkte schnell den Kopf, wodurch ihr Pferdeschwanz wie ein Vorhang über ihr Gesicht fiel, in der Hoffnung, ihr Lehrer würde sie so nicht erkennen. Als sie in den Bus eingestiegen waren, war er so voll gewesen, dass viele Leute stehen mussten. Das war jetzt nicht mehr der Fall und es würde für James und Emily schwer werden, gleichzeitig mit Mr Quisling auszusteigen, ohne seine Aufmerksamkeit auf sich zu ziehen. Zum Glück standen noch zwei weitere Fahrgäste auf, um auszusteigen und stellten sich hinter Mr Quisling an die hintere Tür. Emily und James reihten sich am Ende der Schlange ein und ihr Lehrer schien sie nicht zu bemerken.

Als sie aus dem Bus stiegen, war Mr Quisling ihnen bereits fast einen halben Block voraus. Plötzlich blieb er stehen, also taten Emily und James es ihm nach. Halb rechnete Emily schon damit, dass ihr Lehrer sich umdrehen und rufen würde: »Hab ich euch erwischt!« Stattdessen starrte er sein Spiegelbild in dem getönten Fenster eines Restaurants an und fuhr mit dem Finger an seinem Haaransatz entlang, bevor er weiterging. Die entgegenkommenden Leute machten einen Bogen um ihn herum, als sei er ein Felsblock und sie der Fluss. Es war lustig, dachte Emily, wie manche Leute die Felsen waren und andere das Wasser. Sie fragte sich, was passieren würde, wenn zwei Felsen auf dem Gehweg aufeinandertreffen würden – würden beide sich weigern, ihre Richtung zu ändern und unweigerlich kollidieren?

»Wo ist er hin?«, fragte James.

»Was?!« Emily zwang sich aus ihrem Tagtraum, um festzustellen, dass ihr Lehrer nicht mehr zu sehen war. Sie blieben stehen. »Wie konnte er …«

»Ich habe ihn in einer Menschenmenge aus den Augen verloren, aber er kann ja nicht einfach verschwunden sein.«

Sie gingen weiter, wenn auch ein wenig zögerlicher, und erreichten bald einen Metallzaun mit einem offen stehenden Tor. Er umgab einen kleinen Redwood-Wald zwischen zwei Bürogebäuden. Tatsächlich war es eine Ansammlung von Bäumen, die einen kleinen öffentlichen Park bildeten, inmitten des Trubels der Stadt. Die Bäume warfen Schatten auf einen gepflasterten Hof, der von üppigen Büschen und Flächen aus Klee umgeben war. Es gab einen Brunnen, der wie ein Teich gestaltet war, komplett mit Bronzeskulpturen von Fröschen, die von Seerosenblättern hüpften.

»Und so etwas in San Francisco?«, sagte Emily bewundernd. Dies hier war der städtischste Teil der Stadt, mit Hochhäusern und funkelnden Geschäftshäusern und Einbahnstraßen, die mit allen Arten von Fahrzeugen vollgeparkt waren.

»Ich wusste nicht einmal, dass es das hier gibt«, sagte James. Dann packte er Emily am Arm und zog sie hinter die Wand eines benachbarten Gebäudes. »Mr Quisling«, murmelte er lautlos und zeigte um die Ecke.

Ihr Lehrer war im Park und schritt um den Teich herum. Die Wasserfontänen in der Mitte des kleinen Sees übertönten die Geräusche der Stadt und nahmen ihnen für einen Moment die Sicht auf den um den Teich kreisenden Lehrer. Mr Quislings Augen waren prüfend auf den Boden gerichtet, als suche er nach etwas, was er verloren hatte.

Während sie ihren Lehrer beobachteten, wurde Emily klar, dass sie sich hier ja auch in der Nähe des Ortes befanden, an dem die *Niantic* freigelegt worden war. Ob dieser Teil der Innenstadt früher unter Wasser gewesen war? Konnte es sein, dass sich unter ihren Füßen ein uraltes Schiff befand?

Mr Quisling hatte ihnen nun den Rücken zugedreht und schaute zu den gewaltigen Redwood-Bäumen hinauf. Er überquerte den Hof und spähte hinter eine weitere Bronzestatue, die eine Gruppe von Kindern darstellte, welche sich an den Händen hielten und hüpften. Es waren auch andere Leute im Park, die spazieren gingen oder auf einer der Bänke saßen, aber niemand schien sich dafür zu interessieren, was Mr Quisling tat.

Ihr Lehrer trat vorsichtig auf eine Kleefläche, dann verschwand er hinter einer Baumgruppe. Als er wieder auftauchte, hielt er ein grünes Täschchen mit Reißverschluss in der Hand.

»Was ist das?«, fragte James, als Mr Quisling plötzlich in ihre Richtung lief, sich dann aber anders besann und auf eine Bank setzte. Sie beobachteten ihn, wie er das Täschchen öffnete und ein Buch herauszog.

»Ein Buch!«, sagte Emily, obwohl James das selbst sehen konnte. »Das muss von dem Bücherjagd-Rätsel sein, das er in der Schule dabeihatte.«

»Warum war das Buch in diesem Täschchen?«, fragte James.

Emily zuckte mit den Schultern. »Vielleicht, um es zu schützen.«

Mr Quisling zog einen Stift und ein Notizbuch aus seiner Büchertasche und öffnete das Buch, das er gefunden hatte. Er verbrachte einige Zeit damit, es durchzublättern, seinen Stift über die Wörter fliegen zu lassen und ab und zu etwas aufzuschreiben. Als er fertig war, schob er das Taschenbuch zurück in das grüne Täschchen und legte es wieder in das Dickicht, wo er es gefunden hatte.

James stieß Emily an. »Er versteckt es wieder.«

»Warum tut er das bloß?«, fragte Emily.

Ihr Lehrer ging auf den Ausgang auf der anderen Seite des Parks zu und verließ ihn zur Parallelstraße.

Als er weg war, zog Emily James am Ärmel. »Lass uns das Buch holen.«

Während Mr Quisling nicht viel Aufmerksamkeit auf sich gezogen hatte, drehten sich nach Emily und James ein paar Köpfe um, als sie in den kleinen Redwood-Wald gingen. Vermutlich war es ungewöhnlicher, zwei Kids mit Rucksäcken durch ein Geschäftsviertel der Innenstadt wandern zu sehen, als einen erwachsenen Mann, der nach einem verlorenen Gegenstand Ausschau hielt.

»Komm, wir setzen uns auf die Bank dort in der Nähe von dem Platz, wo Mr Quisling das Buch abgelegt hat«, schlug Emily vor. »Wir können unsere Ordner herausholen, dann nehmen die Leute an, dass wir Hausaufgaben machen. Wenn die Leute nicht mehr auf uns achten, hole ich das Buch.«

»Oder ich könnte einfach das hier tun.« Bevor Emily auch nur ein weiteres Wort sagen konnte, stapfte James zwischen die Bäume, steckte seine Hand in den Busch, in dem Mr Quisling das Buch versteckt hatte und zog das grüne Täschchen heraus.

»Würdest du bitte hier rüberkommen?«, zischte Emily. Niemand schien sich für James' Aktion zu interessieren, aber trotzdem. Wie konnten sie dem Vorhaben ihres Lehrers auf den Grund gehen, wenn ihnen jemand das Buch abnahm?

Während James zurück zur Bank ging, zog er bereits den Reißverschluss des Täschchens auf. Er holte eine Ausgabe von *Tom Sawyers Abenteuer* von Mark Twain heraus.

»Hey«, sagte James, als sie nebeneinander auf der Bank saßen, »das ist *Tom Sawyer.* Das ist aber ein ganz schön komischer Zufall. Bei Mr Quislings Notiz ging es um den Unlösbaren Code, der mal Mark Twain und Tom Sawyer gehörte, und nun hat er eine Ausgabe von *Tom Sawyer* gejagt …«

Eine leise Erinnerung bahnte sich den Weg an die Oberfläche von Emilys Gedanken. »Warte mal«, sagte sie, während sie durch ihr Bücherjagd-Notizbuch blätterte, auf der Suche nach den Rätseln, die sie gelöst hatte, als ihre Familie gerade erst nach San Francisco gezogen war. »Da!« Sie tippte auf eine Seite. »Wusste ich's doch! Erinnerst du dich an das erste Mal, als wir zusammen auf Bücherjagd waren?«

»Beim Ferry Building? Klar! Aber das Buch war nicht dort. Jemand hatte es gewildert.«

»Gewildert von …«, gab Emily vor.

»Von Mr Quisling?« James runzelte irritiert die Stirn, während er versuchte, die Verbindung zwischen damals und heute herzustellen.

»Erinnerst du dich daran, welches Buch ich damals gejagt habe?«, fragte Emily.

James sah hinunter auf das Buch in seinen Händen, dann zurück zu Emily. »Das hier? Du hast nach diesem Buch hier gesucht?«

»Vielleicht nicht exakt nach dem, aber es war eine versteckte Ausgabe von *Tom Sawyer*, ja.«

»Aber … wenn Mr Quisling dieses Buch schon mal über die Bücherjagd gefunden hat, warum sollte er jetzt noch mal nach einer anderen Ausgabe suchen? Und warum hat er dieses Buch heute nicht behalten, nachdem er es gefunden hatte?«

»Gute Fragen.« Emily zog den Stift aus ihrem Pferdeschwanz und bedeutete James, er solle ihr den *Tom Sawyer* geben. Sie blätterte das Buch durch und während sie die Wörter prüfend betrachtete, fuhr sie mit ihrem Stift darüber. Zum Ende hin stoppte sie auf einer Seite, auf der ein Satz unterstrichen war.

Emily las ihn laut vor. »In dem Leben eines jeden rüstigen Jungen kommt die Zeit des unüberwindlichen Antriebes, nach verborgenen Schätzen zu graben.«

»Echt jetzt?« James lehnte sich vor, um den Satz selbst zu lesen. »Da muss es sich um den Unlösbaren Code handeln, denkst du nicht?«, sagte er. »Tom Sawyer? Mark Twain? Nach verborgenen Schätzen graben? Aber was haben wohl zwei über die Bücherjagd versteckte Bücher mit einem jahrhundertealten Code zu tun?«

Emily blätterte die Seiten des Buchs ein weiteres Mal durch, aber sie konnte nichts Weiteres entdecken. »Lass uns auf der Bücherjagd-Seite nachsehen. Vielleicht finden wir einen Hinweis darauf, was Mr Quisling gemacht hat.«

15

Der Phoenix hatte nicht erwartet, dass die Kinder auftauchen würden. Er erkannte sie natürlich, aber er ließ sich nicht anmerken, dass er sie beobachtete. Er stand gerade so außerhalb ihrer Sicht, als sie das Buch aus dem Busch holten.

Er kam nicht darüber hinweg, wie erwachsene Leute um die beiden herumscharwenzelt waren, als seien sie Genies, weil sie Mr Griswolds Bücher-Schnitzeljagd gewonnen hatten. Aber was hatten sie schon getan? Ein Spiel gespielt und Glück gehabt. Menschen wurden andauernd dafür belohnt, dass sie einfach nur Glück hatten. Man konnte der intelligenteste Mensch sein, selbst auf der ganzen Welt, und es brachte einen trotzdem zu nichts. Aber Glück? Bringt demjenigen eine Beförderung, einen Preis, Respekt und Prestige.

Der Phoenix beobachtete, wie Emily das grüne Täschchen in ihren Rucksack steckte, anstatt den *Tom Sawyer* wieder dorthin zu legen, wo sie ihn gefunden hatten. Er ballte die Hände. So würde es nicht funktionieren. Was sollte er jetzt als Nächstes tun? Seine Dominosteine waren perfekt aufgereiht gewesen, bereit sich gegenseitig umzustoßen, in einer befriedigenden Kettenreaktion. Dass das Buch jetzt weg war, brachte seinen großartigen Plan ins Wanken.

Er sah zu, wie Emily und James sich umdrehten und den Park in der Richtung verließen, aus der sie gekommen waren. Sie würden mit Sicherheit nach Hause laufen, um ihr wertvolles Buch auf der Bücherjagd-Seite als »gefunden« zu markieren, was seinen Plan noch weiter sabotieren würde. Er musste es schneller zu einem Computer schaffen und hoffen, dass dieser Patzer seinen Racheplan nicht zunichtemachen würde.

16

Als sie in ihrem Zimmer angekommen waren, setzte Emily sich im Schneidersitz auf ihr Bett und öffnete den Laptop. James ließ seinen Fuß über die Armlehne des Secondhand-Sessels baumeln, den ihre Eltern kürzlich in ihr Zimmer gestellt hatten. Seitdem sie ihnen gesagt hatte, dass sie zur Abwechslung mal Erfahrungen wie ein normales Kind machen wolle, mit einem Zimmer, das sich anfühlte als wäre es ihres und nicht nur ein vorübergehendes, hatten ihre Eltern ihr hier und da Sachen gekauft, um ihr Zimmer einzurichten. Der Sessel gehörte dazu, genauso wie der Globus, der eines Tages dastand, als sie von der Schule nach Hause kam, oder die Hotdog-Lampe. Nicht gerade, was sie als »Erfahrung wie ein normales Kind« im Kopf hatte, und jetzt wo sie wusste, dass sie Geldsorgen hatten, wünschte sie sich, sie würden damit aufhören. Obwohl es ein gebrauchter, günstiger Sessel war, war es vorher auch okay für sie gewesen, auf dem Bett oder auf der Wohnzimmercouch zu lesen.

James hielt die Ausgabe von *Tom Sawyer*, die sie gefunden hatten, falsch herum vor sich. Als Emily ihm einen fragenden Blick zuwarf, erklärte er: »Du hast es ja im Park schon durchgesehen, daher probiere ich es mal aus einer anderen Perspektive.«

Nachdem sie sich auf der Bücherjagd-Website eingeloggt hatte, startete Emily schnell eine Suche nach versteckten

Tom-Sawyer-Exemplaren in San Francisco. Es gab nur das eine, das sie gefunden hatten. Nachdem sie sich den Namen des Fundorts angesehen hatte, fragte sie: »Wusstest du, dass der Redwood Park auf der Mark Twain Plaza liegt?«

»Ich bin mir sicher, das war kein Zufall«, sagte James.

»Warte mal«, sagte Emily. »Das Buch wurde als gefunden markiert. Warum sollte Mr Quisling ein Buch finden, es an der gleichen Stelle wieder verstecken und es dann als gefunden markieren? Das macht doch keinen Sinn. Und jetzt werden wir nicht erfahren, wie der Hinweis gelautet hat.« Sie seufzte.

»Wenn er es als gefunden markiert hat, dann will er wohl vermeiden, dass jemand anders das Buch findet«, sagte James.

»Stimmt«, bestätigte Emily. »Aber warum hat er das Buch dann nicht mitgenommen? Es ist ja nicht so, als wäre es schwer zu tragen. Es macht einfach keinen Sinn«, wiederholte sie. »Ich wünschte, es gäbe einen Weg herauszufinden, was er vorhat und was es mit seinen Bemühungen zu tun hat, den Unlösbaren Code zu knacken.«

»Was, wenn … wir eine eigene Ausgabe verstecken?«, schlug James vor. »So als würden wir einen Köder auswerfen. Wir könnten uns ein Versteck suchen, das wir im Auge behalten können. Wir verstecken eine Ausgabe von *Tom Sawyer*, posten einen Hinweis auf der Bücherjagd-Website und dann schauen wir, was Mr Quisling tut.«

»Genial!« Eine weitere Idee schien sich anzubahnen und Emily tippte in Windeseile etwas in ihren Computer ein.

»Ich setze uns einfach einen *Alert* für versteckte *Tom Sawyers*, dann wissen wir es sofort, wenn jemand anders noch ein Buch versteckt.«

»Wir könnten das Buch in der Schule platzieren«, schlug James vor. »Dort sind wir ja alle drei ständig.«

»Denkst du nicht, Mr Quisling würde Verdacht schöpfen? Und wo wir schon dabei sind, wir sollten den alten Account von meinem Bruder benutzen – Mr Quisling weiß ja, dass ich Surly Wombat bin. Es ist Jahre her, aber Matthew hat noch einen Account von damals, als wir zusammen angefangen haben, das Spiel zu spielen. Er hat keine Bücher mehr versteckt oder gesucht, seit wir in Colorado gelebt haben. Ich bin mir sicher, er hat nicht einmal sein Profil aktualisiert und seinen neuen Wohnort angegeben. Mr Quisling würde nie vermuten, dass wir dahinterstecken.«

»Und wo sollen wir es dann verstecken?«, fragte James. »Wir müssen den Ort auf jeden Fall leicht überwachen können.«

Emily klatschte erfreut in die Hände, als ihr der perfekte Ort in den Sinn kam. »Hollisters Laden!«, sagte sie.

◇◇

Am nächsten Tag machte Mr Quisling mit seinem normalen Unterricht weiter, aber es war offensichtlich, dass er noch immer unkonzentriert war. Vielleicht war es aber auch wegen des Besuchers in der Klasse. Mr Quisling stellte ihnen Mr Sloan als Lehramtsanwärter vor, der dem Unterricht beiwohnen wollte, und Emily erkannte sofort, dass er der Mann von der Buchparty war, der ihnen davon erzählt hatte, wie Mr Quisling das literarische Labyrinth in Rekordzeit absolviert hatte.

Mr Sloan setzte sich auf einen Stuhl in der vorderen Ecke des Raums, lächelte die Klasse an und sagte mit dröhnender Stimme: »Beachtet mich gar nicht!«

Während sie an ihren Arbeitsblättern saß, beobachtete Emily Mr Quisling neugierig, ob er wieder wie ein Verrückter an der Lösung eines Rätsels arbeiten würde. Aber selbst wenn er das vorgehabt hätte, würde sie es nicht erfahren, denn Mr Sloan sprang von seinem Stuhl auf und redete auf ihren Lehrer ein, bevor dieser überhaupt seinen Tisch erreicht hatte.

»Toller Unterricht, Brian. Einfach super.« Mr Sloan machte keine Anstalten, seine Stimme zu dämpfen. »Aber hast du dir schon mal überlegt, die Kinder in kleinen Gruppen arbeiten zu lassen? Ich habe eine Studie gelesen, die aufzeigte, dass Kinder durch Interaktion mehr Zusammenhänge herstellen als …«

Mr Quisling hob die Hand, um ihn zum Schweigen zu bringen. »Das hier ist Stillarbeit.«

»Natürlich. Aber das ist es ja, was ich sagen wollte …«

»Harry.« Mr Quisling senkte seine Stimme, aber er klang geduldig. »Die Schüler müssen sich konzentrieren. Bitte sprich leise.«

Sie unterhielten sich weiterhin, aber kaum mehr hörbar. James warf Emily einen amüsierten Blick zu. »Mr Quisling scheint es zu gefallen, dass sein Freund den Unterricht besucht, denkst du nicht auch?«

Emily grinste und schüttelte den Kopf.

◇◇

Nach der Schule gingen sie bei Hollister vorbei. Die Tür öffnete sich mit dem vertrauten »Klingeling« der Glöckchen, die an den Türgriff geknotet waren, aber am Tresen wurden sie von einem unbekannten Gesicht begrüßt. Wobei *begrüßt* nicht wirklich der richtige Ausdruck dafür war. Der Typ im College-Alter blickte sie missmutig an, dann widmete er sich wieder seinem Buch. In seinen Ohrläppchen steckten fünfcentstückgroße Scheiben und sein Gesicht war mit etwas bedeckt, das er wohl Bart nennen würde, wie Emily vermutete, aber es sah eher aus, als würde Kaffeesatz an seinen Wangen und seinem Kinn kleben.

»Ist Hollister da?«, fragte James.

Emily war sich erst nicht sicher, ob der Typ James gehört hatte, da er nicht noch mal hochschaute, aber dann sagte er: »Er ist da.«

Als sie merkten, dass von dem komischen Typen nicht mehr zu erwarten war, sagte James: »Ich schätze, wir gehen ihn mal suchen.«

Sie gingen in den hinteren Teil des Ladens und hörten Hollister, bevor sie ihn sahen. Er kam gerade die Metalltreppe heruntergestapft, die zum Lagerspeicher führte, den er das Baumhaus getauft hatte.

»Hey, Kinder. Fröhlichen Dienstag.«

»Nicht für den Neuen da vorne«, sagte James.

»Wer? Charlie?« Hollister winkte ab. »Innerlich ist er ein Softie. Kommt mal mit.«

Sie folgten Hollister nach vorne zum Tresen. »Charlie ist ein Tausendsassa. Computerprogrammierer, Website-Designer, Social-Media-Experte. Hattest du nicht gesagt, dass du auch als DJ auflegst?«

»Ab und zu«, antwortete Charlie.

»Und dazu ist er noch Student.« Hollister schüttelte den Kopf. »Ich weiß nicht, wie du das alles machst.«

Wenn Hollisters Lob ihm schmeichelte, so zeigte Charlie es nicht. Er trommelte mit dem kleinen Radiergummi an seinem Bleistift auf die Buchseite und fuhr mit seiner Lektüre fort.

»Ich habe Charlie eingestellt, damit er mir mit dem technischen Kram hilft. Meinen Computer reparieren, Social-Media-Sachen für den Laden einrichten, meine Website aktualisieren …«

Charlie grunzte und Hollister lachte in sich hinein. »Sie hat getan, was sie sollte und sachdienliche Informationen geliefert. Aber Charlie wird sie ein bisschen auf Vordermann bringen …«

»Na ja, ich werde sie eher plattmachen und dann neu anfangen, aber klar«, sagte Charlie.

»Und dann wird er den Laden bei Twitter und Instagrammatic einrichten …«

»Instagram«, berichtigte Charlie ihn.

Emily fand es seltsam, dass jemand so unsoziales wie Charlie für Social Media zuständig sein sollte, aber Hollister schien das nicht zu stören.

»Seht ihr, wie sehr ich ihn brauche?«, sagte er. »Ich kann diesem ganzen digitalen Zeug einfach nichts abgewinnen. Ich lebe und atme Papier, aber man kann sich der Zukunft nicht verschließen. Nicht, wenn man im Geschäft bleiben will. Man muss mit der Zeit gehen.«

Emily dachte an das Gespräch, das sie zwischen ihren Eltern belauscht hatte, über den Verlagskunden ihres Vaters, der insolvent war. Ihr Dad hatte wenigstens noch andere Leute, für die er arbeitete, aber Hollister hatte nur diesen Laden. Sie wäre so traurig, wenn er schließen müsste.

»Brauchen Sie noch bei etwas anderem Hilfe, Hollister? Ich hatte gehofft, mir etwas dazuverdienen zu können.« Emily zuckte zusammen, als die Wörter aus ihrem Mund purzelten. Gerade hatte sie sich noch Gedanken darüber gemacht, wie es Hollisters Geschäft ging und jetzt bat sie ihn darum, sie zu bezahlen?

Aber Hollister schien das nicht zu beeindrucken. »Schade, dass die Feiertage vorbei sind – in der Vorweihnachtszeit kann ich immer jemandem zum Geschenke einpacken brauchen.« Er tippte an seine Nase, während er nachdachte.

»Du brauchst Geld?«, flüsterte James überrascht.

Emily zuckte mit den Schultern. »Ich kriege nicht viel Taschengeld.« Sie hatte James gegenüber nichts von den Geldsorgen ihrer Eltern erwähnt, da seine Großmutter ja ihre Vermieterin war. Sie wusste, er würde nichts sagen, außer wenn er dachte, dass es helfen würde. Wenn allerdings zu ihren Eltern durchdringen würde, dass sie gehört hatte, wie schwer ihr Dad es momentan hatte, Arbeit zu finden, dann wäre das gar nicht gut.

»Ich darf dich wegen deines Alter nicht offiziell einstellen«, sagte Hollister, »aber wenn du mir eine schriftliche Erlaubnis deiner Eltern bringst, dann sollte es gehen. Und ein bisschen was wird schon rausspringen.«

Emily sprang auf Hollister zu und umarmte ihn. Ihre Eltern mussten nicht wissen, dass sie vorhatte, das Geld zu sparen und ihnen zu geben.

»Ach, Mensch!«, sagte er. »Das ist lieb von dir. Charlie, wie kommt es, dass du nicht so reagiert hast, als ich dir deinen Job angeboten habe?«

Als Antwort blätterte Charlie eine Seite in seinem Buch um.

»Hey, Hollister«, sagte James, »was bringt das, was er da gerade macht, für Social Media?«

Charlie antwortete mit einer gelangweilt monotonen Stimme: »Es läuft gerade ein Update von seinem Betriebssystem. Sollte bald fertig sein.«

Hollister beugte seinen Kopf nach vorne, als würde er sagen: »Na bitte«. »Und was führt euch beide heute hierher?«

»Wäre es okay, wenn wir in Ihrem Laden ein Buch für die Bücherjagd verstecken?«

»Klar, macht ruhig«, sagte Hollister.

Sie steckten ihre Köpfe zusammen, um zu beratschlagen, wo sie das grüne Täschchen mit dem *Tom Sawyer* verstecken sollten. Schließlich steckten sie es in eine der Tragetaschen, die in der Nähe des Verkaufstresens baumelten.

»Hey, Hollister«, sagte Emily, sobald sie fertig waren. »Haben Sie schon mal von etwas namens der Unlösbare Code gehört? Unser Lehrer Mr Quisling ist ...«

Charlie stöhnte. »Der ist immer noch an der Booker? Mr Quisling ist der Schlimmste.«

»Du warst auf der Booker?«, fragte James.

Charlie nickte. »Er redet also immer noch ohne Ende über den Unlösbaren Code?«

Emily und James tauschten einen Blick aus.

»Nicht wirklich«, sagte Emily vorsichtig. »Aber du hast davon gehört?«

»Nur weil er gar nicht mehr damit aufgehört hat. Es gab eine Buchreihe, die herauskam, als ich in seiner Klasse war – *Die 39 Zeichen*. Einige der Schüler standen drauf und auf das Spiel, das in der Geschichte vorkam. Mr Quisling hat die ganze Zeit von echten Rätseln wie dem Unlösbaren Code erzählt.«

Hollister stieß einen langen, leisen Pfiff aus. »Der Unlösbare Code! Daran hab ich seit Jahren nicht gedacht!«

»Sie kennen ihn auch?«, fragte Emily.

»Klar, klar. Vor Jahrzehnten gab es einen riesigen Aufruhr darum. Weit vor eurer Zeit. Da gab es ein altes Schiff, das unter der Stadt verschüttet gefunden wurde. In den Nachrichtensendungen wurde darüber berichtet ...«

»Die *Niantic*?«, fragte Emily.

Hollister nickte mit hochgezogenen Augenbrauen. »Ich bin beeindruckt! Ja, das ist wohl richtig. Es verbreitete sich damals auch eine Legende über diesen Code. Anscheinend hat er ein Feuer auf der *Niantic* unversehrt überstanden … Ich kann mich nicht wirklich an Einzelheiten erinnern, aber damals gab es wieder ein großes Interesse, ihn zu knacken.«

Emily kaute auf ihrer Lippe. Da Mr Quisling dabei gewesen war, als die *Niantic* gefunden wurde, hatte er an der Entdeckung des Codes und dem wiederaufgeflammten Interesse daran sicher teilgehabt.

»Er wurde aber nicht gelöst, oder?«, fragte Emily.

»Nein, ich glaube nicht. Wenn ihr schon über die *Niantic* Bescheid wisst, dann wisst ihr wahrscheinlich genauso viel wie ich. Wobei«, Hollister schnippte mit den Fingern, »ihr kennt tatsächlich jemanden, der damals in den Achtzigern die Leitung bei dem Lösungsversuch innehatte.«

»Wer?«, fragten Emily und James gleichzeitig. Emily war sich sicher, dass *Mr Quisling* der Name sein würde, der aus Hollisters Mund kam, aber so war es nicht.

17

»Mr Griswold«, sagte Hollister.

»Mr Griswold?!«, wiederholten Emily und James, erneut im Chor.

»Sind Sie sicher?«, fragte Emily.

»Ich werde langsam alt, aber ich glaube nicht, dass mein Gedächtnis schon so löchrig ist«, sagte Hollister lachend. »Ja, ich bin sicher.«

Emily und James tauschten einen Blick aus.

»Na ja …«, begann Emily, die an ihren letzten Besuch bei der *Bayside Press* dachte. Warum hatte Mr Griswold dann nichts gesagt, als sie ihn über den Unlösbaren Code gefragt hatten? »Denken Sie, dass Mr Griswold ein löchriges Gedächtnis hat?«

»Wir haben ihn letzte Woche gesehen und ihn nach dem Unlösbaren Code gefragt«, erklärte James.

»Er schien kaum zu wissen, wovon wir sprachen«, fügte Emily hinzu.

»Tatsächlich?«, brummte Hollister missbilligend. »Tja. Vielleicht kommt das von seiner Verletzung.« Er sah besorgt aus. »Er wusste damals ganz bestimmt von dem Code. Ich habe mit eigenen Augen gesehen, wie besessen er davon war – das war damals, als wir zusammen diesen Laden hatten. Er hatte die Idee, über das erneute Interesse an dem Unlösbaren Code mehr Kunden in den Laden zu locken, aber mehr als Bücher im Sortiment zu haben, die entfernt etwas mit Schatzsuchen und Chiffren zu tun hatten, war uns nicht möglich, um daraus Nutzen zu ziehen.«

»Seltsam«, sagte Emily leise, mehr zu sich selbst als zu jemand anderem. Sie dachte daran, wie sehr Mr Griswold wie ein Abziehbild seiner selbst gewirkt hatte. »Haben Sie ihn in letzter Zeit gesehen? Seit er aus dem Krankenhaus entlassen worden ist?«

Hollister legte eine Hand auf ihre Schulter und suchte mit seinem guten Auge ihren Blick. »Er hat viel durchgemacht. Aber Gary ist ein Stehaufmännchen. Keine Sorge.«

Emily wäre gern durch Hollisters Worte ermutigt gewesen, aber sie konnte nicht anders: Sie machte sich trotzdem Sorgen.

◇◇

Vor Mr Quislings Unterricht am Mittwoch wühlte Emily ihren Rucksack durch – auf der Suche nach einem Zettel, den sie am Abend zuvor ausgedruckt hatte, nachdem sie bei Hollister gewesen waren. »Ich hab vergessen, dir das auf dem Weg zur Schule vorhin zu zeigen«, sagte Emily und reichte James den Zettel.

»Das ist ein altes Interview mit Mr Griswold. Ich habe es auf der Bücherjagd-Website gefunden«, sagte sie. Im Forum der Website gab es eine Rubrik, die komplett Garrison Griswold gewidmet war. Vor einigen Jahren hatte ein User ein altes Interview aus einer Zeitschrift gescannt und gepostet.

James lachte, als er das Foto sah, das mit dem Interview abgedruckt war. »Schau dir seine Haare an! Mir ist noch nie aufgefallen, dass sie so lockig sind.«

»Die gestreifte Hose ist auch ganz schön flott«, sagte Emily. »Aber das ist nicht das Interessanteste. Lies mal.«

Das Interview mit Mr Griswold hatte kurz nach der Gründung der *Bayside Press* stattgefunden, mehr als ein Dutzend Jahre, bevor er die Bücherjagd überhaupt ins Leben gerufen hatte.

INTERVIEWER: Sie haben den Ruf, ein großer Freund von Schatzsuchen zu sein. 1980 waren Sie federführend am Rummel um eine Chiffre beteiligt, die es seit dem Goldrausch gibt und von der es heißt, dass sie zum verlorenen Vermögen eines Goldgräbers führt. Außerdem haben Sie an der Masquerade-*Schatzsuche in England teilgenommen. Warum finden Sie derartige Aktivitäten so spannend?*

GRISWOLD: Eine Schatzsuche bietet die wunderbare Möglichkeit, Menschen dazu zu bringen zusammenzuarbeiten. Ich liebe das. Eine Schatzsuche zwingt einen zudem, sich zu entschleunigen, aber trotzdem all seine Sinne einzuschalten. Aufzupassen. Zuzuhören. Was erfährt man über seine Umgebung? Ist dieser Stein nur ein Stein oder verbirgt er etwas Wertvolles? Ich liebe die Vorstellung, dass etwas Kostbares vor aller Augen versteckt ist, die

Annahme, etwas Wundervolles in etwas Uninteressantem zu finden.
Was mich motiviert, ist nicht das Ergebnis der Schatzsuche. Wirklich nicht. Manche Leute reden darüber, was sie tun würden, wenn sie plötzlich zu Reichtum kämen – das interessiert mich nicht. Jeder, der sich auf das Ergebnis konzentriert, statt auf den Weg dorthin, hat etwas Wichtiges verpasst, ganz zu schweigen davon, dass man sich auf eine Enttäuschung gefasst machen muss.

INTERVIEWER: Wie meinen Sie das?

GRISWOLD: Man kann das Ergebnis nicht kontrollieren. Egal was man vorhat, ob es eine Schatzsuche ist oder etwas anderes, eine Freundschaft oder ein unternehmerisches Vorhaben. Das Einzige, das man kontrollieren kann, ist sich selbst. Die eigenen Taten und Reaktionen bestimmen die Art des Wegs, den man beschreitet. Wird er magisch sein? Freudig? Angsterfüllt? Wird man das Opfer sein oder der Held? Das bleibt einem selbst überlassen.

INTERVIEWER: Ist eine Schatzsuche so attraktiv, weil sie eine Ablenkung von den Anstrengungen und der Belastung der realen Welt bietet?

GRISWOLD: Überhaupt nicht. Es ist keine Ablenkung.

Es ist ein Heilmittel. Alles, was wir mit Leidenschaft und Neugier tun, kann uns heilen. Diese Idee steckt auch in meiner Philosophie, die hinter der Gründung meines Verlagshauses steht. Ich will die Welt mit Schmuckstücken füllen. Das Buch zu finden, mit dem man eine ganz besondere Verbindung eingeht, ist eine Art von Schatzsuche. Ich möchte Dinge für andere schaffen und eine Größe in dieser Welt sein, die für das Gute und Freudige und Positive steht.

»Das ist ja super«, sagte James.

»Ja, nicht?« Emily nahm den Zettel wieder an sich, faltete ihn und steckte ihn in ihr Notizbuch. »Dieser Teil – ›Alles, was wir mit Leidenschaft und Neugier tun, kann uns heilen‹ – hat mich daran erinnert, wie anders er jetzt wirkt. So traurig und ängstlich.«

»Gebrochen«, sagte James, der verstand, was sie sagen wollte.

»Ich nehme den Artikel mit zu unserem nächsten Beratertreffen, und zeige ihn ihm. Vielleicht hilft es ihm, sich besser zu fühlen, wenn er seine Worte von damals liest. Ich wünschte, wir müssten nicht warten und könnten schon heute Nachmittag zu ihm gehen.«

»Na ja, das hätten wir machen können.« James richtete seinen Blick so auf sie, dass Steve wie ein Finger in ihre Richtung zeigte. »Aber du wolltest ja ins Ballkomitee.«

»Du hättest dich ja nicht unbedingt auch dafür melden müssen«, sagte Emily.

James zuckte als Antwort mit den Schultern.

»Ihr zwei seid im Ballkomitee?«, meldete sich Maddie hinter ihnen zu Wort.

»Das geht dich nichts an, Maddie«, sagte James. »Ich will nichts hören von wegen: ›Ihr werdet dafür sorgen, dass der Ball die langweiligste Angelegenheit aller Zeiten wird, bla bla bla.‹«

Maddie öffnete den Mund zu einer Retourkutsche, aber die Glocke läutete zum Unterricht. Emily und James drehten sich nach vorne um, als Mr Quisling in die Hände klatschte, um die Aufmerksamkeit der Schüler zu bekommen und die heutige Stunde zu beginnen.

◇◇

Nach der Schule machten Emily und James sich auf den Weg zu ihrem ersten Treffen mit dem Ballkomitee. Aus irgendeinem Grund hatte Emily sich vorgestellt, dass das Treffen in einem gemütlich mit Sofas eingerichteten Raum stattfinden würde, mit Postern, die den Teamgeist fördern sollen an der Wand und Erfrischungsgetränken und Popcorn auf dem Tisch – vielleicht hatte sie das mal in einer Fernsehsendung gesehen? Jedenfalls war sie enttäuscht, als sich herausstellte, dass das Ballkomitee sich in dem Klassenzimmer traf, in dem sonst James' Naturwissenschafts-Unterricht stattfand. Die schwarzen Tische, die Reagenzgläser, die auf der Bank hinten im Raum aufgestellt waren und eine Wand, die mit von Schülern illustrierten

Periodensystemen tapeziert war, strahlten nicht gerade die gemütliche Gruppenraum-Atmosphäre aus, die sie sich vorgestellt hatte.

James' Naturwissenschafts-Lehrerin, Mrs Ortega war die Lehrkraft, die dem Ballkomitee beratend zur Seite stand. James hatte schon erzählt, dass Mrs Ortega hochschwanger war und er hatte nicht übertrieben. Ihr Bauch stand so weit hervor, dass sie ihre gefalteten Hände darauf ablegte, während sie im Zimmer herumging.

James hatte seine Freunde, die Zwillinge Kevin und Devin, überredet, ebenfalls dem Komitee beizutreten, damit er nicht der einzige Junge war. Die beiden waren bereits da und spielten Karten an einem Tisch in der Mitte des Raums. Neben ihnen saß Nisha, die gerade etwas in ein Notizbuch kritzelte, und Vivian hatte bereits wieder ihren Ordner im Anschlag und ihre Augen auf die Tür gerichtet, um die Leute abzuhaken, die den Raum betraten.

»Setzt euch«, sagte Vivian. Ihr Stift kratzte auf dem Papier: *check, check*. »Eine Person fehlt noch, aber wir können schon mal anfangen – oh, hi, Maddie.«

Emily drehte sich um und sah Maddie in den Raum kommen. James seufzte. »Natürlich ist sie es. Bist du immer noch sicher, dass du das tun willst?«

»Ich denke, es wird Spaß machen«, sagte Emily, obwohl sie sich nicht mehr so sicher war. Als sie sich gemeldet hatte, hatte sie es noch für eine gute Idee gehalten.

»Kommt jeder von euch mit auf den Ausflug nach Angel Island in zwei Wochen?«, fragte Mrs Ortega.

»Sie kommen ja wohl nicht mit, oder?«, fragte Maddie, die Emily gegenüber Platz nahm. Ihr Blick ruhte auf Mrs Ortegas Bauch.

»Natürlich. Ich bin eine der Begleitpersonen.«

»Ich war schon mal auf Angel Island«, sagte Maddie. »Da muss man viel laufen.«

»Um Himmels willen, Maddie. Es sind noch mehr als zwei Monate bis zum Geburtstermin.«

Vivian klopfte mit dem Stift auf ihren Ordner. »Lasst uns bitte anfangen.«

»Also dann, was sind die Pläne für den Ball zum Valentinstag?«, fragte Maddie.

»Erst einmal ist es der Ball zum *President's Day*«, sagte Vivian.

»Wir sollten eine Kostümparty daraus machen«, sagte James. »Du würdest super aussehen mit einem Abraham-Lincoln-Bart, Vivian.«

Mrs Ortega räusperte sich. »Warum fangt ihr nicht damit an, eine To-do-Liste zu erstellen und ...«

»Brauchen wir überhaupt ein Thema?«, fragte Devin, während er eine weitere Karte auf den Tisch warf. Sein Bruder wischte sie zur Seite und legte stattdessen zwei von seiner eigenen Hand ab.

»Wie wäre es mit einem coolen Thema?«, fügte Kevin hinzu. »Wie zum Beispiel GameCon.« Er formte seine Hände wie einen Rahmen um die unsichtbaren Wörter.

»GameCon?«, sprudelte es aus Vivian. »Was soll das überhaupt bedeuten?«

»Du weißt schon, wie ComicCon, aber mit Games und so was. Das wäre doch originell.«

»Das Presidents'-Day-Thema ist originell«, argumentierte Vivian. »GameCon ist kindisch. Das wäre albern.«

»Albern?« Kevin presste eine Handfläche gegen seine Brust und schnappte entrüstet nach Luft. »Hast du das gehört, Dev? Oh, Donnerwetter, Gott verhindere, dass dieser Ball albern werden wird. Ich vergaß, dass Stanford uns nach unseren Squaredance-Fähigkeiten bewerten wird, wenn wir uns fürs College bewerben.«

»Nein, nein – das ist Harvard, das sich so für Squaredance-Fähigkeiten interessiert«, sagte Devin. »Für Stanford zählt nur unser Hüftschwung.«

»Ich finde immer noch, dass es ein Valentinstags-Ball sein sollte«, warf Maddie ein. »Er findet schließlich am Valentinstag statt. Jeder wird davon ausgehen, dass es so ist.«

Die Unterhaltung erinnerte Emily an Diskussionen in ihrer Familie, so wie damals, als sie von Connecticut nach Colorado umzogen und geplant hatten, auf dem Weg in Chicago zu halten und dort zu übernachten. Sie hatten sechs Stunden lang ununterbrochen im Auto gesessen und jeder war müde und hungrig, und sie konnten sich nicht darauf einigen, was sie als Abendessen wollten. Matthew wollte etwas in Chicago finden, wo sie essen konnten, während eine Live-Band spielte. Ihr Dad wollte bis nach Wisconsin hochfahren, um Cheese Curds zu essen, weil er nicht glauben konnte, dass sie das im vorigen Jahr nie gemacht hatten, als sie in Illinois gelebt hatten. Emilys Mom wollte in Naperville essen, damit sie noch mal in einen ihrer Lieblings-Buchläden namens Anderson's gehen konnte. Und Emily wollte zu Hardee's, weil sie deren Jalapeno Poppers vermisste.

Bei dem ganzen Gezeter über den Ball fühlte sie sich gar nicht so fehl am Platz.

»Warum kann es nicht alles sein?«, warf sie ein.

Vielleicht bildete sie es sich nur ein, aber Emily kam es so vor, als wären alle Gespräche zum Erliegen gekommen und als würden alle Gesichter sie plötzlich anstarren. Sie schluckte.

»Eine Präsidenten-Valentins-GameCon?« Vivian klang, als spucke sie die Wörter auf den Tisch.

James stützte seinen Kopf auf seine Handfläche und massierte Steve nachdenklich mit der anderen Hand.

»Wir könnten uns als Präsidenten verkleiden«, sagte Emily. »Die Leute könnten als Präsidenten-Paare kommen, wenn sie es zu einer Valentins-Sache machen wollten.« Sie nickte Maddie zu, die die Stirn runzelte. Vermutlich war das nicht die Art von romantischem Ball, den sie im Kopf hatte, aber egal. »Und dann könnten wir ein paar Spiele spielen.« Mr Griswold hatte ihre und James' Ideen abgelehnt, aber vielleicht könnten sie sie für diesen Zweck verwenden.

»Spiele?«, rief Vivian. »Bei einem Ball?«

»Es würde natürlich auch getanzt werden«, sagte Emily. »Nur eben … mehr Abwechslung für alle anderen.«

»Es ist ja nicht so, als hätte beim Sechstklässler-Ball jemand getanzt«, sagte James.

Maddie rollte mit den Augen. »Das war in der Sechsten.«

»Die Kostüme sollten ein Mashup aus Präsidenten und der Gaming-Welt sein«, sagte Kevin. »Zum Beispiel Abraham Kong.«

»Abraham Kong?« Devin rümpfte die Nase.

»Ein Mashup aus Abraham Lincoln und Donkey Kong. Oder vielleicht Taft-Man, wie Pac-Man und Präsident Taft?« Kevin zuckte mit den Schultern. »Wir arbeiten die Ideen noch aus. Emily hat jedenfalls meine Stimme.«

Devin hatte sich schon wieder seinen Karten zugewandt. »Meine auch«, brummelte er.

»Wir waren noch gar nicht bei der Abstimmung!« Vivian drückte ihre Hände auf den Tisch und stand auf.

»Meine auch«, sagte James.

»Mrs Ortega!«, sagten Vivian und Maddie zeitgleich. Nisha schrieb weiterhin in ihr Notizbuch.

James lächelte Emily an und ihr wurde klar, dass die Mehrheit auf ihrer Seite war. Sie hätte überglücklich sein sollen. Nicht aus Schadenfreude, sondern weil sie es geschafft hatte. Sie war einem Klub in der Schule beigetreten und hatte mehr getan, als nur im Hintergrund zu sitzen und vom Lesen und von Bücherjagen zu träumen. Aber was, wenn ein präsidialer GamesCon-Slash-Valentinstags-Ball der lächerlichste Ball in der Geschichte der Schulbälle werden würde? Was hatte sie getan?

Mrs Ortega klatschte in die Hände. »Wunderbar! Eine Präsidenten-GameCon klingt nach einem fantastischen Kompromiss, nicht wahr?«

»Klar«, sagte Nisha, die immer noch schrieb, leise.

Maddie ließ sich zurück auf ihren Stuhl fallen. »Wie auch immer.«

»Na schön«, sagte Vivian. Sie zeigte mit ihrem Stift auf Nisha. »Hast du alles aufgeschrieben?« Nisha nickte und Vivian sagte: »Ich gratuliere. Du bist unsere Komitee-Sekretärin.« Sie wandte sich wieder ihrem Ordner zu, strich ihr ursprüngliches Thema durch und las laut mit, während sie schrieb: *Presidents'-Day-GamesCon-Ball.* »Wenigstens ist es nicht so ein ödes Turteltäubchen-Thema. Na gut. Jetzt beginnt die eigentliche Arbeit. Wir müssen die Veranstaltung bekannt machen: Poster, Flyer, Erwähnung in den morgendlichen Ansagen.«

Maddie hob die Hand. »Ich mache die Poster.«

»Ich kann dir helfen«, fügte Nisha leise hinzu.

»Wir brauchen Snacks ...«

»Essen!« Devin fuchtelte wild mit der Hand. »Wir lieben Essen!«

Vivian seufzte und fuhr fort: »Dekorationen, Leute, die den Empfangstisch besetzen, einen DJ ...«

»Wir kennen einen DJ«, fiel Emily ein. Zu James sagte sie: »Stimmt's? Hat Charlie nicht letztens gesagt, dass er ab und zu auflegt?«

»Denkst du wirklich, er würde bei einem Mittelschulball die Musik machen?«

»Wir können ihm 500 Dollar zahlen«, sagte Vivian.

James pfiff durch die Zähne. »Vielleicht mache ich dann den DJ. Ich kann eine Playlist zusammenstellen.«

Vivian rollte mit den Augen und richtete ihre Frage an Emily: »Kannst du mit diesem Charlie sprechen?«

Emily nickte. »Klar.«

Der Ball war ein Kreisel, der begonnen hatte, sich zu drehen und sie hatte schon zum zweiten Mal den Mund aufgemacht und seine Bewegungsbahn geändert. Es gab kein Zurück.

18

Der Rest der Woche zog in einem Mischmasch aus Schule, erfolglosen Versuchen, den Buchstaben des Unlösbaren Codes Sinn einzuhauchen und Brainstorming von Ideen für den Ball vorbei. Bevor Emily es sich versah, war es Sonntag. Sie und James entwarfen in ihrem Zimmer Ideen, wie sie den Boden der Turnhalle in ein Spielbrett für irgendeine Art von präsidialem Spiel verwandeln konnten, als Emily plötzlich aufsprang.

»Ich schaue noch einmal nach.«

James stöhnte. »Du hast erst vor einer Stunde nachgesehen.«

»Vielleicht wurde das Buch in der letzten Stunde gefunden«, sagte Emily. Sie schubste die Maus, um den Computer aufzuwecken.

Als sie tags zuvor bei Hollister ausgeholfen hatte, hatte sie gesehen, dass die *Tom-Sawyer*-Ausgabe immer noch in der Tragetasche war. Und sie war auch den ganzen Tag dort geblieben.

Emily loggte sich auf der Bücherjagd-Website ein. Der *Tom Sawyer,* den sie versteckt und unter Matthews Usernamen gepostet hatten, hatte seinen Status nicht verändert. Mr Quisling war nicht auf ihren Köder angesprungen.

Das frustrierte sie. Sie fühlte sich, als würde sie vor einem Rätsel sitzen, das ganz leicht aussah, aus dem sie aber trotzdem nicht klug wurde.

Ganz zu schweigen davon, dass es sie verrückt machte, darüber nachzudenken, ob Mr Quisling schon Fortschritte mit dem Unlösbaren Code gemacht hatte. Wusste er, was die Buchstaben bedeuteten? Konnte er das Rätsel vielleicht sogar bereits gelöst haben? Man würde denken, dass dies zumindest eine Nachrichtenmeldung wert wäre, wenn jemand einen legendären ungelösten Code dechiffriert hatte. Aber Mr Quisling wirkte wie einer, der ein Rätsel nicht für Ruhm oder Bekanntheit löste, sondern eher sich selbst beweisen wollte, dass er es draufhatte. Die Möglichkeit, Gold zu finden, war wahrscheinlich ebenfalls eine Motivation. Emily konnte es nachvollziehen. Dies waren so ziemlich genau auch ihre Gründe.

Da sie rastlos war und irgendetwas herausfinden wollte, suchte Emily nach *Babbage*, Mr Quislings Bücherjagd-Usernamen, um sich seine letzten Aktivitäten anzusehen. Es gab nichts Neues abgesehen von dem Buch, das er letzte Woche im Redwood Park »gefunden« hatte, während sie und James ihn beobachtet hatten. Der User, der das Buch versteckt hatte, nannte sich Coolbrith.

Aus Neugier klickte Emily auf Coolbriths Account und war überrascht zu sehen, dass er überhaupt erst vier Bücher versteckt hatte. Als sie sich die Titel dieser Bücher anzeigen ließ, saß sie mit einem Mal kerzengerade auf ihrem Stuhl.

»James, die einzigen Bücher, die Coolbrith versteckt hat, sind Ausgaben von *Tom Sawyer*.«

»Das klingt seltsam«, sagte James.

»Das wäre schon ein großer Zufall«, stimmte Emily zu.

»Ferry Building.« James zeigte auf einen der Orte von Coolbriths versteckten Büchern auf dem Bildschirm. »Sagtest du nicht, dass das Buch, das wir letzten Oktober gejagt, aber nie gefunden haben, *Tom Sawyer* war?«

Es kribbelte in Emilys Nacken. Sie wusste, dass Mr Quisling mehrere Exemplare von *Tom Sawyer* gefunden hatte, aber sie hatte nur über ihren Lehrer und das Buch nachgedacht, und ob es eine Verbindung dazu gab, dass er am Unlösbaren Code arbeitete. Es war ihr nicht in den Sinn gekommen, dass die *Tom-Sawyer*-Bücher von ein und derselben Person versteckt worden sein könnten. Aber tatsächlich hatte Coolbrith letzten Oktober *Tom Sawyer* beim Ferry Building versteckt, im November bei der Mission, im Dezember am Washington Square und im Januar auf der Mark Twain Plaza. Und immer war es Babbage gewesen, der das jeweilige Buch gefunden hatte.

Emily gab beide Usernamen in das Suchfeld der Bücherjagd-Website ein: *Babbage* und *Coolbrith*. Der Top-Treffer war ein Thread, der tief in den User-Foren vergraben war, mit dem Titel »Quest für Babbage«.

»Eine Quest! Ich hätte es wissen sollen«, sagte Emily.

»Was ist eine Quest?«, fragte James.

»Es ist ein Spiel im Spiel. Manchmal fordern Bücherjäger andere Spieler zu einer Quest heraus oder sie bieten eine offene Quest an, an der jeder teilnehmen kann. Das kann alles Mögliche sein: Bücher finden, die mit jedem Buchstaben des Alphabets anfangen, oder solche, die in jedem Jahr eines bestimmten Jahrzehnts veröffentlicht wurden, so was in der

Art. Manchmal gibt es einen Preis für den, der die Quest als Erster abschließt, aber normalerweise ist es nur eine Frage der Ehre. Etwas, das Freunde veranstalten.«

Der Foreneintrag war ein Hin und Her zwischen Coolbrith und Babbage, nur bestanden die Nachrichten von Coolbrith aus Ziffern statt aus Wörtern.

James schlug sich eine Hand an den Kopf, wodurch Steve ins Zittern geriet. »Ich hätte das schon an dem Tag erraten müssen, als wir Mr Quisling beobachtet haben.«

»Was? Was? Was?« Emily schaute vom Bildschirm zu James und wieder zurück und versuchte verzweifelt die Lösung zu finden, die sich ihm aufgetan hatte.

»Zwei Leute, die immer wieder gegenseitig ein Buch verstecken? Es ist eine Buch-Chiffre!«

»Natürlich«, flüsterte Emily.

Bei einer Buch-Chiffre war das Buch selbst der Lösungsschlüssel. Man wählte Wörter aus, die man auf den Seiten fand, um die Nachricht daraus zusammenzusetzen. Um die Nachricht zu verschlüsseln, wurde jedes Wort durch die Seitenzahl identifiziert, dazu die Zeile vom Anfang der Seite nach unten gezählt und die Wörter der Zeile, sodass drei Zahlen für ein Wort standen.

»Als Mr Quisling im Redwood Park das Buch durchgeblättert hat, hat er versucht, die Nachricht zu entziffern, die ihm hinterlassen wurde«, sagte Emily.

Emily und James sahen die Forendiskussion zwischen Babbage und Coolbrith durch.

buecherjagd.com > Foren > Quests > Quest für Babbage

Name der Quest: »Der alten Zeiten wegen«

COOLBRITH hat BABBAGE zu einer Quest herausgefordert.
Hier die Regeln, festgelegt von COOLBRITH:

1) Keine Hilfe von außen.

2) Finde das Buch vor allen anderen.

3) Dechiffriere die Nachricht.

4) Lege das Buch an den Fundort zurück.

5) Du wirst wissen, dass du das Ende der Quest erreicht hast, wenn du deine Belohnung erhältst.

COOLBRITH
Level: Encyclopedia Brown **Gepostet am 8. Oktober – 23:12**
Posts:1

Lass uns ein unvollendetes Abenteuer unserer Vergangenheit wieder aufleben. Du wirst mehr verstehen, wenn du die erste Herausforderung meiner Quest absolviert hast:

www.buecherjagd.com/oktober/FerryBuilding_267

Die Lösungsnachricht:
(193, 3, 1)(33, 21, 5)(85, 17, 9)(173, 19, 6)(21, 18, 3)

BABBAGE
Level: Sherlock **Gepostet am 9. Oktober – 8:23**
Posts:74

Robbie?

COOLBRITH

Level: Encyclopedia Brown **Gepostet am 5. November – 6:35**

Posts:2

Gut gemacht, die erste Runde. Hier ist deine zweite Herausforderung:

www.buecherjagd.com/november/Mission_935

Die Lösungsnachricht:

(75, 2, 1) (1, 11, 6) (179, 1, 4) (165, 24, 5) (1, 7, 3) (63, 18, 1) (178, 1, 7)

BABBAGE

Level: Sherlock **Gepostet am 11. November – 16:23**

Posts:75

Du bist nicht Robbie, oder?

COOLBRITH

Level: Encyclopedia Brown **Gepostet am 27. Dezember – 5:15**

Posts:3

Es ist an der Zeit. Hier ist ein Hinweis darauf, wo ich mich befinde:

www.buecherjagd.com/dezember/WashSquare_094

Deine Lösungsnachricht:

(21, 9, 10) (209, 7, 6) (66, 27, 2) (43, 32, 8) (157, 2,5) (235, 6, 9)

BABBAGE

Level: Sherlock **Gepostet am 28. Dezember – 13:35**

Posts:76

Ich habe die Karte verloren, aber ich weiß, dass du das bist, Miranda. Willst du dich mit mir treffen, um über die neue Information zu sprechen, die du gefunden hast?

COOLBRITH

Level: Encyclopedia Brown **Gepostet am 5. Januar – 13:35**

Posts:4

www.buecherjagd.com/januar/MarkTwainPlaz_012

Deine Lösungsnachricht:
(64, 3, 1) (33, 21, 5) (85, 17, 9)
(173, 19, 6) (143, 12, 9) (89, 3, 10) (3, 17, 2)

»Er nennt Coolbrith *Miranda.*« James zeigte auf den Post vom Dezember. »Ich frage mich, was er mit ›neue Information‹ meint.«

Der Name kam Emily aus dem Maritime Museum bekannt vor. »Miranda? Wie das Mädchen, mit dem er bei der *Niantic*-Ausgrabung war? Miranda Oleanda?« Es war schwer, einen Namen wie diesen zu vergessen.

»Er macht eine Quest mit jemandem, mit dem er als Jugendlicher befreundet war?«, fragte James.

»Ich wünschte, wir hätten den *Tom Sawyer* nicht versteckt«, sagte Emily. »Wir könnten die Nachrichten dechiffrieren und herausfinden, was sie zueinander gesagt haben.«

»Warum gehen wir ihn nicht holen? Es ist Samstag – Hollister hat noch offen.«

◇◇

Emily und James betraten den Buchladen und fanden dort Charlie, der mit dem Handy Fotos von einem kleinen Stapel Bücher machte, der auf einem Tisch platziert war, auf dem normalerweise T-Shirts mit literarischen Sprüchen lagen.

»Hi, Charlie«, sagte Emily zu seinem Rücken.

Charlie drehte sich ruckartig zu ihnen um.

»Du bist ja schreckhaft«, stellte James fest.

»Du bist ja lebhaft.« Charlie nahm wieder seine vorherige gekrümmte Haltung ein. Er nickte in Richtung des kleinen Bücherturms. »Das ist Buchrücken-Poesie für Hollisters Instagram. Man arrangiert Buchtitel so, dass daraus ein Gedicht entsteht.«

Charlies Bücherstapel las sich wie folgt:

Die Unauffindbaren
Tauben im Gras
Reisen nach Frankreich

»Interessant.« James stellte sich in Pose, als würde er ein Kunstwerk begutachten. »Willst du also sagen, dass Tauben generell Frankreich-Fans sind? Warum sind sie unauffindbar? Weil sie so oft Urlaub in Frankreich machen? Essen sie dort nur Baguette oder auch Käse?«

Emily stieß James mit dem Ellenbogen in die Seite. Charlie fand den Kommentar offenbar nicht lustig und Emily fiel wieder ein, dass sie ihn ja um einen Gefallen bitten mussten.

»Hey, Charlie, bevor wir es vergessen: sagtest du nicht, dass du öfter als DJ auflegst?«

Charlie rückte die Bücher hierhin und dorthin, trat einen Schritt zurück und knipste noch ein Bild. »Jep«, sagte er.

»Würdest du bei unserem Schulball auflegen? Er ist in einem Monat, am Valentinstag.«

»Ich mach keine Kinderveranstaltungen«, antwortete er und betrachtete das Foto, das er aufgenommen hatte, auf seinem Display.

»Wir zahlen dir fünfhundert Ocken«, fügte James hinzu.

Damit hatte er Charlies Aufmerksamkeit. Er zog eine Visitenkarte aus seiner Hosentasche. »Schick mir eine Mail mit den Infos. Ich schaue mal, was ich tun kann.«

Wenig später hatten Emily und James sich auf dem plüschigen lila Sessel in der Leseecke eingerichtet. Emily saß auf dem Sessel und James hockte auf der Armlehne, in der Hand eine *Tom-Sawyer*-Ausgabe. Hollister hatte mehrere Exemplare von *Tom Sawyer* im Regal stehen, also hatten sie eine davon genommen. Es war einfacher, als ihr verstecktes Exemplar aus dem Haufen von Tragetaschen herauszufischen.

Außerdem war Emily ein wenig abergläubisch und wollte das versteckte Buch nicht entfernen, für den Fall, dass Mr Quisling es doch suchen würde.

»Okay«, sagte Emily. »Das erste Wort in der Oktober-Nachricht ist auf Seite hundertdreiundneunzig, dritte Reihe von oben und erstes Wort rechts.«

James blätterte durch das Buch. »*Tun*«, las er vor.

Emily gab die Zahlen für die nächsten beiden Wörter vor und James las laut: »Tun Geister Chaos.«

»Das macht doch keinen Sinn.« Emily runzelte die Stirn, während sie las, was sie in ihr Notizbuch geschrieben hatte. Hatte sie beim Abschreiben einen Fehler gemacht?

»Vielleicht sind in dieser Ausgabe von *Tom Sawyer* die Wörter nicht an der gleichen Stelle«, überlegte James. «Es kann doch sein, dass Coolbrith jeden Monat eine andere Ausgabe versteckt hat.«

Als sie das Buch aus dem Regal gezogen hatten, war ihnen aufgefallen, dass das Cover anders aussah als bei dem Buch, das sie versteckt hatten, aber sie hatten nicht gedacht, dass das eine Rolle spielte.

»Macht Sinn, wenn man darüber nachdenkt«, sagte Emily. »Wenn immer die gleiche Ausgabe gemeint wäre, dann müsste man ja nicht ein anderes Buch suchen, um die nächste Nachricht zu entschlüsseln. Unsere versteckte Ausgabe muss den Code aus dem Januar entschlüsseln können.«

James klopfte mit dem Buch auf seinen Schoß. »Vielleicht wurde diese Ausgabe hier für einen anderen Monat verwendet. Lass uns eine der anderen Nachrichten versuchen.«

Emily las die Zahlen für November als Nächstes, aber die entsprechenden Wörter ergaben wieder nur Kauderwelsch. Sie versuchten es der Vollständigkeit halber mit Dezember und diesmal hatten sie mehr Glück:

Blumen Tasche wird führen zu mir.

Emily schnappte nach Luft. »Blumentasche! Die, aus der Mr Quisling etwas gestohlen hat!«

»Er hat nicht gestohlen. Diese Lady hat ihm gesagt, er soll da reinschauen.«

»Die Karte mit der codierten Nachricht, die Mr Quisling fallen gelassen hatte, muss dann von ihr gewesen sein«, sagte Emily.

James erhob sich von der Armlehne des lila Sessels und ging vor Emily auf und ab. »Also, lass uns das mal sortieren: Coolbrith ist eine Frau namens Miranda. Wir denken, es ist Miranda Oleanda, die mit Mr Quisling zusammen auf einem Foto war, das aufgenommen wurde, als sie als Jugendliche an der *Niantic*-Ausgrabung in San Francisco teilgenommen haben.«

»Richtig«, sagte Emily. »Und auf der Karte, die sie auf der Buchparty für ihn versteckt hatte, stand etwas darüber, dass sie sich persönlich treffen sollten, nachdem sie den Unlösbaren Code geknackt haben.«

»Vergiss nicht die Anleitung unten – hieß es nicht, dass die Lösung im *nächsten Buch* liegt? Sie muss den nächsten *Tom Sawyer* gemeint haben.«

»Aber er hat die Karte mit dem Rätsel fallen gelassen und wir haben sie mitgenommen …«

»… und er hat in ihrem Quest-Thread eine Nachricht gepostet, in der er sie gebeten hat, sich mit ihm zu treffen«

Emily sprang auf. »Lass uns noch weitere Ausgaben holen und schauen, ob wir die anderen Nachrichten auch entschlüsseln können.« Sie lief zu dem Ständer mit den Tragetaschen, um das Buch zu holen, das sie versteckt hatten – das hier war zu aufregend, um noch an irgendeinem Aberglauben festzuhalten –, während James eine dritte Ausgabe von *Tom Sawyer* aus Hollisters Regal zog.

Emily zeigte auf James' Exemplar. »Nehmen wir erst deins und schauen, ob wir die Nachrichten von Oktober oder November lösen können.«

Sie flogen durch das Buch, lasen Nummern vor und blätterten durch die Seiten, aber das Buch war nicht das richtige, um die Oktober-Nachricht zu entschlüsseln.

»Lass uns mit November weitermachen«, sagte Emily. »Seite fünfundsiebzig, zweite Zeile von oben, ein Wort nach rechts.«

»Ich«, las James laut vor.

»Seite eins, elfte Zeile von oben, sechstes Wort von rechts.«

»Habe.«

»Seite hundertneunundsiebzig, erste Zeile von oben, viertes Wort von rechts«, sagte Emily.

»Neue.« James blickte auf und suchte Emilys Blick. Sie hatten schon den halben Satz gefunden und bis jetzt machte er Sinn. Er nickte ihr zu, damit sie weitermachte.

»Hundertfünfundsechzig, vierundzwanzig, fünf«, sagte sie.

»Informationen«, sagte James.

Emilys Puls beschleunigte sich. *Ich habe neue Informationen.* Ging es um neue Informationen über den Unlösbaren Code?

Emily wippte mit den Knien, während sie die Nummern zu den letzten drei Wörtern der Nachricht vorlas. Als James die Zeilen hinunterzählte, um das letzte Wort zu finden, las sie laut vor, was sie bisher gefunden hatten: »Ich habe neue Informationen über den …«

»Plan«, sagte James.

19

»Plan?« Emily zog James das Buch aus den Händen, um selbst nachzusehen.

»Da.« Er deutete auf das Wort.

Emily überprüfte noch einmal die Nummern, die sie in ihr Notizbuch geschrieben hatte und zählte noch einmal die Zeilen und Wörter. James hatte definitiv recht.

»Weißt du, was das bedeutet?«, fragte sie.

James grinste, als sie hochsah. »Es gibt einen Plan für den Unlösbaren Code!«

Der Gedanke erfüllte Emily gleichzeitig mit Verzweiflung und Hoffnung. Verzweiflung, weil Mr Quisling oder seine Freundin den Code geknackt haben mussten, um zu wissen, dass ein Plan existierte; aber auch Hoffnung, weil es wenigstens so etwas wie einen Plan gab! »Lass uns nachsehen, wie die neueste Nachricht heißt.« Vielleicht würde sie ihnen verraten, wie der Plan zu finden war.

James nahm die Ausgabe von *Tom Sawyer* in die Hand, die sie im Redwood Park gefunden hatten und Emily sagte die Nummern aus der Januar-Nachricht auf, während James die Worte dazu suchte: »Anders … entschieden … Du … stehst … alleine … da.«

Emily und James waren einen kurzen Moment ruhig und ließen die Worte auf sich wirken. Dann sagte Emily. »Anders entschieden?«

»Hat sie … hat sie unseren Lehrer abserviert?«, fragte James.

»Per Code abserviert«, fügte Emily hinzu.

»Über eine Bücherjagd-Quest«, sagte James. »Autsch.«

Und erstaunlicherweise hatte Emily in diesem Moment Mitleid mit ihrem Lehrer. Er hatte sie an ihrem ersten Tag an der Booker bloßgestellt, als er sie dabei erwischt hatte, wie sie eine Nachricht weitergegeben hatte, und er konnte definitiv streng sein, aber er behandelte alle seine Schüler streng. Das hatte etwas für sich, auch wenn er keine warmherzige und fröhliche Person war. Es war irgendwie rührend, dass er über ein Bücherjagd-Spiel verschlüsselte Nachrichten mit einer alten Freundin ausgetauscht hatte.

Im vorderen Teil des Ladens war Gepolter zu hören. Hollister schrie auf. Emily und James rannten durch die Gänge und fanden den Ladenbesitzer mit einem Rollwagen, auf dem Kartons gestapelt waren. Die oberste Schachtel war heruntergekracht und die Bücher darin waren herausgefallen.

»Alles okay, Hollister?«, fragte Emily.

»Klar, alles klar«, sagte Hollister. Er schüttelte den Kopf, zwängte sich an dem Rollwagen vorbei und begann, die Bücher aufzuheben. Emily und James bückten sich, um ihm zu helfen.

»Ich schwöre, der Tisch ist um ein paar Zentimeter verschoben worden«, sagte Hollister. »Ich bin daran hängen geblieben, als ich den Wagen vorbeirollen wollte.«

Charlie, der am Verkaufstresen stand, schrieb gerade etwas auf. Emily war ziemlich sicher, dass er den Tisch verrückt haben musste, als er vorhin die Fotos gemacht hatte. Jetzt fragte sie sich, ob er etwas sagen oder sich entschuldigen würde, aber von ihm kam nichts. Ob er Hollister nicht gehört hatte? Entweder weil sie ihn so lange angestarrt hatte oder angetrieben durch sein schlechtes Gewissen, sah Charlie hoch.

»Brauchst du vielleicht Hilfe?«, fragte er.

»Neinnein, geht schon«, sagte Hollister.

Der Karton, der aufgegangen war, war voller Exemplare des gleichen Buchs. Auf dem Umschlag war eine Illustration der Skyline von San Francisco abgebildet. Emily nahm eins der Bücher in die Hand und blätterte darin herum. »Das ist ja ein cooles Buch«, sagte sie.

»Ja, oder? Es ist brandneu – die Bücher sind gerade erst reingekommen. Es geht darum, wie sich die Landschaft San Franciscos über die Jahre verändert hat, aber das Buch selbst ist ein wahres Kunstwerk. Du kannst es dir ruhig noch ein bisschen ansehen. Ich räume mein Chaos hier schon selbst auf.«

Emily und James trugen das Buch zum Verkaufstresen, um Hollister nicht im Weg zu stehen. Auf der ersten Seite entdeckten sie gleich eine Illustration eines fast nicht wiedererkennbaren San Franciscos mit unbebauten Hügeln und nur ein paar niedrigen Gebäuden in der Nähe des Wassers.

»Schau, die schmale Bucht hier ist wahrscheinlich die Yerba Buena Cove«, sagte Emily, der ihr Gespräch mit der Frau im Maritime Museum wieder einfiel. Während sie die Seiten des Buchs umblätterten, legten sich detaillierte Ausschnitte über die jeweils vorhergehende Seite, wodurch die Stadt sich vor ihren Augen langsam weiterentwickelte und älter wurde.

»Das erinnert mich an eine Fleißnersche Schablone«, sagte James. »Mir wäre allerdings nie eingefallen, sie mit Illustrationen zusammen zu benutzen.«

»Was ist eine Fleißnersche Schablone?«, fragte Hollister und schichtete dabei die Bücher wieder in den Karton.

»Es ist eine Art, eine Nachricht zu verschlüsseln. Um die Nachricht zu entziffern, braucht man eine Schablone, ein Stück Pappe, aus dem Rechtecke ausgeschnitten sind. Ich habe immer gedacht, es sind Wörter, die in einem Textabschnitt versteckt sind, aber vielleicht geht es auch mit einer Zeichnung. Wenn man Wörter verwendet, dann würde man eine geheime Nachricht nehmen wie ›Kampf um Mitternacht‹ und etwas aufschreiben, das total langweilig klingt, aber worin die Wörter vorkommen. Wie zum Beispiel ›Gary der Kampfhahn war wieder in seinem Element, er übte um Mitternacht seine Ninja-Moves.‹ Die Person, die die Nachricht entziffert, benutzt die Schablone mit den ausgeschnittenen Rechtecken. Wenn man diese Schablone dann über den Zettel mit der Gary-Geschichte legt, wird alles verdeckt außer der Nachricht ›Kampf um Mitternacht‹.«

»Faszinierend«, sagte Hollister. »Was für eine interessante Art, etwas zu verstecken, das ganz offensichtlich ist.«

Bevor sie sich auf den Nachhauseweg machten, stellten Emily und James die *Tom-Sawyer*-Bücher zurück ins Regal, wo sie sie herausgenommen hatten, und versteckten auch ihr Bücherjagd-Exemplar wieder. Selbst wenn Mr Quisling nicht danach suchte, dann würde es vielleicht ein anderer Bücherjäger tun.

Auf dem Nachhauseweg war Emily etwas deprimiert, weil Mr Quisling wahrscheinlich schon viel weiter damit war, den Unlösbaren Code zu lösen, bis ihr einfiel, dass Coolbrith ihre Schlussmach-Nachricht gepostet hatte, nachdem Mr Quisling nach einem Treffen gefragt hatte. Also hatten sie wahrscheinlich nie über die Karte gesprochen, was wiederum bedeutete, dass Mr Quisling vielleicht gar nicht mehr wusste als Emily und James: nämlich, dass eine Karte existierte.

Beim Gedanken daran fühlte sie sich leichter. Und ihr kam in den Sinn, dass sie sich vielleicht eher an Coolbrith halten sollten, als an Mr Quisling, wenn sie mehr über die Karte erfahren wollten.

Emily hatte auch schon eine Idee, wie genau sie das anstellen konnten.

◇◇

»Sollte ich darüber nachdenken, was du da gerade tust?«, fragte James. »Mir ist so, als müsste ich mir Sorgen machen.«

Sie waren wieder in seinem Zimmer. Er hatte sich mit Druckerpapier und einer Schere auf dem Boden ausgebreitet, um ein paar Fleißnersche Schablonen auszuprobieren, während Emily am Computer saß.

»Nein, brauchst du nicht«, sagte sie.

Coolbrith hatte auf der Bücherjäger-Website ihre Direktnachrichten-Funktion nicht eingeschaltet, daher hatte Emily eine Internetsuche gestartet, in der Hoffnung, dass ein ungewöhnlicher Name wie Miranda Oleanda ein paar brauchbare Ergebnisse liefern würde. Und sie hatte tatsächlich Glück gehabt, denn dort, inmitten der Liste der Suchergebnisse, die hauptsächlich mit dem Oleanderstrauch zu tun hatten, war ein Profil in einem Scrapbooking-Forum. Die Frau auf dem Profilbild sah aus, als könnte sie die ältere Version des Teenagers auf dem Foto von der *Niantic*-Ausgrabung mit Mr Quisling sein, und es war sogar eine E-Mail-Adresse angeben

Emily tippte eine schnelle Nachricht:

> Liebe Ms Oleanda,
> unser Lehrer ist Mr Quisling. Wie er sind auch wir Bücherjäger, und er hat uns erzählt, dass Sie auch Fan des Spiels sind. Kürzlich hat er uns vom Unlösbaren Code erzählt und wie Sie zusammen mit ihm daran gearbeitet haben. Er hat uns die Karte gezeigt, und wir dachten, es wäre ein tolles Geschenk, wenn wir den Plan für ihn als Überraschung kopieren und rahmen würden. Aber wir wissen nicht, wo wir sie finden können. Können Sie uns helfen? Aber denken Sie bitte daran, es ist eine Überraschung.
> Vielen Dank,
> Mr Quislings Schüler

»Das kannst du doch nicht schicken!«, rief James. Er hatte seine ausgeschnittenen Zettel und die Schere auf dem Boden zurückgelassen, um zu sehen, was Emily machte.

»Warum denn nicht?«, fragte Emily.

»Weil … weil … Willst du mich verarschen? Erst mal kennen wir diese Lady gar nicht. Und was machen wir, wenn sie mit Mr Quisling spricht?«

»Darum habe ich ja unter einer anonymen E-Mail-Adresse geschrieben. Sie wird nicht nachvollziehen können, dass ich es bin. Sie kann ihm höchstens erzählen, dass ein paar seiner Schüler ihn so sehr mögen, dass sie ihm ein Geschenk machen wollen – das ist doch nicht schlimm.«

»Und er wird wissen, dass der Absender dieser E-Mail lügt, weil er uns nie etwas über den Unlösbaren Code erzählt hat. Er weiß dann, dass jemand anderes versucht, den Code zu lösen.«

»Genau genommen hat er uns davon erzählt, als er bei Hollisters Party den Zettel fallen gelassen hat. Außerdem kann jeder in der Zentralbibliothek den Unlösbaren Code ansehen. Es ist ja nicht so, als wäre das eine streng geheime Information. Und überhaupt, sie wird wahrscheinlich nicht einmal antworten. Das Schlimmste, was passieren kann ist, dass wir nichts von ihr hören, aber vielleicht werden wir auch den Hinweis bekommen, den wir brauchen.«

Emily drückte auf Senden. James versteckte sein Gesicht in den Händen. »Ich kann nicht glauben, dass du das tust!« Er lugte durch seine Finger.

Emily kicherte. Diese Enthüllung, dass eine Karte existierte, hatte sie in einen riesigen grinsenden Ballon verwandelt, die Vorstellung, vielleicht diejenige zu sein, die beweisen wird, dass etwas, was für Unmöglich gehalten wurde, doch möglich war?

20

Am nächsten Tag stand Mr Quisling in dem fast dunklen, nur vom Licht des Projektors erleuchteten Klassenzimmer, während er Dias über das antike Griechenland zeigte und erklärte.

Emily zeichnete eine Palme an den Rand ihres Notizbuchs und hob nur ab und zu den Blick, um daraufhin etwas in ihr Schulheft zu schreiben. Neben ihr bohrte James mit einem spitzen Bleistift Löcher in ein Papier, um eine Fleißnersche Schablone herzustellen. Er stach ein letztes Loch aus, dann legte er es auf sein Notizbuch. Während er zufrieden über das Ergebnis lächelte, hob er das Notizbuch an, damit Emily es auch sehen konnte:

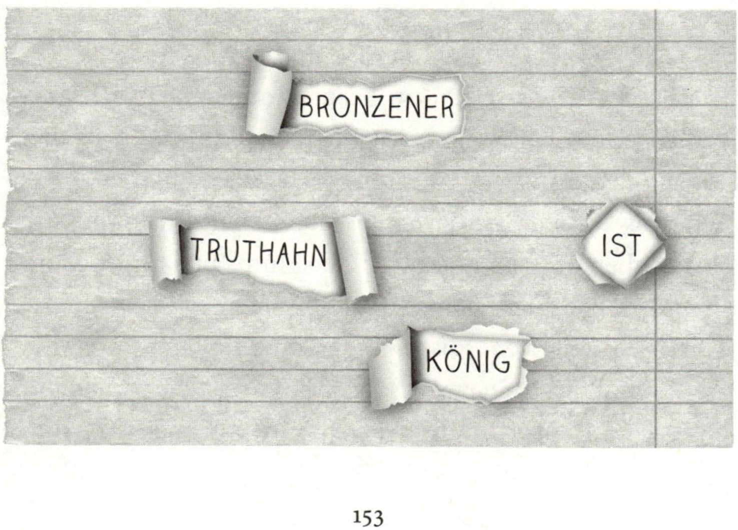

Emily lächelte, wandte ihre Aufmerksamkeit dann aber gleich wieder Mr Quisling zu, damit er nicht bemerkte, dass sie nicht zugehört hatten, wie er über den König Minos sprach. Sie schrieb ein paar Dinge auf, die er als Nächstes sagte, dann malte sie dreidimensionale Buchstaben quer über die Seite.

Anders entschieden

Sie füllte jeden der Buchstaben mit diagonalen Streifen, während sie daran dachte, wie Mr Quisling in der vergangenen Woche im Unterricht so vertieft in den Bücherjagd-Code war, und sie ihm dann in den Redwood Park gefolgt waren. Jetzt wurde ihr klar, dass sie ihren Lehrer dabei beobachtet hatten, wie er eine Schlussmach-Nachricht entziffert hatte. Wahrscheinlich hatte Mr Quisling jetzt Liebeskummer.

Emily seufzte. Sie hätte es sich nicht vorstellen können, aber sie hatte Mitleid mit Mr Quisling.

◇◇

Emily und James waren in ihrem Zimmer über den abgepausten Unlösbaren Code gebeugt. So verbrachten sie diese Woche den größten Teil ihrer Freizeit: Sie starrten auf die Seite, als könnten sie durch die bloße Kraft ihres Blicks die Buchstaben dazu bewegen, ihr Geheimnis preiszugeben und ihnen endlich zu sagen, wo dieser verfluchte Plan war.

»Wir könnten Mr Quisling fragen«, sagte James.

»Das hast du schon mal gesagt, aber jetzt ist die Ausgangslage noch schlechter für uns«, sagte Emily. »Ähm, Mr Quisling?

Wir haben nicht nur Ihre geheime Nachricht von der Buchparty entziffert, sondern sind Ihnen auch gefolgt und haben die Nachrichten zwischen Ihnen und Ihrer Exfreundin entschlüsselt, und jetzt wissen wir vom Unlösbaren Code und dass irgendwo eine Karte dazu existiert und könnten Sie uns vielleicht mehr über diese Karte erzählen?«

»Vergiss nicht, dass du auch noch seiner Exfreundin eine E-Mail geschickt hast«, sagte James. »Da wird er uns erst recht helfen.«

Emily wand sich verlegen. »Oh, ja. Stimmt, da war was.« Es war einige Tage her, seit sie die E-Mail geschickt hatte, und es war keine Antwort zurückgekommen.

»Okay, lass uns wie ein Goldgräber denken.« James stand auf, streckte sich und schüttelte dann seine Hände, Arme und Beine aus, als würde er sich bereit machen, ein Rennen zu laufen. »Ich bin ein grauhaariger alter Goldgräber und habe meinen Fund versteckt. Ich will sichergehen, dass ich den Schatz wiederfinde, daher schreibe ich die Wegbeschreibung in Geheimschrift auf und fertige eine Karte an. Wo würde ich die Karte hintun?«

»Es ist komisch, zwei Dinge zu haben, die man im Auge behalten muss«, sagte Emily. »Denn was, wenn die Karte verloren geht? Oder die Nachricht? Warum versucht man nicht, sich auf ein Papier zu beschränken?«

»Doppelt hält besser«, gab James zu bedenken. »Wenn man sowohl die Karte als auch die Chiffre braucht, um herauszufinden, wo das Gold ist, dann hat es ein anderer schwerer, auf die Spur zu kommen. So musst du denken.«

James blätterte zu einer leeren Seite in Emilys Notizbuch und schrieb den folgenden Schlüssel auf:

Normales Alphabet:
ABCDEFGHIJKLMNOPQRSTUVWXYZ

Schlüssel:
BCDEFGHIJKLMNOPQRSTUVXXYZA

»Das ist eine einfache Substitutions-Chiffre, richtig?« James schrieb eine Buchstabenfolge darunter und gab Emily das Notizbuch zurück. »Jetzt musst du die Nachricht entschlüsseln.«

GMJFH, SBLFUFOLBUAF, GMJFH

Sie brauchte nur ein paar Minuten dazu. »Flieg, Raketenkatze, flieg!«, sagte sie.

»Richtig! Aber was ist, wenn man eine Substitutions-Chiffre mit einer Jägerzaun-Chiffre kombiniert?«

Bei der Jägerzaun-Chiffre setzte man die Buchstaben der Nachricht im Zickzack nach oben und nach unten, daher benutzte James die bereits chiffrierte Nachricht und schrieb:

G J H B F F L U F M F
M F S L U O B A G J H

Danach ordnete er die Buchstaben in Fünfergruppen an, was der letzte Schritt bei einer Jägerzaun-Chiffre war:

GJHBF FLUFM FMFSL UOBAG JH

»Die Sicherheitstaktik zu verdoppeln führt dazu, dass die Nachricht noch schwerer zu lösen ist«, sagte James. »Selbst wenn jemand die Substitutions-Chiffre knackt, würden sie bei FIGAE EKTEL ELERK TNAZF IG landen, und sie würden wahrscheinlich nicht einmal erkennen, dass sie die Buchstaben richtig dechiffriert haben, weil sie in der falschen Reihenfolge sind.«

»Ich weiß, dass du recht hast, aber wenn ich etwas Wertvolles versteckt habe, würde ich doch nicht den Überblick über zwei verschiedene Sachen behalten wollen, um wieder dorthin zu finden. Was, wenn ich eine davon verlieren würde?«

Emily sah sich den abgepausten Code aus der Bibliothek an und drehte den Zettel um, um die Zeichnung zu betrachten, die sie kopiert hatten, dann drehte sie die Seite wieder zu den Buchstaben. Als sie das Papier glatt strich, bemerkte sie, dass sich die Zeichnungen – vier Kreise und ein paar krumme Linien – leicht durch das Papier drückten. Sie drehte die Seite wieder um.

Die Linien sahen wie etwas aus, das sie in Gedanken während einer Unterrichtsstunde zeichnen würde, oder was ihre Mom kritzelte, wenn sie am Telefon war. Aber was, wenn die Zeichen gar nicht so willkürlich waren, wie sie aussahen?

Emily faltete das Papier in der Mitte.

»Du gibst doch nicht auf, oder?«, fragte James.

»Nein, ich versuche etwas.« Sie hielt die Seite hoch, sodass das Licht hindurchschien. Die Zeichen und Buchstaben überschnitten sich. Das meiste davon war ein Durcheinander aus Linien und Kurven, bis auf einen Kreis, in dessen exakter Mitte ein X gelandet war.

»Schau dir das mal an«, sagte Emily. Sie öffnete den Zettel und überflog das Buchstabengitter. Unter all den Buchstaben gab es nur ein einziges X. Sie faltete das Papier wieder und fuhr mit der Hand fest über den Knick, damit er flach und glatt lag. Es war kein Zufallstreffer gewesen – das X war der einzige Buchstabe, der in einem Kreis landete.

»Das X markiert den Ort. Der unlösbare Code ist gleichzeitig die Karte.«

»Du könntest recht haben«, sagte James und beugte sich tiefer über den Zettel. »Damit ist der Hinweis trotzdem doppelt gesichert, aber der Goldgräber hätte keine zwei Schriftstücke, über die er den Überblick behalten muss, wie du gesagt hast. Also, wofür steht der Kreis?«

»Vielleicht findest du es heraus, wenn du die Chiffre knackst«, sagte Emily.

»Oder …« James schob den Zettel weg und drehte die Zeichnung auf die Seite. »Was, wenn die gebogenen Linien für Wasser stehen? Zum Beispiel die San Francisco Bay? Und die Kreise sind Inseln? Diese drei sind angeordnet wie Angel Island, Alcatraz und Treasure Island. Und das X markiert die Stelle auf …«

»Treasure Island«, sagte Emily. »Der Schatz könnte wirklich dort sein! Warst du da schon mal?«

James schüttelte den Kopf. »Noch nicht. Aber ich glaube, wir müssen einen Ausflug machen.«

21

Emily dachte, es gäbe vielleicht eine Fähre, die sie nach Treasure Island bringen würde, aber obwohl es eine Insel war, musste man mit dem Auto hinfahren. Dafür brauchten sie Erwachsene und James' Mom und seine Großmutter hatten eine große Veranstaltung, für die sie das Essen vorbereiten mussten. Emilys Eltern wiederum waren immer dafür zu haben, neue Orte zu erkunden. Als Emily ihnen die Idee unterbreitete, einen Ausflug nach Treasure Island zu machen, stimmten sie sofort zu. Das einzige Problem war, dass ihre Eltern sich weigerten, an den Schultagen im Berufsverkehr zu fahren, und es daher Samstag wurde, bis die Cranes und James sich in Sal, den alten Minivan der Cranes, quetschten.

Sie verließen die Bay Bridge auf halber Strecke durch einen Tunnel, der sich durch die zerklüftete, felsige Landmasse inmitten der Bay bohrte. Die Straße wand sich kurvig um die begrünte Insel, dann wurde sie plötzlich schnurgerade und führte schließlich flach an der Küste entlang, die spärlich mit Palmen gesäumt war.

Während sie die gepflasterte Straße und die Gehwege, den Treasure Island Jachtklub und ein hufeisenförmiges altes Gebäude betrachtete, wurde Emily klar, dass ihre Mission unlösbar sein könnte. Was, wenn das Gold zwar auf der Insel wäre, aber über dessen Vergrabungsort ein Gebäude errichtet worden war? Dann würden sie es nie finden.

Nun, jetzt waren sie hier. Es konnte nicht schaden, den Ort einmal zu sehen, dachte sie sich. Emily hatte sowohl vom Rätsellösen als auch von der Bücherjagd gelernt, dass es immer gut war, für alle Möglichkeiten ein offenes Auge zu haben und nie aufzuhören zu beobachten. Es konnte gut sein, dass man an den unerwartetsten Orten den Schlüssel zur Lösung einer schwierigen Aufgabe fand.

Sie parkten an einem kleinen Bootshafen vor dem Hufeisen-Gebäude, das jetzt, wo sie näher dran waren, aussah, als hätte es seine besten Tage hinter sich. Der Parkplatz war praktisch leer. Emily war es nicht gewohnt, dass an irgendeinem Ort in San Francisco so wenige Menschen waren. Sie umrundeten das Gebäude, um die Fahrradvermietung zu finden, die sich auf der anderen Seite befand. Die Stille wurde von einem Presslufthammer gestört und Emily konnte in der Ferne eine Baustelle sehen. Das löste eine neue Sorge in ihr aus: Vielleicht würde das Gold von Bauarbeitern gefunden werden, genauso zufällig, wie damals die *Niantic* wiederentdeckt worden war.

»Hast du den Gutschein?«, fragte Emilys Vater.

Ihre Mom durchwühlte ihre Handtasche und förderte einen Ausdruck von einer Website zutage. »Zwei Fahrräder zum Preis von einem leihen!« Sie wedelte mit dem Zettel und fügte hinzu: »Wir übernehmen deins, James. Kein Thema.«

Als Emily klar wurde, dass dieser Ausflug ihre Eltern auch noch Geld kosten würde, fühlte sie sich schlecht. Obwohl sie sich nichts anmerken ließen, wusste sie, dass sie sich insgeheim bestimmt Sorgen machten. Sie richtete sich auf und zog ihren Pferdeschwanz fester. Wenn er dabei helfen würde, in

San Francisco bleiben zu können, war das ein Grund mehr, diesen Schatz zu finden.

Sobald die Cranes und James mit Fahrrädern und Helmen ausgestattet waren, radelten sie zu dem Gehweg, der am Wasser entlangführte. Die Sicht auf die Skyline von San Francisco war von hier aus besser als auf jeder Postkarte, die Emily je gesehen hatte. Aber die Insel selbst kam Emily eher … heruntergekommen vor. Vielleicht hatte sie den Namen Treasure Island zu sehr mit dem Titel des Buches verknüpft, der sie an etwas üppig Bewachsenes, Tropisches denken ließ. Ganz sicher hätte sie nicht mit verbarrikadierten Gebäuden und rostigen Anlegestellen gerechnet, an denen sie jetzt vorbeiradelten.

Ihre Eltern kamen zum Stehen und ließen den Blick über das Wasser und die Stadt schweifen. Ihre Mom zog ihre Kamera aus der Tasche, die sie quer umgehängt hatte, und fing an Fotos zu schießen. Ein felsiger Wall trennte den Gehweg vom Wasser. Direkt neben dem Fuß ihres Bruders konnte Emily einen etwa wassermelonengroßen Stein sehen, auf den jemand mit blauer Farbe »Ich wurde überfallen« geschrieben hatte.

»So habe ich mir das nicht vorgestellt«, sagte Emily, während sie das Kinnband ihres Fahrradhelms zurechtrückte.

»Mit so einem Ausblick würde man denken, dass es sehr begehrt wäre, auf Treasure Island zu wohnen, oder?«, sagte ihre Mom und drehte am Objektiv der Kamera.

»Ich habe gelesen, dass die Insel bis vor Kurzem noch der Navy gehört hat«, sagte Emilys Dad.

»Ach ja?«, erwiderte ihre Mom. *Klick. Klick.* »Dann ist die Insel auch ursprünglich für die Navy gebaut worden?«

Emily sah ihre Mom mit zusammengekniffenen Augen an, unsicher, ob sie sich verhört hatte. »Was meinst du mit ›gebaut‹?«

Ihre Mom senkte die Kamera. »Das hier ist keine natürlich entstandene Insel. Siehst du nicht, wie flach hier alles ist?«

»Aber man kann doch keine Insel bauen, oder?« Emily sah sich den Boden genauer an und kam sich dabei dumm vor, als könne sie tatsächlich Fugen und Schrauben einer Insel sehen, die aus Teilen zusammengefügt war.

Emilys Mom hielt die Kamera in ihre Richtung und fotografierte die Aussicht hinter ihrem Rücken. »Dieser Teil ist natürlich«, sagte sie.

»Der Teil, über den wir nach der Brücke gefahren sind, ist eine eigene Insel«, ergänzte Mr Crane. »Sie heißt Yerba Buena.«

Jetzt klang es für Emily logisch. Der erste Teil der Insel war eine ungleichförmige, begrünte Landmasse gewesen. Sie war wild und felsig, wohingegen dieser Teil hier hauptsächlich nackter Beton war.

»Wusstest du das nicht?«, fragte Emily James.

Er zuckte mit den Schultern. »Ich bin doch keine Wikipedia-Seite über San Francisco.«

Die hoch aufragenden Gebäude der Innenstadt schienen sie nun über die Bay hinweg zu verhöhnen. Wo diese Gebäude standen, war einst nur Wasser. Sie hätte nicht so überrascht über die Tatsache sein dürfen, dass auch eine ganze Insel künstlich hergestellt werden konnte.

»Wann wurde Treasure Island erbaut?«, fragte Emily, die langsam das ungute Gefühl hatte, dass sie sich gewaltig getäuscht hatten mit ihrer Vermutung, dass der Schatz des Unlösbaren Codes hier vergraben war.

»In den späten 1930er-Jahren gab es eine Weltausstellung«, sagte Emilys Dad. »Ich kann mich vage daran erinnern, dass sie dafür gebaut wurde.«

Die 1930er. Das war lange nach dem Goldrausch, lange nachdem Mark Twain in San Francisco gelebt hatte und lange nachdem der echte Tom Sawyer gelebt hatte. Das konnte nicht der Vergrabungsort des Goldschatzes sein.

Sie setzten ihre Fahrradtour um die Insel fort, radelten an Lagerhallen vorbei, die verlassen wirkten, und Wohngebäuden mit nur wenigen Lebenszeichen, wie Kleidern, die über Geländer gehängt waren oder Topfpflanzen, die nicht tot waren. Sie kamen an einem leeren Ballspielplatz vorbei, der Emily besonders einsam vorkam an so einem Samstagmorgen. In Colorado hatten sie in der Nähe solcher Ballspielplätze gewohnt und an den Wochenenden waren diese immer bevölkert gewesen von Kindern und deren Eltern, die kamen und gingen. Auf ihrem Weg zurück zum Fahrradverleih passierten sie eine Baustelle, an der Transparente hingen, die eine große Verwandlung der Insel ankündigten.

Je länger sie mit dem Fahrrad unterwegs waren, desto dümmer kam Emily sich vor, dass sie überhaupt gedacht hatte, hier könne ein Schatz versteckt sein. Als ob der Unlösbare Code nach *Treasure* Island führen würde und niemand in hundertsechzig Jahren auf die gleiche Idee gekommen wäre. Genauso gut hätte sie erwarten können, dass ein riesiges schwarzes X an der Stelle des Verstecks auf den Boden gepinselt war.

22

Am Dienstag nach ihrem Ausflug hatten Emily, James und Matthew ihr zweites Bücherjagd-Beratertreffen. Dieses Mal hatten sie sich schon darauf gefasst gemacht, dass die Hunde aus Griswolds Büro heraus auf sie zugestürmt kommen würden. Wieder begrüßte Claus sie mit begeistertem Kläffen, bevor er zu seinem Kissen tapste, es ins Maul nahm und damit herumstolzierte. Angel rollte sich auf den Rücken und ließ sich von Matthew den Bauch streicheln, dann trottete sie zu ihrem Körbchen und kuschelte sich mit einem zufriedenen Seufzer dort ein.

»Hallo!« Mr Griswold lächelte und stand von seinem Schreibtisch auf, an dem er in Papieren gelesen hatte. Er war noch immer nicht so auffallend gekleidet, wie Emily es sich immer an ihm vorstellte, aber wenigstens trug er heute einen weinroten Pullover zu seiner Freizeithose, was einen Schritt in die Richtung des alten Mr Griswold zu sein schien. Es gab ihr zumindest etwas Hoffnung, ihren Plan voranzutreiben.

»Mr Griswold«, sagte sie, »schauen Sie mal, was wir online gefunden haben!«

Sie hielt ihm den Ausdruck seines alten Interviews hin. Mr Griswolds Hand zitterte fast unmerklich, als er den Zettel entgegennahm. Emily fragte sich, ob es ihn so sehr aufwühlte, das alte Interview zu sehen.

»Sie haben damals ziemlich hip ausgesehen, Mr Griswold«, sagte James.

Mr Griswold grinste und Emily entspannte sich ein wenig. Wenigstens schien er nicht verärgert zu sein.

»Kann ich auch mal sehen?«, fragte Matthew. Nachdem er das Foto betrachtet hatte, rief er aus: »Mann! Sie hatten ja Locken! War das 'ne Dauerwelle?«

»Das ist schon sehr lange her«, sagte Mr Griswold leise. Er ließ Matthew das Interview lesen und setzte sich auf die Couch.

»Ich mag den Teil, wo Sie darüber sprechen, dass man die Art des Wegs, den man beschreitet, selbst bestimmen kann«, sagte Emily.

»Diesen Teil?«, fragte Matthew. Er las laut aus dem Interview vor. »Die eigenen Taten und Reaktionen bestimmen die Art von Weg, den man beschreitet. Wird er magisch sein? Freudig? Angsterfüllt? Wird man das Opfer sein oder der Held?«

»Genau«, sagte Emily. »Das hat mich dazu gebracht, darüber nachzudenken, dass ich die Hauptperson meiner eigenen Geschichte bin.«

»Nicht nur die Hauptperson«, fiel James ein. »Die Hauptperson *und* auch der Autor.«

»Stimmt«, sagte Emily. »Wir schreiben dadurch, was wir Tag für Tag tun und sagen, unsere eigenen Geschichten. Und wenn ich mich in einem Kapitel befinde, wo schlimme Dinge passieren, dann kann *ich* entscheiden, in welcher Art von Geschichte ich mich befinde.«

»Ich freue mich sehr darüber, dass meine Worte diesen Effekt auf euch haben«, sagte Mr Griswold. »Es ist wichtig, hoffnungsvoll zu sein, wenn man jung ist.«

Emily wollte erwidern: »Es ist auch wichtig, hoffnungsvoll zu sein, wenn man alt ist«, aber sie hatte Angst, das könnte unhöflich klingen. Stattdessen sagte sie: »Es ist immer wichtig, hoffnungsvoll zu sein.«

»Ja, das stimmt«, warf Jack ein. Er hatte über Matthews Schulter hinweg das Interview gelesen. »Ihr drei seid ganz schön schlau, wisst ihr das? Kein Wunder, dass ihr so gut beim Rätseln und Bücherjagen seid.«

Emily war sich nicht sicher gewesen, welche Reaktion sie von Mr Griswold erwartet hatte, wenn er sein altes Interview wiedersehen würde. Ihr war klar gewesen, dass er nicht auf und ab hüpfen und »Danke, dass du mir das gezeigt hast!« rufen, und dann in seinen geheimen Bücherregalraum rennen und in Anzug und Zylinder und passendem Gehstock herausspringen würde, aber sie glaubte, zumindest einen kleinen Funken der Regung in ihm zu sehen.

Sie preschte mit dem zweiten Teil ihres Plans nach vorne. Wenn Mr Griswold vor Jahrzehnten versucht hatte, das Interesse an der Lösung des Unlösbaren Codes wiederzubeleben, dann würde ihn sicherlich ihre Entdeckung begeistern, dass das X auf der Karte perfekt in die Mitte eines der Kreise fiel, wenn man das Papier faltete.

»Das andere, was wir Ihnen sagen wollten, hat mit dem Unlösbaren Code zu tun«, sagte sie. »James hat neulich mit Fleißnerschen Schablonen herumexperimentiert …«

Aber bevor sie weitersprechen konnte, sah Mr Griswold plötzlich auf seine Uhr. »Oje«, sagte er und stemmte sich von der Couch hoch, »ich habe gar nicht auf die Zeit achtgegeben. Ich habe einen sehr wichtigen Tierarzt-Termin mit den Hunden.«

Die drei Kinder tauschten verwirrte Blicke aus.

Sogar Jack wirkte etwas irritiert. »Oh«, sagte er. »Ich wusste nicht, dass es heute terminliche Überschneidungen gibt.«

»Bevor Sie gehen, könnten wir Ihnen nicht noch kurz erzählen …«

Mr Griswold sprach über Emily hinweg, als würde er sie nicht hören. »Claus, Angel, los!« Bei *los* ertönte in Mr Griswolds Büro ein heilloses Jaulen und Winseln, und es folgte das Geräusch von tapsenden Hundepfoten.

Fast schien es Emily, als hätten die Worte U*nlösbarer Code* Mr Griswold nervös gemacht, und nun versuchte er, von dem Thema abzulenken. Er befestigte die Leinen an den Halsbändern der Hunde und rief Jack über das Jaulen hinweg zu: »Wenn du bei diesem Treffen den Hut aufsetzen könntest, wäre das prima. Letztes Mal haben wir darüber gesprochen, euch Kinder als Administratoren einzusetzen, deshalb wird Jack euch jetzt einweisen.«

Mit einem flüchtigen Winken verschwanden Mr Griswold und die Hunde durch die Tür. Das stete KLACK, KLACK, KLACK der Murmeln in dem Labyrinth-Apparat schien nun, nachdem Mr Griswold und die Hunde weg waren, noch lauter als zuvor.

Emily runzelte die Stirn. Sie hatte gedacht, es würde Mr Griswold helfen, wieder zur Normalität zu finden, wenn er an seine eigenen Worte erinnert würde. Aber jetzt fürchtete sie, dass er vielleicht vergessen hatte, wie er früher war. Oder er erinnerte sich nur zu gut daran und ertrug es nicht, sich seinem alten Selbst zu stellen.

23

Nachdem die Spur zum Unlösbaren Code auf Treasure Island eine Sackgasse gewesen und Emilys Plan, Mr Griswold aufzuheitern, gescheitert war, fühlte Emily sich ein wenig deprimiert. Sie hoffte, dass das Planen für den Ball als Ablenkung dienen würde, als sie und James am nächsten Tag die Tür zum Wissenschaftsraum öffneten. Mrs Ortega wanderte im Raum hin und her, die Hände auf den Rücken gepresst, während ihr schwangerer Bauch ihr vorausging. Die Zwillinge waren die einzigen Mitglieder des Komitees, die noch nicht da waren.

»Hey, Vivian«, sagte Emily und setzte sich neben sie, »hast du die Infos zum DJ bekommen?«

»Ja.« Vivian sah nicht von ihren Hausaufgaben hoch. »Er hat zugesagt für den Ball.«

James schüttelte verblüfft den Kopf. »Ich war mir sicher, dass Charlie ablehnen würde. Ich schätze, er braucht das Geld.«

Auf der anderen Seite des Tischs spielten Nisha und Maddie Käsekästchen, ein Spiel, das Nisha mit James gelegentlich im Chemie-Unterricht spielte.

Vivian sah zur Wanduhr und sprang von ihrem Stuhl auf. »Wir müssen anfangen.«

Emily fragte sich, ob Kevin und Devin sich entschieden hatten, das Komitee sausen zu lassen, was sie nicht gewundert hätte. Sie wusste, dass sie nur bei dem ersten Treffen gewesen waren, weil James sie darum gebeten hatte. Es hätte sie auch nicht unbedingt verblüfft, wenn James auch nicht mehr mitgemacht hätte.

Die Tür zum Klassenraum wurde aufgestoßen und als Emily sich umdrehte, sah sie Kevin und Devin, die einen großen Karton zwischen sich trugen.

»Schaut mal, was wir mitgebracht haben!« Sie leerten den Inhalt auf einen der Labortische und Dutzende weißer Perücken, winziger runder Drahtbrillengestelle und Zylinder purzelten heraus.

»Team-Kostüme!«, sagte Devin.

»Welche Teams? Welche Kostüme?«, fragte Vivian. Sie runzelte die Stirn angesichts der Ansammlung von Dingen vor ihr.

»Für die Präsidenten-Spiele«, erklärte Kevin. »Wir haben uns Kostüme für drei Präsidenten-Teams überlegt. Ein Teil des Wettbewerbs könnte sein, die Kostüme so schnell wie möglich anzuziehen, und dann treten alle in irgendeinem Spiel gegeneinander an.«

James zog sich die Gummibänder eines langen schwarzen Barts um die Ohren. Emily nahm eine Schürze. Sie konnte nicht glauben, dass die Zwillinge tatsächlich diese verrückte Idee aufgegriffen hatten, die sie für den Ball in den Raum geworfen hatte. Vivian wühlte sich mit den anderen durch die Sachen und Emily versuchte abzuschätzen, ob die Art, wie sie die flauschige weiße Perücke streichelte und behutsam eine Krawatte hochhob, positiv oder negativ auszulegen war.

»Woher habt ihr das ganze Zeug?«, fragte Emily.

»Unsere Mom hat mal ehrenamtlich bei einem Kostümverleih gearbeitet, der Teil ihrer Hilfsorganisation ist. Wir müssen zwar ein paar der Sachen wieder zurückgeben, wenn wir damit fertig sind, aber den Rest spendet sie unserer Klasse.«

Devin gab James eine schwarze Anzugjacke und stülpte dann einen Zylinder über Steve. Der Hut rutschte James über die Augen, wodurch sein Gesicht nur noch aus Hut, Nase und Bart bestand. »Team Abraham Lincoln!«, verkündete Devin.

»Ich schwimme in diesem Mantel.« James hob die Arme, sodass die Ärmel sich um seine Ellbogen bauschten.

»Das macht es umso lustiger«, sagte Kevin. Er zog sich selbst einen blauen Mantel, eine weiße Perücke und eine Schürze an. »Team George Washington«, erklärte er.

»Oder Thomas Jefferson«, fügte Devin hinzu. »Es ist quasi der gleiche Look.«

»Du solltest bei Washington bleiben«, sagte Vivian und wandte sich zu Nisha. »Schreib das auf.« Sie nahm die restlichen Dinge und zog sie sich an: ein Schnurrbart, eine Brille mit Drahtgestell, von der an einer Seite eine Schnur baumelte, und eine Krawatte. »Wer bin ich?«

»Teddy Roosevelt«, sagten Kevin und Devin im Chor.

Auf der anderen Seite des Raumes konnten sie Mrs Ortega stöhnen hören.

»Was haben Sie an Präsident Roosevelt auszusetzen?«, fragte Kevin.

Mrs Ortega schüttelte den Kopf und presste die Lippen zu einem Strich zusammen. »Nicht die Kostüme. Das Baby.« Sie ließ sich auf einem Stuhl nieder, aber es dauerte nicht lange, bis sie wieder aufstand und herumging. Sie winkte mit einer Hand ab. »Macht weiter. Mir gehts gut.«

Ihre Augen ruhten zögernd auf ihrer Lehrerin, bevor Vivian zu Kevin und Devin sagte: »Also, habt ihr genug von diesen Kostümen, dass ihr auf dem Ball drei Teams ausstatten könnt?«

»Mit Perücken, Bärten, Hüten und Brillen auf jeden Fall. Meine Mom kann uns noch ein paar Jacken und Krawatten leihen, aber wir bräuchten vielleicht noch mehr.«

»Das sollte leicht zu organisieren sein«, sagte Vivian und gab Nisha ein Zeichen, das auch aufzuschreiben. »Alles klar. Dann haben wir drei präsidentiale Teams. Das war deine Idee, Emily. Wie genau soll jetzt das Spiel aussehen?«

Nisha wartete mit gezücktem Stift, bereit aufzuschreiben, was auch immer Emily sagte. Maddie legte ihren Kopf schief und grinste, als könne sie Emilys Unsicherheit riechen. James schob den Zylinder nach oben und nickte ihr aufmunternd zu. Nur Devin und Kevin schienen nicht so ganz bei der Sache zu sein, denn sie bewarfen sich gegenseitig mit einer George Washington Perücke.

»Tja«, sagte Emily, »mit drei Teams könnten wir …« Von der Decke des Klassenzimmers hingen Modelle von Atomen aus Hula-Hoop-Reifen, in deren Mitte eine Traube aus Luftballons festgemacht war. »Wir könnten Ballon-Stampfen spielen.«

Nisha schrieb das auf.

»Was ist das?«, fragte Vivian.

»Jedes Team-Mitglied bindet sich einen Ballon mit einer Schnur an den Knöchel. Wir bräuchten verschiedene Farben für jedes Team …«

»Rot, weiß und blau wären sehr präsidentiell.« Vivian klopfte auf Nishas Notizbuch.

»Das Ziel des Spiels ist es, die Ballons der anderen Teams zum Platzen zu bringen. Das Team, das als Letztes noch ganze Ballons hat, gewinnt.«

»Cool«, sagten Kevin und Devin, die schon versuchten, sich gegenseitig auf die Füße zu treten.

»Wir könnten auch einen Staffellauf draus machen«, schlug James vor. »Am Anfang könnten die Kostüme der einzelnen Teams in einer riesigen Kiste sein. Jeder Spieler muss sich anziehen, durch einen Hinderniskurs laufen und sich dann einen Ballon am Knöchel festbinden. Sobald ein ganzes Team das geschafft hat, können sie anfangen, die Ballons der anderen Teams zu zertreten.«

Je mehr sie darüber redeten, desto besser konnte Emily sich vorstellen, dass dieses Spiel tatsächlich während des Balls stattfinden würde. Vielleicht war es ein albernes Spiel, klar, aber eines von der Art, das ziemlich lustig werden könnte.

Mrs Ortega gab einen lauten Schrei von sich.

»Tut mir leid, Kinder«, keuchte sie. »Wir müssen das Meeting beenden. Ich muss meinen Arzt anrufen.«

Alle gingen einen Schritt von Mrs Ortega weg, als sei sie eine Bombe, die kurz vorm Explodieren war. Nur Maddie ging zu einem der Labor-Waschbecken hinüber. »Haben Sie genug Wasser getrunken? Meine Mom dachte, sie würde meine Halbschwester früher bekommen, aber dann hat sich herausgestellt, dass sie nur nicht genug getrunken hatte.« Maddie zog einen Plastikbecher aus dem Stapel am Becken. »Hier, trinken Sie das.«

Mrs Ortega nahm den Becher entgegen, aber sie sagte: »Wirklich, Leute, es ist okay. Ihr könnt jetzt nach Hause gehen.«

Maddie blieb an Mrs Ortegas Seite, die am Handy telefonierte, während die restlichen Schüler Kevin und Devin halfen, die Kostüme wieder zurück in den Karton zu stopfen und zusammen den Raum verließen.

24

Am nächsten Tag stand der jährliche Ausflug der siebten Klassen nach Angel Island an. Der Wind blies Emilys Pferdeschwanz in alle Richtungen, während sie und James sich auf dem Außendeck der Fähre ans Geländer lehnten. Auf einer Bank hinter ihnen saß der Vertretungslehrer für Mrs Ortega, der Bettruhe verordnet worden war. Es war Mr Sloan, der vor ein paar Wochen Mr Quisling bei der Poe-Party erzählt hatte, dass er auf der Suche nach Vertretungsjobs war, und danach in ihrer Sozialkundeklasse zugesehen hatte. Er hatte den Kopf in die Hände gestützt und ließ ab und zu ein leises Stöhnen vernehmen. Offenbar vertrug er es nicht so gut, auf dem Wasser zu sein.

Als sie Angel Island erreichten, brach ein Sonnenstrahl durch die Wolken und schien über das Wasser bis hin zu dem kleinen Bootshafen, der in einer kleinen Bucht versteckt lag. Die Konturen der Bäume verwandelten sich von einer grünen Masse in voneinander unterscheidbare Brokkoli-Formen. Dies war eine richtige natürliche Insel, im Gegensatz zu der flachen Möchtegern-Insel Treasure Island.

»Vielleicht haben wir die Fleißnersche Schablone falsch gelesen und sie markiert in Wirklichkeit Angel Island«, sagte Emily.

Der Gedanke war hoffnungsvoll und deprimierend zugleich. Hoffnungsvoll, weil sie dann wenigstens einen

Ort hätten, auf den sie sich konzentrieren konnten. Aber Angel Island sah ziemlich riesig aus im Vergleich zu Treasure Island. Sie hatten Treasure Island in einer Stunde mit dem Fahrrad umrundet und die Insel war flach und karg. Angel Island war hügelig und stark bewaldet. Es würde Tage oder sogar Wochen dauern, die Insel komplett zu erkunden.

Nachdem die Fähre angelegt hatte, bildete sich eine Schlange von Schülern, Lehrern und begleitenden Eltern, die hintereinander die Stufen hinunterstiegen, um das Boot zu verlassen. Mr Sloan stand etwas wackelig auf, sein Gesicht grün wie Pistazieneis. Ein Mitschüler, José, klopfte Mr Sloan auf den Rücken, als er an ihm vorbeiging, woraufhin der Aushilfslehrer eine Grimasse zog.

»Hey, Mr Neuling, wenn Sie kotzen müssen, dann tun Sie es mit dem Wind«, sagte José.

Emily und James gesellten sich zu der Menge, die das Schiff verließ. Auf der Fähre befanden sich nicht nur Schüler der Booker, und Emily und James gingen an einer Schülergruppe vorbei, die alle die gleichen dunkelblauen Sweatshirts der St. Raymond trugen und ein Lied über Lamas skandierten, um sich etwas weiter zu der Gruppe aus Schülern, Lehrern und Eltern der Booker zu stellen, die vor einem kleinen rosa Gebäude wartete.

Ein leichter Wind wehte den Geruch von Abwasser in ihre Richtung. James hielt sich die Nase zu und sagte näselnd: »Man würde denken, dass wir uns einen anderen Treffpunkt aussuchen könnten als vor den Klos.«

Mr Sloan stieß als Letzter zu ihnen. Er war nicht mehr ganz so grün im Gesicht. Ihre Klasse stieg in einen Shuttlebus mit offenem Dach, der sie zur Einwanderungsstation bringen sollte.

Die Station war ein lang gezogenes, zweistöckiges Gebäude, das vor dem bewaldeten Berghang, der hinter ihm aufragte, winzig aussah. Eine massive Betontreppe führte zum Eingang hinauf. In die Pflanzkübel aus Zement auf beiden Seiten der Treppe waren Wörter wie *Träume, Hoffnung* und *Ängste* eingraviert.

Ein Tourguide empfing ihre Gruppe und erklärte ihnen, dass zwischen 1910 und 1940 Einwanderer über Angel Island ins Land gekommen waren.

Emily sah sich ihre Umgebung genau an und dachte darüber nach, dass der Unlösbare Code und der versteckte Schatz aktuell gewesen waren, lange bevor die Insel eine Einwanderer-Insel gewesen war. Sie hob die Hand. »Was war hier im Jahr 1851?«

James prustete, da er wusste, wieso sie diese Frage stellte.

»Mal sehen … 1851?« Der Tourguide sah sich gedankenverloren um. »Ein spanischer Einwanderer hatte der Insel 1775 den Namen Angel Island gegeben und natürlich waren die Miwok Indianer lange vorher hier, aber 1851 war Kalifornien ein nagelneuer Staat, erst ein Jahr alt. Angel Island wurde in diesem Jahr zum Militärgebiet erklärt, aber ich glaube, bis zum Bürgerkrieg wurde die Insel nicht vom Militär benutzt. Es gab allerdings ein Schiff, das vor der Küste ankerte und als Gefängnis diente.«

Emily ließ diese Information sacken, als sie die Treppen hochstiegen und in das Gebäude hineingingen. Wenn die Insel 1851 dem Militär gehört hatte, dann war es unwahrscheinlich, dass ein Goldgräber sie als Versteck für seinen Schatz ausgewählt hätte.

Mit Treasure Island waren sie und James auf die Nase gefallen und nun schien Angel Island auch kein vielversprechender Kandidat für das Versteck des Schatzes zu sein.

»Zu der Zeit, als Angel Island eine Einwanderungsstation war, gab es eine Menge rassistischer Vorurteile gegen die Chinesen«, erzählte der Tourguide weiter. »Es gab ein Ausschluss-Gesetz gegenüber Einwanderern aus China und sie wurden hier oft für längere Zeiträume festgehalten als Menschen aus anderen Ländern, manchmal monate- oder sogar jahrelang.«

»Warum? Wovor hatten die Leute Angst?«, fragte ein Mitschüler.

»Die Chinesen waren zwar unter den Ersten, die während des Goldrauschs in San Francisco ankamen, trotzdem fühlten sich einige Leute mit der Zeit von der Anzahl der Chinesen, die hier lebten, bedroht, auch wegen ihrer generellen Bereitschaft, niedere und sogar gefährliche Arbeiten für schlechte Bezahlung anzunehmen. Es war keine Zeit in der Geschichte unseres Landes, auf die man stolz sein kann, und als China während des zweiten Weltkriegs zu unserem Verbündeten wurde, erklärte Präsident Roosevelt die Ausschluss-Gesetze und die vorurteilsbeladene Behandlung als einen historischen Fehler.«

Sie besichtigten die Schlafräume für chinesische Männer. Feldbetten aus Metall, immer drei übereinandergestapelt, die so niedrig waren, dass man sich kaum aufsetzen konnte. Der Führer der Tour erwähnte, dass es Wachen gab und strenge Regeln, was man tun durfte und was nicht. Um die Insel zu verlassen, musste man eine Reihe von Befragungen über sich ergehen lassen, die jedes noch so kleine Detail des Lebenslaufs beleuchteten, um zu beweisen, dass man auch der war, der man zu sein behauptete.

Es klang für Emily sehr nach Gefängnis, aber so war es nicht gedacht. Die Leute, die hierherkamen, waren keine Kriminellen. Es waren lediglich Leute, die von einem Ort an einen anderen umzogen, etwas, womit Emily viel Erfahrung hatte. Es war Emily nie in den Sinn gekommen, dass es ein Privileg war, umziehen zu können, wann immer und wohin man wollte.

Neben ihr betrachtete James ein Plakat mit einem Foto, auf dem eine Gruppe chinesischer Männer und Jungen zu sehen war, die oben ohne in einem Halbkreis standen und von einem Mann in Uniform untersucht wurden. Emily war schockiert als sie sah, dass die Menschen auf dem Foto nicht viel älter sein konnten als sie selbst. Sie fragte sich, wie diese Jungen sich wohl gefühlt haben mussten. Sie würde sich so schämen, wenn sie in einer Gruppe von Menschen stehen und sich wie einen Gegenstand betrachten lassen müsste. Andererseits war es vielleicht auch beruhigend, andere Leute bei sich zu haben, die in der gleichen Situation waren, und nicht allein und verängstigt mit so einem fiesen Aufseher sein zu müssen. Wenn sie sich zwischen Scham und Angst entscheiden müsste, dann würde sie die Scham wählen, aber es schien ihr keine faire Wahl zu sein.

»Mein Urgroßvater war auch hier«, sagte James leise zu Emily.

»Wirklich?« Sie sah sich noch einmal das Foto an und fragte sich, ob sein Urgroßvater wohl in dieser Gruppe war. »Wie lange musste er hierbleiben?«

»Keine Ahnung«, sagte James achselzuckend. »Meine Großmutter sagt, er hat nie darüber gesprochen. Sie hat es selbst nur wenige Male erwähnt.«

Die Wände der Einwanderungsstation waren fast vollständig mit Gedichten bedeckt, die von den hier festgehaltenen Einwanderern geschrieben worden waren. Die meisten davon waren in chinesischen Schriftzeichen. Viele dieser Gedichte waren in die Wände geritzt und irgendwann hatte man, wohl um die Worte zu verdecken, die Einkerbungen mit Spachtelmasse gefüllt und übermalt. Mit der Zeit hatte sich die Spachtelmasse zusammengezogen, wodurch die Gedichte sogar noch deutlicher sichtbar wurden. Emily fuhr mit dem Finger über eines der Schriftzeichen und bewunderte die Hartnäckigkeit der Worte, sich der Zensur zu verweigern.

»Denkst du, dein Urgroßvater hat irgendwas davon geschrieben?«

»Ich weiß es nicht«, sagte James leise und in Gedanken versunken, während er sich ein paar Schritte entfernte, um sich die Gedichte genauer anzusehen.

Der Tourguide sagte, dass viele der Gedichte die Wut oder Verzweiflung der Bewohner darüber ausdrückten, wie sie dort behandelt wurden. Und dass in einigen aber auch Hoffnung zu lesen war, mit der Frage, was ihre Zukunft wohl für sie bereithalten würde.

Emily wanderte langsam im Raum herum und trat hinter Mr Sloan, der etwas in ein Notizbuch zeichnete. Sie erkannte, dass er ein paar der Schriftzeichen abmalte.

»Wahnsinn, oder?«, sagte Mr Sloan, ohne seinen Blick zu heben.

»Das … das stimmt«, stammelte sie. Es war ihr peinlich, dass er sie erwischt hatte, wie sie ihm zuschaute.

»Kannst du Chinesisch?«

Nun sah er sie doch an, aber sein Blick war unsicher. Sie nickte in Richtung dessen, was er gezeichnet hatte. »Ihre sehen genauso aus wie die an der Wand.«

»Ah das, ja.« Er lächelte. »Nachahmen ist eines meiner ausgefalleneren Talente. Manche Menschen lösen Kreuzworträtsel; ich übe Schönschrift.«

Sie überließ ihren Aushilfslehrer seiner Kalligrafie und ging hinüber zu James, der die Übersetzung eines der Gedichte studierte. Die letzte Zeile las er laut vor: »Auch wenn es aus Jade gebaut wurde, ist es zu einem Käfig geworden.«

»Es ist so traurig, wenn man sich die Leute vorstellt, die hier für längere Zeit bleiben mussten«, sagte Emily. Sie stellte sich vor, wie jemand sorgfältig diese Worte einritzte und ab und zu eine Pause einlegte, um aus dem Fenster zu sehen, das mit Maschendraht vergittert war.

»Es ist nur traurig, wenn du davon ausgehst, dass das hier das Ende ihrer Geschichte war«, sagte James. »Wenn du dir das nächste Kapitel der Menschen vorstellst, dort drüben«, James deutete mit dem Kinn aus dem Fenster zu der Stadt jenseits der Bucht, »dann ist es heroisch. Sie ließen sich nicht brechen, nur weil sie zurückgehalten wurden.«

25

Genau eine Woche nach dem Ausflug nach Angel Island erhielt Emily eine E-Mail mit dem Betreff »Alte Freunde«. Sie las den Absender, »M. Oleanda« und hielt den Atem an. Miranda Oleanda. Coolbrith.

Emily und James hatten sich weiterhin mit dem Unlösbaren Code beschäftigt, obwohl die Buchstaben sich weigerten, ihr Geheimnis preiszugeben, aber sie hatten angenommen, Coolbriths Bücherjagd-Quest für ihren Lehrer war zum Ende gekommen, als sie die Schlussmach-Nachricht entschlüsselt hatten.

Es hatte keine Benachrichtigung mehr über weitere versteckte Exemplare von *Tom Sawyer* gegeben und für das eine Buch, das sie in Hollisters Laden platziert hatten, interessierte sich seit Wochen kein Mensch.

Zögernd klickte Emily auf die Maus, um die E-Mail zu öffnen. Miranda Oleanda schrieb:

> Es freut mich, dass du dich an mich wendest, aber ich glaube, da liegt ein Irrtum vor. Brian Quisling ist zwar ein alter Freund und Kollege von mir, aber wir hatten seit über zehn Jahren keinen Kontakt. Mir ist auch das Spiel, das du erwähnst – Mr Griswolds Bücherjagd – kein Begriff und ich lebe auch gar nicht mehr in Kalifornien. Ich wohne seit fünfzehn Jahre mit meinem Mann und meinen

zwei Kindern in Ohio. Ich erinnere mich dunkel an den Unlösbaren Code, aber von einer Karte weiß ich nichts. Tut mir leid, dass ich keine große Hilfe bin. Ich bin sicher, Mr Quisling wäre hocherfreut, wenn er wüsste, dass seine Schüler ihn so sehr schätzen, dass sie ihm ein besonderes Geschenk machen wollen.

Mit den besten Wünschen
Miranda Oleanda

Verwirrt stieß Emily ihren angehaltenen Atem mit einem Stoß aus. Mr Quislings Exfreundin war verheiratet und hatte Kinder? Sie lebte gar nicht in Kalifornien? Sie hatte noch nie von der Bücherjagd gehört? Sie war der Meinung, Mr Quisling wäre hocherfreut, wenn er etwas wüsste?

Also war diese Frau *nicht* Coolbrith?

Emily musste mit James darüber sprechen. Sie holte den Besen, mit dem sie ihm Klopfzeichen an die Decke gab. KLOPF. KLOPF-KLOPF-KLOPF. KLOPF. Das war das Muster, das James signalisierte, dass ihn gleich eine Eimernachricht erreichen würde. Auf einen Schmierzettel schrieb sie:

FILBH UR JDURD DOBUW.
(Schau in deine EMail.)

Sie legte die Nachricht in den Eimer und zog ihn hinauf zu James' Fenster. Dann ging sie wieder zu ihrem Laptop, um James die Mail von Miranda Oleanda weiterzuleiten.

Das Klopfen, das James' Antwort signalisierte, kam bald danach, gefolgt von dem Eimer und einer Nachricht:

ZDRR FUD RUILX ITTWEAUXL UFX, ZDA JBRR???
(Wenn sie nicht Coolbrith ist, wer dann???)

Genau. Mr Quisling dachte auf jeden Fall, dass Coolbrith Miranda Oleanda ist. Warum sonst hätte er sie Miranda genannt? James' Nachricht ging weiter:

FTWWDR ZUA DF ULO FBKDR?
(Sollen wir es ihm sagen?)

Wieder zermarterte Emily sich den Kopf, ob sie ihrem Lehrer etwas sagen sollten. Und was sollten sie überhaupt sagen? Es wäre einfacher gewesen, wenn sie den Code von Anfang an erwähnt hätten, aber sie hatte Mr Quisling damals nicht getraut und jetzt wusste sie nicht, wo sie anfangen sollten. Wie erzählte man seinem Lehrer, dass die Freundin, mit der er Nachrichten auszutauschen dachte, gar nicht die war, für die er sie hielt? Das wäre wirklich peinlich, sowohl für Mr Quisling als auch für sie, weil sie es ihm sagen mussten. Und was, wenn sie falschlagen? Sie mussten mehr herausfinden, bevor sie ihm irgendetwas erzählten, wenn sie überhaupt etwas erzählen würden.

Mr Quisling und Coolbrith machten sich anscheinend nichts aus irgendeinem beliebigen *Tom Sawyer*, der über die Bücherjagd versteckt wurde. Aber was, wenn Emily und

James den Hinweis für das Buch unter einem anderen Usernamen posteten? Würde Mr Quisling es dann suchen gehen?

Emily kritzelte eine Nachricht an James:

ZUA OHDFFDR ODLA LDABHFMURJDR. UIL LBE DURDR VWBR.
(Wir muessen mehr herausfinden. Ich hab einen Plan.)

◇◇

Am Freitag luden Emily und James ihren neuen Hinweis zu dem *Tom Sawyer*, den sie bei Hollister versteckt hatten, auf die Bücherjagd-Website. Dieses Mal war der Unterschied, dass sie einen Pseudo-Account eingerichtet hatten, der fast genauso wie der von Coolbrith aussah: Sie benutzten den gleichen Avatar und kopierten die Profil-Informationen. Die Website ließ sie nicht den gleichen Usernamen benutzen, daher entschieden sie sich für *Coolbirth* und hofften, Mr Quisling würde den Rechtschreibfehler nicht bemerken. Wenn Mr Quisling sich tatsächlich die Zeit nehmen würde, um sich diesen User anzusehen, zum Beispiel, dessen Bücherjagd-Verlauf nachzuschauen, dann würde ihm auffallen, dass er leer war, und sehr wahrscheinlich würde ihm klar werden, dass dies ein imitierter Account war. Emily und James wollten aber die Art der Kommunikation zwischen Mr Quisling und Coolbrith so imitieren, dass er keinen Anlass haben sollte, diesen letzten Post infrage zu stellen.

»Und man weiß ja nie«, sagte Emily. »Vielleicht funktioniert der Plan sogar, wenn er merkt, dass das jemand ist, der seine Freundin imitiert. Ich meine, wärst du nicht neugierig? Wenn ich das wäre, würde ich trotzdem losgehen und das Buch jagen.«

»Aber gibt es überhaupt ein Buch, bei dem es dich nicht juckt, es zu finden?«, zog James sie auf.

Emily boxte ihn in die Seite. »Jetzt klick einfach auf Abschicken.«

James' Finger schwebte über dem Enter-Button. »Das ist doch nicht schlimm, oder? Dass wir uns als Coolbrith ausgeben?«

»Nicht schlimmer als Coolbrith, die sich als Miranda Oleanda ausgibt. Mit dieser Coolbrith-Tante stimmt irgend etwas nicht, und ich glaube, Mr Quisling hat keinen Schimmer davon. Wir helfen ihm doch damit. Wir müssen nur etwas mehr herausfinden, bevor wir mit ihm sprechen.«

James nickte zustimmend und drückte die Taste.

26

Am Samstagmorgen entdeckte der Phoenix den Coolbrith-Nachahmer-Post auf der Bücherjagd-Website. Er starrte ihn sehr lange an.

Jemand schickte ihm eine Nachricht.

Jemand gab damit an, ihm auf der Spur zu sein.

Jemandem musste eine Lektion erteilt werden.

Nachdem er seine schwarzen Handschuhe aus der obersten Schublade seiner Kommode geholt hatte, zog er sie sich über die Hände, bevor er seine Sammlung aus Glasröhrchen und Glasflaschen durchsuchte. Er wählte das braune Glas mit dem in Flüssigkeit eingelegten Klumpen.

Dies war nicht Teil seines Plans. Er war nicht einmal sicher, was er tun würde; sein Zorn hatte das Ruder übernommen. Er musste diesem Jemand zeigen, dass mit ihm nicht zu spaßen war.

27

Emily war um Punkt zehn bei Hollister. Tatsächlich hatte sie schon eine Weile am kühlen Glas des Schaufensters gelehnt gestanden, als Hollister kam, seine Schlüssel mit einer Hand hochwarf und sie mit der anderen wieder auffing. Der Buchhändler grinste, als er Emily sah. Er warf noch einmal seine Schlüssel hoch, aber verfehlte sie beim Fangen, sodass sie auf den Gehweg rasselten. Emily bückte sich schnell, um sie aufzuheben.

»Sieh an, wer da schon so putzmunter ist!«, sagte Hollister.

»James kommt nachher auch«, sagte Emily.

»Dann ist wohl heute mein Glücks-Samstag.«

Die Glöckchen am Türknauf klingelten aufmunternd, als Emily Hollister in den Laden folgte. Sie ging geradewegs auf den Ständer mit den Tragetaschen zu und quetschte die unterste mit der Hand zusammen, um sicherzugehen, dass kein anderer Bücherjagd-Spieler den *Tom Sawyer* gefunden und versäumt hatte, die Website zu aktualisieren. Er war noch da.

Hollister knipste die Lichter an, dann ging er zu dem CD-Player hinter dem Tresen, neben dem immer ein Stapel CDs lag. Er wählte eine aus und schob sie in das Fach, dann passte er die Lautstärke an, während muntere Jazzmusik aus den Lautsprechern an der Decke kam.

»Fühlt sich nach einem Miles-Davis-Morgen an, denkst du nicht auch?«, sagte er. Er stellte sich an den Tresen und trommelte mit den Fingern darauf herum, während er den Raum begutachtete.

»Brauchen Sie mich heute für irgendetwas, Hollister?«, fragte Emily.

»Ich wollte schon die ganze Zeit das Schaufenster umdekorieren und es mit Dingen für das Chinesische Neujahr schmücken. Du sagtest, dass James nachher noch kommt?«

Emily nickte.

»Dann habt ihr vielleicht Lust, Papierlaternen zu basteln? Wir können sie über den Büchern an einer Schnur aufhängen – das könnte schön aussehen. Oben im Baumhaus gibt es eine alte Kiste mit Dekoration.«

Hollister deutete mit dem Kinn in den hinteren Teil des Ladens, wo eine metallene Wendeltreppe zum Dachboden hinaufführte.

Die Glöckchen klingelten und Emily drehte sich vielleicht eine Spur zu enthusiastisch zur Eingangstür um, in der Hoffnung, es sei Mr Quisling, doch stattdessen kam nur Charlie herein.

»Oh«, sagte sie.

»Oh auch für dich.« Charlie zog seine Ballonmütze und die Handschuhe aus und warf sie auf den Tresen.

»Ich wusste gar nicht, dass du heute reinkommst«, sagte Hollister.

Charlie zuckte mit den Schultern. »Ich muss noch ein paar Sachen auf die Website laden und meine Mitbewohner haben mich wahnsinnig gemacht. Ich dachte, ich könnte hier an der Website arbeiten.«

Hollister sah auf die Uhr. »Das wäre mir sogar eine große Hilfe. So könnte ich schnell los, um ein Medikament abzuholen, wenn du hier die Stellung hältst, okay?«

Charlie nickte, ohne hochzublicken, und zog seinen Laptop aus dem Rucksack.

Hollister griff unter den Tresen, wo er immer ein Notizbuch liegen hatte, und zog eine handgeschriebene Liste heraus. Er schob den Zettel Emily zu. »Hier sind die Bücher, die ich gerne im Schaufenster ausstellen möchte, wenn du schon mal anfangen magst, sie rauszusuchen.«

»Klar«, sagte Emily. *Das Jahr des Hundes* von Grace Lin war der erste Titel auf der Liste. »Darf ich an den Computer?«, fragte sie Charlie und meinte den Computer des Ladens, nicht seinen Laptop. Er grunzte als Antwort und rutschte zur Seite. Emily tippte den Titel ein und fand den Ort, wo das Buch im Regal stand. Sie verließ den Eingangsbereich und bahnte sich einen Weg durch Bücherregale und unter der Wendeltreppe hindurch in die Kinderbuchabteilung des Ladens.

»Lin, Lin, Lin.« Sie ließ ihren Finger an den Buchrücken entlanghüpfen. Die Türglöckchen läuteten, was auf einen Kunden schließen ließ, es sei denn Hollister hatte etwas vergessen und war wieder zurückgekommen. Emily fand das Buch, nach dem sie gesucht hatte, und eilte zurück nach vorne um zu sehen, ob es Mr Quisling war. Und tatsächlich stand ihr Lehrer am Tresen und sprach mit Charlie.

»Hi, Mr Quisling!«, sagte Emily ein wenig zu übermütig. Sie war schrecklich schlecht darin, cool zu wirken. Sie wünschte, James wäre schon hier.

»Emily! Zwei meiner Schüler an einem Tag«, sagte Mr Quisling. »Was für eine Überraschung.«

Zwei? Emily fragte sich, ob James doch früher gekommen war. Dann fiel ihr wieder ein, dass Charlie vor Jahren auch Mr Quislings Schüler gewesen war.

»Hier arbeitest du jetzt also, Charlie?«, fragte Mr Quisling interessiert.

Alles, was Charlie darauf antwortete, war: »Jep«.

»Nun. Schön für dich.«

»James sollte eigentlich auch bald hier sein«, sagte Emily. »Wir wohnen in der Nähe.« Ihr war nicht klar, warum sie ihm das gesagt hatte. Es war nur nervöses Geplapper, während sie realisierte, dass sie ihren Lehrer mehr oder weniger mit einem Trick dazu gebracht hatten, dieses Buch zu finden.

»Es wird dich freuen zu hören, dass ich auf Bücherjagd bin«, sagte Mr Quisling und hob den Ausdruck ihres und James' Hinweis hoch. Na ja, Coolbirths Hinweis. Mr Quisling tat so, als würde er Emily mit dem Finger drohen. »Kein Wildern«, sagte er und lachte verschmitzt. Emily fühlte einen Stich von Mitleid, als sie ihren Lehrer dabei beobachtete, wie er zwischen zwei Bücherregalen hindurchschlüpfte und in den Regalen stöberte. Mr Quisling wirkte fröhlich und sie vermutete, dass die Aussicht auf eine neue Nachricht seiner »Freundin« etwas damit zu tun haben könnte.

Als sie sich umdrehte, fiel ihr auf, dass Charlie ebenfalls Mr Quisling hinterhersah.

»Er ist der Schlimmste«, murmelte er.

Emily warf einen Blick über ihre Schulter, besorgt, dass Mr Quisling ihn gehört haben könnte. »Er ist nicht so schlimm«, sagte sie.

»Er hat mir meine einzige Vier verpasst«, fügte Charlie hinzu.

»Oh. Ja, er kann schon streng sein.«

Das Telefon klingelte und Charlie ging ran. Emily bewegte sich Stück für Stück in die Richtung, in die ihr Lehrer verschwunden war, neugierig darauf, ob und wann er den versteckten *Tom Sawyer* finden würde. Als Charlie ihren Namen rief, drehte sie sich blitzartig um, als wäre sie auf frischer Tat ertappt worden.

»Es ist Hollister«, sagte er und wedelte mit dem Telefonhörer herum. »Er will, dass du in den Kisten nachschaust, ob wir einen Papierdrachen für die Schaufensterdeko haben.«

Hollisters Stimme kam aus dem Hörer und Charlie legte den Kopf schief, seine Augen auf die flackernde Glühbirne über dem Bereich mit den regionalen Autoren gerichtet. Charlie wiederholte für Emily, »Er sagt, wir hatten einen, aber es kann sein, dass er beschädigt war und er ihn weggeworfen hat. Er kann sich nicht erinnern. In der Nähe seiner Apotheke könnte er einen besorgen, aber wenn noch einer da ist, dann will er ihn nicht doppelt kaufen.« Zu Hollister am Telefon sagte Charlie: »Okay, sie sieht nach. Wir rufen dich zurück, falls wir keinen haben.«

Emily sah in Richtung des Gangs, in dem Mr Quisling verschwunden war. »Kannst du nicht nachschauen, Charlie? Ich war gerade mit etwas anderem beschäftigt.«

»Ich bin auch gerade mit etwas anderem beschäftigt.« Charlie deutete mit dem Kinn auf seinen Laptop. »Du arbeitest doch sowieso schon am Schaufenster.«

Emily seufzte und hoffte, dass sie auf dem Weg wenigstens einen Blick darauf werfen konnte, was Mr Quisling tat. Er stöberte in der Abteilung mit den Gedichtbänden, daher schätzte sie, dass er nachsehen wollte, ob es eine Sammlung von Bret Harte gab. Sie hoffte, es würde eine Weile dauern, bis ihr Lehrer erkannte, dass ihr Hinweis, *Haben Sie Ihr Harte in San Francisco verloren?* zu der Tragetasche führte, auf der eine Illustration des Autors war und eins seiner Zitate: »Das Einzige, was man mit Sicherheit über Glück sagen kann ist, dass es sich ändern wird.«

Emily huschte nach hinten, die Metalltreppe hoch und hinüber zu dem Stapel Kisten, auf denen stand, dass sie Deko enthielten. Auf einigen stand *Weihnachten/Chanukkah*, und es gab *Thanksgiving* und *Schulanfang*. Schließlich fand sie die, auf der *Neuhjahr/Chinesisch* stand, als die Eingangstür wieder läutete. Oder gehörte das Klingeln zur Musik, die im Laden lief? Der Jazz, den Hollister über das Lautsprechersystem abspielte, war hier oben lauter, aber sie war sich ziemlich sicher, dass das Bimmeln von der Tür stammte. Mr Quisling konnte doch nicht schon wieder gegangen sein, oder? Emily ging zu der halbhohen Wand, die den Lagerbereich umgab, aber der größte Teil des Ladens war von hier oben nicht zu sehen.

Emily eilte zurück zu den Kisten. Natürlich waren auf diejenige, die sie brauchte, drei andere Kisten gestapelt.

Sie hob die erste hoch und stellte sie auf den Boden. Diesmal läuteten die Glöckchen aber sicher und Emily hoffte, es sei nur ein geschäftiger Morgen mit vielen Kunden. So schnell sie konnte, schichtete sie die anderen Kisten um und klappte schließlich den Deckel der mit der chinesischen Neujahrsdeko auf. Sie durchwühlte den Inhalt, zog in Tüten verpackte Gegenstände heraus, um Hollisters Handschrift zu lesen, mit der er die Verpackung beschriftet hatte. Kein Papierdrache. Und wieder klingelte die Tür. Sie klappte den Deckel wieder zu, ließ aber die Kisten in ihrem Durcheinander stehen. Sie würde sie später ordentlich aufeinanderstapeln. Gerade wollte sie die Treppe hinuntersteigen, als sie einen Ballon platzen hörte. Jedenfalls klang es so. Aber es gab keine Ballons im Laden.

Vom oberen Treppenabsatz rief sie zögerlich: »Charlie?«

Statt einer Antwort hörte sie wieder die Türklingeln, laut und deutlich, so wie sie klangen, wenn die Tür kraftvoll geöffnet oder geschlossen wurde. Dann ertönte etwas wie das Zischen einer riesigen Schlange und Emily erstarrte. Was konnte das denn sein? Von ihrem Aussichtspunkt wirkte der Laden leer, aber das war unmöglich. Zumindest Charlie musste irgendwo sein. Sie hielt sich am Geländer fest und setzte ihre Füße vorsichtig Treppenstufe für Treppenstufe voreinander. Jede Bewegung war eine Auseinandersetzung zwischen ihrem Körper, der sich im Baumhaus niederkauern wollte, und ihrem Kopf, der sie weiter vorandrängte.

Unten angekommen stieg ihr ein Geruch in die Nase, der sie an verbranntes Popcorn erinnerte. Sie eilte nach vorne zum Tresen, doch noch bevor sie dort ankam, sah sie eine dunstige Wolke am Ende der Regalreihe, die sich um sich selbst zu einer dunklen Rauchfahne wand.

Emilys Hals schnürte sich zu und sie hustete, vielleicht mehr aufgrund der Tatsache, dass da Rauch war als von dem Rauch selbst. Der vordere Teil des Ladens war komplett leer.

»Charlie?« Ihre Stimme kam nur als Flüstern heraus.

Am Tragetaschen-Ständer leckten bereits die Flammen, die unteren Taschen waren schon angekokelt. Ihr stockte der Atem. Ihre Arme und Beine fühlten sich an wie Sandsäcke. Wo hatte Hollister seinen Feuerlöscher? Was spritzte man aufs Feuer, wenn es keinen Feuerlöscher gab? Wasser? Sollte sie den ganzen Weg bis zur Toilette nach hinten rennen, um Wasser zu holen? Wie schnell geriet so ein Feuer außer Kontrolle? Sollte sie im Laden bleiben und zum Telefon greifen, um die Feuerwehr zu alarmieren, oder sollte sie lieber rausrennen und ein anderes Telefon suchen?

Warum war hier niemand, der ihr zu Hilfe kam?

Emily drückte ihre Armbeuge auf Mund und Nase, während aus einem Husten ein ganzer Anfall wurde. Sie erinnerte sich daran, dass man ein Feuer mit einer Decke ersticken konnte, also griff sie nach einem zusammengefalteten Great-Gatsby-T-Shirt aus der Auslage und schleuderte es in Richtung des Rauchs, in der Hoffnung ihn zu ersticken, aber die flackernden Flammen griffen wie Arme um das T-Shirt herum.

Sie ging einen Schritt nach vorne und schleuderte ein weiteres T-Shirt, dann zog sie sich zurück und hustete wieder in ihre Armbeuge. Das Feuer knackte nur, es lachte sie aus und zog sich an der Seite des Regals hoch, um dann von den Tragetaschen auf die Grußkarten überzugreifen.

Ihre Augen brannten. Rauch stieg weiter auf, es sah aus wie ein umgekehrter Wasserfall, der auf die Decke des Raums zufloss. Sie konnte nicht glauben, wie schnell das Feuer den vorderen Teil des Ladens im Griff hatte. Sie musste hier raus. Ihre Nase noch immer in die Armbeuge gepresst, rannte Emily gebückt los, weil die Luft weiter unten immerhin noch besser war. Sie lehnte sich mit der Schulter gegen die Tür und drückte sie auf, während die Türglöckchen wild schellten.

Sie erwartete Erleichterung, als sie nach draußen stolperte, aber der Tag war warm und windstill. Es war wie aus einer heißen Dusche in einen feuchten Raum zu treten. Ihre Hustenanfälle überfielen sie schnell hintereinander. Ein Lieferant schob die hintere Tür seines Lieferwagens mit einem donnernden Grollen hoch und ließ die Rampe mit einem Knall hinunter. Er hob gerade eine Kiste auf eine Sackkarre, als Emily auf ihn zu sprang und mit ihrer Hand auf den Ladebereich schlug, um seine Aufmerksamkeit zu bekommen.

Ihre Stimme klang heiser als sie sagte: »Feuer.« Der Mann sah sie unsicher mit zusammengekniffenen Augen an, daher wedelte sie wild mit den Armen in Richtung von Hollisters riesigem Schaufenster.

Er beugte sich um den Lkw, schaute in Richtung Buchladen, fluchte und ließ die Kiste mit einem lauten Knall fallen.

Durch die Risse tropfte eine klare Flüssigkeit, die über den Rand der Ladefläche tröpfelte. Der Mann fluchte noch einmal und zerrte ein Telefon aus seiner Tasche. Emily wartete nicht, bis er wählte. Sie rannte in das Café, während ein weiterer Hustenanfall sie schüttelte und zwang sich, die Worte aus ihrem kratzigen Hals zu befreien: »Feuer! Der Buchladen brennt!«

28

Emily stand inmitten der Menge von Gaffern, die sich vor Hollisters Buchladen gebildet hatte, aber sie hatte sich noch nie so alleine gefühlt. Sie zitterte sogar in der Wärme des sonnigen Tages. Jemand legte eine Decke über ihre Schultern.

Hollisters großes Fenster zersprang und Emily sah wie betäubt zu, als ein dreieckiges Stück Glas hinabfiel. Die Leute um sie herum sprangen allesamt mit einem Satz zurück, aber Emily rührte sich nicht. Es war, als hätte sie das Gefühl für Raum und Zeit verloren.

Die Sprinkleranlage im Laden war losgegangen und durch das Loch in der Scheibe konnte sie den zischenden Kampf des Wassers gegen das Feuer hören. Sirenen waren zu hören und die Rettungskräfte kamen schnell herbei. Oder kamen sie langsam? Sie konnte es nicht sagen.

Ein Sanitäter kam zu ihr und ein Mann von der Feuerwehr stellte ihr Fragen. Sie fühlte sich nutzlos, weil sie keinerlei Licht ins Dunkel bringen konnte, warum das Feuer ausgebrochen war.

»Ich habe ein Geräusch gehört«, sagte sie.

»Kannst du es beschreiben?«, fragte der Polizist.

Sie versuchte, sich daran zu erinnern, aber es war schwer, es sich ins Gedächtnis zu rufen inmitten des Dröhnens von Fahrzeugen mit laufenden Motoren, dem Hintergrundgemisch aus aufgeregten und gedämpften Stimmen und dem Knirschen der Stiefel der Feuermänner auf den Glasscherben, die das herausgebrochene Stück Fensterscheibe auf dem Gehweg hinterlassen hatte.

»Es gab einen Knall, glaube ich, und dann so eine Art … zischendes Geräusch.«

»Zischend?«

»Oder wie wenn etwas zerknüllt wird. Gefolgt von Knistern. Wie wenn man Papier in einen Kamin wirft.«

Der Polizist nickte kurz und Emily wurde klar, wie wenig hilfreich ihre Antwort sein musste. Natürlich hörte sich ein Brand in einem Buchladen an, als würde Papier verbrennen.

»Da war aber eigentlich mehr als das, es war …« Emily betrachtete ihre gefalteten Hände. »Ich kann mich nicht erinnern«, sagte sie.

Der Polizist legte ihr eine Hand fest auf die Schulter. »Das hast du gut gemacht. Du hast uns sehr geholfen.«

Emily entdeckte Hollister, der einen Block entfernt die Straße entlangkam, und ihr Herz fühlte sich plötzlich an, als hätte es jemand in eiskaltes Wasser geworfen. Seine dunkle Haut glänzte vor Schweiß und sein üblicher wiegender Gang sah so fröhlich aus, dass sich ihre Augen mit Tränen füllten. Er legte seinen Kopf nachdenklich schief, als er die blinkenden Lichter und die in zweiter Reihe geparkten Fahrzeuge erblickte. Sie waren sicherlich auf seinem Rückweg zum Buchladen an ihm vorbeigekommen. Emily stellte sich vor, dass er vielleicht zunächst neugierig gewesen war, auf diese distanzierte Art und Weise, wenn man Mitleid mit dem

Fremden am anderen Ende des Notrufs hatte. Und dann, als er entdeckte, dass sie auf der Straße direkt vor seinem Laden geparkt hatten, verdichteten sich wahrscheinlich seine Bedenken zur Sorge, dass vielleicht einem Freund etwas passiert war. Als Hollister plötzlich mitten auf dem Gehweg stehen blieb, wusste Emily, er hatte realisiert, dass sein Laden die Ursache des Notrufs war. Sie würde diesen Moment nie vergessen.

Das Zweite, was Emily nie vergessen würde, war das Entdecken der Tür neben dem Buchladen. Sie musste hundertmal auf ihrem Schulweg daran vorbeigegangen sein, ohne ihr groß Beachtung zu schenken. Jetzt stand sie offen und gab den Blick auf eine Treppe frei. Emily wurde klar, dass es der Eingang zu den Wohnungen über dem Laden sein musste. Sie wusste nicht, was das über sie aussagte, dass sie sich um die Bücher Sorgen gemacht hatte und um Hollister, der nicht einmal da gewesen war, aber keinen Gedanken an die Leute verschwendet hatte, die über dem Laden wohnten.

Die Beamten wollten mit ihren Eltern oder einem anderen Erziehungsberechtigten sprechen, bevor sie sie gehen ließen, daher saß Emily nun in dem Café und wartete, bis ihre Familie kam. Ihre Eltern waren mit Matthew auf der anderen Seite der Stadt am Strand gewesen. Jetzt, da sie in dem ruhigen Café saß, wo sich eine Frau über die Essiggurken auf ihrem Sandwich beschwerte, und ein alter Doo-Wop-Song im Radio lief, konnte sie klar und deutlich Hollisters Feuerlöscher vor ihren Augen sehen, der direkt neben dem Verkaufstresen hing, nur wenige Meter von dem Platz entfernt, wo sie gestanden hatte. Er wäre ihr aufgefallen, wenn sie nur in die richtige Richtung geschaut hätte.

Als sie alles noch einmal Revue passieren ließ, war es ihr, als drehten sich ihr die Eingeweide um. Vielleicht hätte sie das Feuer irgendwie verhindern können.

Sie dachte an die Glühbirne vorne im Laden, die immer flackerte. Jedes Mal, wenn sie in Hollisters Laden gewesen war, hatte sie die Glühbirne bemerkt, aber nie hatte sie ihn darauf aufmerksam gemacht. Er sah nicht so gut – vielleicht war es ihm nie aufgefallen? Konnte möglicherweise ein Kurzschluss in der flackernden Birne das Feuer verursacht haben?

Emily hörte, wie ein Feuerwehrmann gesagt hatte, der Brand sei eingedämmt worden, bevor er sich bis ganz nach hinten ausbreiten konnte, was ja erst einmal gut klang, aber er hatte auch etwas über Schäden durch den Ruß und die Sprinkleranlage gesagt. Sie wünschte, sie hätte etwas für Hollister mitgenommen, vielleicht sein Notizbuch unter dem Tresen oder das gerahmte Foto von dem Tag, als er und Mr Griswold den Laden in den späten 70ern eröffnet hatten.

Jemand stellte Emily ein Glas Wasser hin und holte sie aus ihren Gedanken. Sie sah hoch und sah Charlie. Ihre Augen verengten sich zu Schlitzen. »Warum bist du aus dem Laden gegangen?«, fragte sie fordernd.

Er hielt den Blick auf das Glas gesenkt. »Ich … es tut mir leid«, sagte er. »Ich bin gegangen, weil …« Charlie blickte aus dem Fenster. Hollister ging schnellen Schrittes vorbei, sein Telefon ans Ohr gedrückt.

»Ich musste Geld in die Parkuhr nachwerfen«, sagte Charlie kleinlaut. »Ich dachte nicht, dass ich so lang weg sein würde. Und ich hatte ja nicht damit gerechnet ...« Charlie ließ seinen Satz unvollendet und schob das Glas näher an Emily ran. »Na ja, falls du Durst hast«, sagte er, bevor er wegging.

Sie stand auf und ging nach draußen. Vielleicht war es nicht fair, auf Charlie sauer zu sein, aber es war auch nicht fair gewesen, dass sie sich dem Feuer alleine hatte stellen müssen.

Hollister hatte sein Telefonat beendet und saß nun auf dem Bordstein zwischen zwei Autos, den Kopf in die Hände gestützt. Sie hatte das Gefühl, sie müsse sich neben ihn setzen, aber gleichzeitig hatte sie Angst davor. Sie hatte Angst, dass sie ihn enttäuscht hatte, obwohl er zuerst nach ihr gesehen hatte, um sicherzugehen, dass es ihr gut ging.

Alles, woran Emily denken konnte, während sie Hollisters gebeugten Körper betrachtete, waren ihre Lieblingsdinge in seinem Laden. Der lila Sessel, der sich so perfekt um sie schmiegte, wenn sie sich hineinsinken ließ, um ein Buch zu lesen. Die Plüschkatze, die Hollister auf eines der Bücherregale gesetzt hatte, und die ab und zu Leute glauben ließ, es sei eine echte Katze. Das Gästebuch, in das sich die Autoren, die zu Gast waren, eintrugen. Das Lesezeichen in der Form von Herb Caen, das James und Emily immer wieder an anderen Stellen versteckten, um stöbernde Kunden zu überraschen. Wo hatten sie Herb zuletzt versteckt?

Sie wollte etwas sagen, damit Hollister sich besser fühlte, aber es war schwer, Hoffnung zu verbreiten, wenn man sich selbst hoffnungslos fühlte.

Jemand sagte ihren Namen und sie erschrak, als sie James neben sich stehen sah, sein Gesicht blass vor Schock. Normalerweise erfüllte es sie mit Trost und Lächeln, wenn sie Steve strammstehen sah, aber nun wollte sie sich nur zusammenrollen und weinen. Sie und James sollten Papierlaternen basteln, um sie in Hollisters Schaufenster aufzuhängen, nicht Feuerwehrmännern zusehen, wie sie die Eingangstür hinein- und wieder herausstapften.

»Es hat gebrannt?«, fragte James aufgeregt. »Was ist passiert?«

»Ich weiß es nicht«, sagte Emily.

Ein Van mit den Buchstaben KSAN auf der Seite stellte sich in zweiter Reihe hinter eins der Einsatzfahrzeuge. Heraus sprang die Reporterin, die bei der Poe-Buchparty gewesen war, und ihr Kameramann. Ein paar der Leute, die in der Menge der Schaulustigen herumstanden, erkannten und grüßten sie. Die Reporterin sprach im Plauderton mit einigen der Zuschauer. »Waren Sie hier, als es passiert ist? Haben Sie etwas gesehen?«

Ein Feuerwehrmann kam aus Hollisters Laden und hielt eine durchsichtige Plastiktüte in der Hand, in der sich ein verrußter Klumpen befand.

»Das hier könnte Beweismaterial sein«, rief er dem Polizisten zu, der vorher Emily befragt hatte.

Die Reporterin stellte sich auf Zehenspitzen und versuchte gar nicht erst, ihre Neugier zu verbergen. »Ist es das, was ich denke?«, rief sie dem Feuerwehrmann zu, aber er ging ohne zu antworten wieder hinein.

»Was meinte er mit Beweismaterial?«, sagte Emily zu James. »Ist das nicht etwas, was man braucht, um ein Verbrechen aufzuklären?«

Die Reporterin hatte sie gehört und wandte sich ihr zu. »Als was würde man Brandstiftung denn sonst bezeichnen, wenn nicht als Verbrechen?«

»Brandstiftung?« Emily wurde ein wenig schwindlig. »Sie denken, jemand hat das Feuer mit Absicht gelegt?«

»Wenn das in der Tüte das ist, was ich denke, dann glaube ich mit völliger Sicherheit, dass es Brandstiftung war.«

James fragte mit leiser, stockender Stimme: »Was … was denken Sie, was in der Tüte ist?«

»Ich denke, es ist eine feuerfeste Tüte, in der ein Exemplar von Mark Twains *Tom Sawyer* ist«, antwortete die Reporterin.

29

»Feuerfest?«, sagte James. Emily wusste, er stellte sich gerade das grüne Täschchen vor, das sie im Redwood Park gefunden hatten. Na ja, das Mr Quisling gefunden hatte. Sie hatten das Buch in dem Täschchen gelassen, falls es etwas war, das ihr Lehrer und Coolbrith immer bei ihrem Büchertausch verwendeten. Sie hatten nicht gewusst, dass es feuerfest war.

Die Reporterin wusste natürlich nicht, dass James von dem Täschchen wusste, darum sagte sie: »Wahnsinn, was man heute alles machen kann, nicht wahr? Das hier ist das vierte, das einen offenbar zufälligen« – sie machte Gänsefüßchen mit ihren Fingern in die Luft, als sie *zufälligen* sagte – »Brand in den letzten paar Monaten überstanden hat.«

Emily war zu perplex, um irgendetwas zu sagen.

»Vier Brände?«, fragte James.

»Von denen ich weiß.« Die Reporterin leierte die Orte herunter. »Einer am Pier beim Ferry Building, einer in der Mansion, einer am Washington Square und jetzt der hier bei Hollister. Dies ist allerdings der Erste, der in einem Raum gelegt wurde. Die anderen haben keine Sachschäden angerichtet. Ich frage mich, ob das heißt, dass der Brandstifter mutiger wird … oder verzweifelter.« Die Frau kaute auf ihrem Stift herum, als sie darüber sinnierte.

»Am Pier beim Ferry Building?«, wiederholte Emily. »Ein Exemplar von *Tom Sawyer* hat dort ein Feuer überstanden? Im Oktober?«

Die Reporterin sah überrascht aus. »Woher weißt du, dass es im Oktober war? In den Medien wurde die Geschichte nicht aufgegriffen. Wenigstens glaube ich das.« Sie runzelte die Stirn und beobachtete die Menge, die vor Hollisters Buchladen herumstand, als befände sich ein Verräter unter ihnen.

Im letzten Oktober hatte Mr Quisling eine Ausgabe von *Tom Sawyer* gewildert, die Emily beim Ferry Building gejagt hatte. Jedenfalls hatte sie angenommen, dass er sie gewildert hatte, da das Buch nicht mehr da gewesen war, als Emily und James dorthin kamen. Sie erinnerte sich daran, dass sie den Post sogar markiert hatte, damit er mehr Punkte wert war, also hatte Mr Quisling gewusst, dass jemand anderes auf der Jagd danach war. Jetzt wo sie wusste, dass er genau diese Ausgabe finden musste, um die Nachricht von Coolbrith zu entschlüsseln, konnte sie sich vorstellen, dass es ihn dazu bewegt hatte, das Buch so schnell wie möglich zu suchen, da sie es markiert hatte.

Emily nahm an, eine der Türglocken, die sie gehört hatte, während sie oben im Baumhaus war, war Mr Quisling gewesen, wie er den Laden verlassen hatte. Sie schätzte, er hatte ihr verstecktes Exemplar von *Tom Sawyer* gefunden, die falsche Nachricht von Coolbirth decodiert und war dann gegangen. Ob er überhaupt von dem Feuer wusste? Hatte die gleiche Verkettung von Umständen auch mit den früheren *Tom-Sawyer*-Büchern, die er gefunden hatte, stattgefunden?

Wenn sie zu Hause war, würde Emily die Bücherjagd-Website überprüfen, um zu sehen, ob die Verstecke der Bücher von Coolbrith und Babbage den Bränden entsprachen, die die Reporterin gerade genannt hatte. Sie ging im Kopf noch einmal die Orte durch, damit sie sie nicht vergaß: Ferry Building, Mansion, Washington Square und Hollister.

»Was ist mit dem Redwood Park? Downtown?«, fragte Emily. »War da auch ein Feuer?«

Die Reporterin sah sie sehr komisch an. »Nein. Wie kommst du denn da drauf?«

Emily fühlte sich, als wäre sie an den Rand einer Falle getappt. Zu ihrer Erleichterung hörte sie ihre Mutter nach ihr rufen. Sie drehte sich um und sah, wie ihre Familie den Gehweg entlang auf sie zu gestürmt kam. Ihre Eltern umarmten sie besorgt, während Matthew sich im Hintergrund hielt und angesichts der übertriebenen Zuneigungsbekundungen ein gutmütiges Augenrollen in ihre Richtung schickte. Ihr Dad ging los, um mit dem Polizisten zu sprechen, während ihre Mutter hinter Emily stand, die Arme um ihre Schultern gelegt.

Matthew ließ sich neben Hollister auf dem Gehsteig nieder, legte ihm eine Hand auf die Schulter und sagte etwas. Hollister nickte und tätschelte Matthews Knie. Matthew sagte noch etwas, woraufhin Hollister den Kopf in den Nacken legte und lachte. Emily staunte mal wieder, wie ihr Bruder das immer hinbekam: in eine Situation hineinzuspringen und etwas zu tun oder zu sagen, ohne groß darüber nachzudenken. Ganz oft rief seine Spontaneität positive Reaktionen hervor. Wenn ihr Bruder im Laden gewesen wäre, als das Feuer ausbrach, hätte er beim ersten Anzeichen, dass etwas nicht stimmte, gehandelt. Emily hatte nur zugesehen und nicht gewusst, was sie tun sollte.

Während die Cranes und James zurück nach Hause fuhren, hing Emily ihren Gedanken nach. Hatte wirklich jemand mit Absicht das Feuer gelegt? Wer würde Hollisters Laden so etwas antun? Gab es wirklich *Tom-Sawyer*-Exemplare, die aus vier unterschiedlichen Bränden gerettet wurden? Wenn ja und wenn es dieselben waren, die Mr Quisling gefunden hatte, wie und warum steckte ihr Lehrer da mit drin?

Sie starrte aus dem Fenster, als der Minivan einen Hügel erklomm, und entdeckte Charlie, der gerade in sein Auto einstieg. Er erkannte den Van ihrer Eltern nicht und sie würde nicht winken oder Hallo rufen. Nun da sie gesehen hatte, wie weit weg er hatte parken müssen, konnte sie verstehen, dass er so lang vom Laden weg gewesen war, aber sie war trotzdem noch sauer auf ihn, dass er sie überhaupt allein gelassen hatte.

Auf dem Gipfel des Hügels passierten sie ein Schild, das anzeigte, dass man hier zwei Stunden parken durfte. Sie drehte sich um und sah aus dem Rückfenster. Charlies Auto war weiter hinter ihnen und er hatte den Blinker an und wartete darauf, links abbiegen zu können.

»Was gibt's?«, fragte James.

»In diesem ganzen Block darf man zwei Stunden parken«, sagte Emily.

»Ja …«, sagte James.

»Es gibt keine Parkuhren«, sagte Emily.

James sah besorgt aus.

Emily konnte nachvollziehen, dass ihr plötzlicher Gedankengang ihn verwirrte. »Als ich Charlie gefragt habe, warum er den Laden verlassen hat, sagte er, er habe Geld in die Parkuhr nachwerfen müssen«, erklärte sie. »Aber ich habe gerade gesehen, wie er in sein Auto gestiegen ist, das er hier in diesem Block geparkt hatte.«

James starrte mit Emily zusammen den Hügel hinunter. Jetzt verstand er. »Er hat gelogen. Warum bloß?«, fragte er.

»Gute Frage«, sagte Emily.

◇◇

Als sie zu Hause ankamen, ging James gleich mit zu Emily. Sein Dad war mal wieder auf einer Geschäftsreise außerhalb der Stadt und seine Mutter und Großmutter kauften auf der Blumenmesse in der Grant Street für das Chinesische Neujahr ein.

In ihrem Zimmer angekommen, öffnete Emily ihren Laptop und die Bücherjagd-Website. Sie und James saßen mit dem Rücken zur Wand unter ihrem Fenster, vor dem der Nachrichteneimer baumelte. Auf dem Fenstersims stand das Rentier-Geweih, das James ihr geschenkt hatte, und ein Foto der beiden an Emilys erstem Schultag. Die Farbkleckse, die Emily kurz vor Silvester auf ihre faden Wände gemalt hatte, waren noch da und warteten darauf, dass sie sich für einen von ihnen entschied. Sie hatte sie irgendwie vergessen – oder sich daran gewöhnt –, aber heute stachen sie hervor.

»Die Ereignisse ergeben Sinn.« Emily konnte kaum glauben, was sie da auf dem Computerbildschirm sah. »Mr Quisling hat im Oktober ein Exemplar von *Tom Sawyer* beim Ferry Building gejagt, im November bei der Mansion, und im Dezember am Washington Square. Die Reporterin hat gesagt, an der Mark Twain Plaza gab es kein Feuer, aber wir haben das Buch mitgenommen, nachdem Mr Quisling es gefunden hatte, und haben es dann als Coolbirth bei Hollister versteckt.«

»Also hätte es vielleicht an der Plaza auch ein Feuer gegeben, wenn wir das Buch nicht mitgenommen hätten«, sagte James.

Still starrten sie beide auf die Bücherjagd-Seite auf dem Bildschirm.

»Erinnerst du dich, was Ms Linden uns über den Unlösbaren Code gesagt hat?« Emily fummelte am Aufschlag ihrer Jeans herum. »Über die Legende, dass jeder, der versucht ihn zu lösen, von einem Feuer heimgesucht wird? Dieser Fluch … das kann doch keine echte Sache sein, oder?«

Den Geschichten von Ms Linden zuzuhören, wie sie sie an dem Tag in der Zentralbibliothek über den Feuerfluch erzählt hatte, war als würde man am Lagerfeuer einer Geistergeschichte lauschen, die Art, von der man eine Gänsehaut an den Armen bekommt, aber bei der man tief im Inneren weiß, dass alles nur erfunden ist. Aber heute, wo sie den bitteren Brandgeruch des Feuers bei Hollister noch in der Nase hatte, drehte sich Emily bei dem Gedanken an einen Fluch der Magen um.

»Nein.« James' Stimme hatte die Bestimmtheit eines Punkts am Ende eines Satzes. »Ein Fluch kann nicht als Coolbrith posten. Ein Fluch kann keine Bücher über die Bücherjagd verstecken. Das ist keine Legende, die zum Leben erweckt wurde, um uns heimzusuchen. Irgendwas stimmt nicht mit Coolbrith und Mr Quisling und den Bränden. Wenn wir herausfinden, warum die Brände an den gleichen Orten ausbrechen, wo Mr Quisling diese Bücher findet, dann haben wir wahrscheinlich unsere Antwort.«

»Du denkst aber nicht etwa, dass Mr Quisling ein …« Emily konnte ihren Satz einfach nicht beenden. Es schien so irrsinnig, den Gedanken zu äußern, ihr Lehrer sei ein Brandstifter.

»Ich glaube nicht, aber es muss eine Erklärung geben«, sagte James. »Wenn es nicht Mr Quisling ist, dann vielleicht Coolbrith? Wer auch immer Coolbrith ist.«

»Was, wenn es Charlie ist?«, fragte Emily.

»Der das Feuer gelegt hat?« James runzelte skeptisch die Stirn, als er über ihren Vorstoß nachdachte. »Warum sollte er das tun?«

Emily konnte sich nicht vorstellen, wie überhaupt jemand etwas so Bösartiges tun konnte, wie ein Feuer in Hollisters Buchladen zu legen. »Er hat schließlich darüber gelogen, warum er den Laden verlassen hat, und er wusste über den Unlösbaren Code Bescheid, da er Mr Quislings Schüler war. Er könnte Coolbrith sein.«

James bat Emily, ihm den Laptop rüberzuschieben. »Ich logge mich als Bücherjagd-Administrator ein, um mehr über Coolbrith herauszufinden.«

Emily hob die Augenbrauen. »Sind wir … Dürfen wir das?«

»Ein Teil davon, wofür wir laut Mr Griswold und Jack zuständig sind, ist dabei zu helfen, die Community zu beaufsichtigen, um eine sichere und positive Umgebung zu gewährleisten. Ich werde mir mal die Registrierungs-Info von Coolbriths Account ansehen.«

»Um zu sehen, ob er ›Brandstifter‹ als Beruf angegeben hat?«, sagte Emily ironisch.

»Leute haben schon dümmere Sachen gemacht«, sagte James. »Aber wenn der Account Charlies Namen anzeigt, dann haben wir das Rätsel gelöst.« James tippte eine Weile herum, bis er die Ergebnisse gefunden hatte, die er suchte. Er guckte mit zusammengekniffenen Augen auf den Bildschirm und kaute auf seinem Daumennagel herum. »Das macht doch alles keinen Sinn«, sagte er schließlich. »In Coolbriths Account steht eine E-Mail-Adresse von Mr Quisling.«

»Was steht da?« Emily beugte sich näher zum Bildschirm.

»Wenn man sich bei der Bücherjagd-Website registriert, muss man eine E-Mail-Adresse und ein Passwort angeben, stimmt's? Admins können das Passwort nicht sehen, aber wir können die E-Mail-Adresse sehen, die zu dem Account gehört. Und die von Coolbrith ist brian.quisling@email.com.«

»Aber wenn Mr Quisling sowohl Babbage als auch Coolbrith ist, dann hätte er ja mit sich selbst Nachrichten über

Bücherchiffren ausgetauscht. Das … das ist doch Quatsch«, sagte Emily.

James wechselte zu Mr Quislings Babbage-Account. »Interessant. Die E-Mail, die hier steht, lautet anders. Sie ist brquisling@email.com.«

»Er hat zwei E-Mail-Accounts?«, fragte Emily.

»Könnte sein. Er könnte auch 15 verschiedene E-Mail-Adressen haben, wenn er das wollte. Aber die Frage ist, warum? Und warum mehrere Bücherjagd-Accounts?«

»Und warum würde er eine Foren-Diskussion mit sich selbst beginnen? Versucht er, jemand anderes glauben zu lassen, dass Coolbrith echt ist?«

James trommelte mit den Fingerspitzen auf dem Laptop, während er nachdachte. »Oder jemand anderes ist Coolbrith, aber will es so aussehen lassen, als wäre er Mr Quisling, deshalb hat er sich mit einer E-Mail-Adresse in Mr Quislings Namen registriert.«

»Aber … warum?«, fragte Emily wieder.

»Wenn wir die Antwort auf diese Frage hätten«, sagte James schließlich, »dann wüssten wir, wer Coolbrith ist.«

30

Am Abend nach dem Feuer ließ Emily sich auf ihr Bett fallen, um nur für ein paar Sekunden vor dem Abendessen ihre Augen zu schließen, doch das Nächste, was sie wahrnahm, waren die Kirchenglocken, die sie am späten Sonntagmorgen weckten. Sie wollte über nichts nachdenken, was mit dem Tag zuvor zu tun hatte. Sie wollte nicht einmal an der Lösung des Unlösbaren Codes arbeiten, weil sie dann an Mr Quisling denken musste, daher lief Emily mit ihren Eltern und Matthew zum Pier 39, um die Seelöwen zu beobachten und Muschelsuppe in Brotschalen zu essen. Normalerweise wäre ein Buchladen oder die Bibliothek der perfekte Rückzugsort für sie, um sich aufzumuntern, aber am Tag nach dem Feuer bei Hollister erschauderte sie bei dem Gedanken, von Bücherwänden eingeschlossen zu sein.

Bevor sie am Montag in die Schule aufbrachen, wankte James mit zwei zum Bersten gefüllten Mülltüten die Treppe hinunter.

»Was ist das alles?«, fragte Emily.

»Po-Po packt jedes Jahr um diese Zeit der Hausputzteufel. Sie will, dass das neue Jahr auf dem richtigen Fuß anfängt, ohne Altlasten.«

»Ein Neustart.« Emily erinnerte sich daran, wie sie vor etwas über einem Monat beim *Wave Organ* gestanden und sich das Gleiche gewünscht hatte. Einen Moment lang stellte sie sich vor, dass sie zu diesem Tag zurückspulen könnte, diesen perfekten ersten Tag des neuen Jahres.

James hievte die Säcke in die Mülltonne, aber sie war so voll, dass der Deckel sich nicht mehr schließen ließ. Er stützte sich mit den Händen darauf, um die Tüten durch sein Gewicht zusammenzudrücken, aber als das nicht funktionierte, schlug er den Deckel mit Gewalt zu, und als er wieder hochsprang, noch einmal. Schließlich ließ er die Tonne einen Spalt aufgeklappt, wodurch sie aussah wie ein offen stehendes Maul. Emily sah James davonstapfen und beeilte sich, ihn einzuholen.

»Alles okay?«, fragte sie. Es sah James nicht ähnlich, dass er wegen ein paar Tüten Müll so frustriert war.

»Joa«, sagte James, aber es klang eher wie ein *Nein*. Sie gingen still nebeneinanderher, bis James sagte: »Erinnerst du dich, wie wir darüber gesprochen haben, was wir mit dem Schatz tun würden, wenn wir ihn finden?«

Emily nickte.

»Ich ändere meine Antwort. Ich würde mir keinen Computer kaufen. Ich würde das Geld meinem Dad geben. Er hat mich heute morgen ausgelacht, als ich ihm gesagt habe, er solle sich einen anderen Job suchen, damit er nicht so viel reisen muss. Er sagte nur: ›Lass mich kurz zur nächsten Straßenecke gehen, wo sie verteilt werden.‹ Egal, es ist blöd. Aber ich würde ihm das Geld geben, damit er kündigen und sich einen neuen Job suchen könnte. Das ist vielleicht langweilig, aber es ist das, was ich tun würde.« Er packte die Träger seines Rucksacks und schaute so entschlossen drein, als wären sie in dieser Sekunde auf dem Weg, den Schatz zu finden.

»Es ist nicht dumm. Und es mag langweilig sein, aber ich verstehe das. Ich würde das Geld auch meinen Eltern geben. Damit wir in San Francisco bleiben können.«

James blieb stehen. »Ihr zieht doch nicht um! Oder?«

»Nein, nein«, sagte Emily hastig. »Jedenfalls glaube ich das nicht. Das extra Geld würde allerdings sicherstellen, dass es so bleibt.«

»Gut«, sagte James. Seine schlechte Laune schien verflogen zu sein. Er fing an, über eine Sendung zu reden, die er gestern Abend gesehen hatte, über einen Künstler namens Aowen Jin, der mit unsichtbarer Tinte Wandgemälde gezeichnet hatte, die Szenen aus der antiken Chinesischen Mythologie zeigten.

»Wenn man diese Galerie besucht, muss man eine Taschenlampe mit ultraviolettem Licht mitnehmen, damit die Bilder erkennbar werden«, erklärte James.

»Was für eine coole Idee! Das ist ja eine Art geheime Kunst.«

Sie sprachen weiter darüber, wie man unsichtbare Kunst schaffen konnte, bis sie in Hollisters Straße einbogen und in Schweigen verfielen.

Das Schaufenster des Buchladens war mit Brettern vernagelt, wo die Scheibe gesprungen und herausgefallen war. Innen sah es dunkler aus als sonst am frühen Morgen. Das GESCHLOSSEN-Schild war nicht einmal an die Tür gehängt worden. Emily hatte nicht gewusst, wie beruhigend so ein GESCHLOSSEN-Schild sein konnte.

»Was ist, wenn Hollister seinen Laden nicht mehr öffnen kann?«, fragte Emily, als sie weiter in Richtung Schule gingen. Ihre Eltern hatten gesagt, dass die Schäden an der Bausubstanz des Ladens repariert werden mussten, bevor er wieder öffnen konnte, und Emily wusste, dass die meisten Bücher durch Ruß und Wasser zerstört worden waren. Sie und James hatten vorhin über neue Anfänge gesprochen, aber neuer Anfang hatte eine andere Bedeutung, wenn man einen derartigen Verlust erlitten hatte.

»Es ist nicht fair, dass Hollister das passiert ist«, sagte James.

»Ich weiß. Schlimm genug, wenn das Feuer ein Unfall gewesen wäre, aber wenn das jemand mit Absicht gemacht hat?«

◇◇

Am gleichen Tag sprachen einige der Kinder in der Schule über den Buchladen in der Nähe, in dem am Wochenende ein Feuer ausgebrochen war, aber niemand schien zu wissen, dass Emily dort gewesen war, und sie selbst wollte nicht darüber sprechen. Mr Quisling musste dies gespürt haben, als er das Klassenzimmer betrat, denn er tätschelte lediglich ihre Schulter und sagte: »Es ist schön dich zu sehen, Emily.« Normalerweise begrüßte er nicht einzelne Schüler, daher las sie zwischen den Zeilen und verstand, dass es seine Art war zu sagen, er sei froh, dass es ihr gut ging.

Sie konnte sich nicht konzentrieren, als der Unterricht begann. Während sie ihren Lehrer beobachtete, erinnerte sie sich daran, dass der einzige Grund, warum Mr Quisling am Samstagvormittag in Hollisters Laden gewesen war, das Buch war, das sie und James dazu benutzt hatten, ihn dort hinzulocken, und wenn es irgendeine Verbindung zwischen ihm und Coolbrith und diesen Bränden gab, dann hatten sie teilweise Schuld daran, was passiert war.

Emily kam durch die Hälfte der Woche, indem sie so tat, als wäre alles wie immer. Dies gelang ihr bis zum Treffen des Ballkomitees am Mittwoch. Mrs Ortega war bis auf Weiteres Bettruhe verordnet worden, daher hatte Mr Sloan die Aufgabe des Betreuers und ihre Stunden übernommen.

»Emily«, sagte er mit weicher Stimme, »es tut mir so leid, was in Hollisters Buchladen passiert ist. Ich habe gehört, dass du dort warst. Das muss sehr beängstigend für dich gewesen sein.«

»Oh.« Emily schluckte. Also hatte sich doch herumgesprochen, dass sie im Laden gewesen war. »Das war es. Aber es geht mir gut.«

Mr Sloan tätschelte ihren Rücken. »Es ist okay, sich nicht gut zu fühlen, weißt du.«

Emily wusste, er versuchte sie zu trösten, daher lächelte sie schwach und nahm ihren Platz ein, aber seine Worte erinnerten sie daran, dass sie nicht weiter so tun konnte, als sei nichts passiert. Es war nun mal eine Tatsache, dass es bei Hollister gebrannt hatte und sie dort gewesen war. Sie konnte das nicht wegträumen. Das Einzige, was es besser machen würde, wäre dem Mysterium um Coolbrith auf die Schliche zu kommen, aber sie wusste nicht, wie sie das anstellen sollten.

Sie und James waren sich nicht sicher gewesen, ob sie Mr Quisling erzählen sollten, dass Coolbriths Account mit einer E-Mail-Adresse auf den Namen ihres Lehrers registriert worden war. Jetzt wo sie wusste, dass auf irgendeine Weise Brandstiftung im Spiel war, war Emily noch unsicherer, was sie sagen sollte. Sie ging nicht davon aus, dass ihr Lehrer irgendeine Ahnung von den Bränden hatte, aber was, wenn sie falschlag? Was, wenn ein Gespräch mit ihm alles nur noch viel schlimmer machen würde?

Alles, was sie momentan ihrer Meinung nach tun konnte, war, ein Auge auf den Bücherjagd-Quest-Thread zwischen Mr Quisling und Coolbrith zu haben. Seit der Schlussmach-Nachricht hatte es dort keine Aktivität mehr gegeben, nicht einmal trotz ihres Versuchs, einen Köder zu legen.

Sobald das Ballkomitee sich versammelt hatte, klatschte Vivian in die Hände und sagte: »Okay. Wir haben eine Menge zu tun und es ist nur noch eine Woche Zeit bis zum Valentinstag.«

»Eigentlich ja eineinhalb Wochen«, korrigierte James sie beiläufig.

Vivian fuhr fort: »Lasst uns als Erstes die Details des Spiels festlegen.«

Nachdem sie ihre Ideen diskutiert hatten, las Nisha ihre Notizen vor, um zu wiederholen, was sie festgelegt hatten. »Es treten drei Teams gegeneinander an – George Washington, Abraham Lincoln und Theodore Roosevelt. Anhand der bisherigen Ticketverkäufe planen wir mit zehn Leuten pro Team ...«

James warf ein: »Wenn die Ticketverkäufe kurz vor dem Ball noch in die Höhe schießen, dann können wir zwei Durchgänge machen, damit mehr Leute mitspielen können.«

»Und vielleicht werden wir nicht einmal zehn Leute pro Team haben, weil nicht jeder Schüler, der zum Ball geht, bei einem kindischen Spiel mitmachen will«, fügte Maddie mit verschränkten Armen hinzu.

»Wenn wir zustimmen, dass wir die ganze Halle mit Dekoherzen vollpflastern, hörst du dann auf, dich wie eine Heulsuse aufzuführen?«, fragte Devin.

Maddie ließ ihre Arme sinken und setzte sich auf. »Ich heule nicht rum. Ich erkläre nur die Tatsachen. Es wird nicht jeder mitspielen wollen.«

Mr Sloan hob die Hände. »Okay, okay. Maddie und James haben beide wichtige Argumente. Es ist gut, für alle Eventualitäten einen Alternativplan zu haben – zu wenige Teilnehmer, zu viele und genau richtig. Nisha, willst du fortfahren?«

Nisha räusperte sich. »Kevin und Devin haben die Kostüme, die ihre Mutter uns ausleiht und spendet, und sie werden weitere Jacken und Accessoires von Klassenkameraden ausleihen, damit wir genug von allem haben.«

Die Zwillinge hoben beide die Daumen, um zu zeigen, dass sie zustimmten.

»Das Spiel wird folgendermaßen gespielt«, sagte Nisha. »Die Team-Mitglieder verkleiden sich nacheinander als ihr jeweiliger Präsident, absolvieren dann so schnell wie möglich einen Hindernislauf, der daraus besteht, von Hula-hoop zu Hula-hoop zu springen, durch ein Netz aus Krepppapier zu kriechen und schließlich auf einem Skateboard ins Ziel zu rollen, wo sie eine Schnur um ihren Knöchel binden müssen, an der ein Ballon befestigt ist. Sobald der Läufer den Ballon an seinem Knöchel hat, zieht das nächste Team-Mitglied ein Kostüm an und absolviert den Hindernislauf. Die ersten beiden Teams, die ihre Ballons anhaben, treten im Luftballon-Stampfen gegeneinander an. Das letzte Team, das noch unzerplatzte Luftballons hat, gewinnt.«

»Alle einverstanden?«, fragte Vivian. Die Gruppe antwortete mit Kopfnicken. »Okay, dann geht's los.«

Vivian teilte alle für die verschiedenen Arbeitsstationen ein. Nisha und Maddie malten ein WILLKOMMEN-Spruchband. Emily und James schnitten riesige rote, weiße und blaue Herzen aus Karton aus, die von der Decke hängen sollten. Kevin und Devin experimentierten mit der Herstellung von roter, weißer und blauer Limonade. Vivian marschierte von Station zu Station und rief immer wieder aus dem Nichts: »Nur noch eine Woche bis zum Valentinstag, Leute!« Als ob ihre Panik und ihre laute Stimme ihnen helfen würde, schneller zu arbeiten.

»Eineinhalb«, wiederholte James.

Vivian warf ihre Hände in die Luft. »Dieser Ball wird eine Katastrophe werden.«

Mr Sloan lehnte an der Kante des Lehrertischs und beobachtete das Treiben verdutzt. »Lass uns noch nicht das Handtuch werfen, Vivian. Wir können uns nächsten Mittwoch noch mal treffen. Es wird alles klappen. Warum hilfst du nicht Emily und James beim Ausschneiden?«

Emily hielt ihr einen Stift und eine Schere hin. »Willst du mit der Schablone die Form abzeichnen oder ausschneiden?«

Vivian nahm ihr die Schere aus der Hand und ließ sich auf einen Stuhl fallen. »Ich schneide Herzen aus.«

Mr Sloan klatschte in die Hände und rieb sie aneinander. »Super! Das wird helfen, die Dinge voranzutreiben. Nisha und Maddie …« Er öffnete mehrere Schubladen im Chemielabor und schloss sie wieder, bis er gefunden hatte, was er suchte. »Diese Heißluftpistole könnt ihr dazu benutzen, dass die Farbe schneller trocknet. So könnt ihr an den Postern arbeiten, ohne dass euch die Farben ineinanderlaufen.«

Nisha nahm die Heißluftpistole und steckte sie in die nächstgelegene Steckdose. Sie schaltete sie an, um sie zu testen. Das Werkzeug sah nicht anders aus als ein Reisefön, aber ein bisschen kleiner und leiser.

»Und Kevin und Devin«, fuhr Mr Sloan fort, »die Limo-Experimente sind vielleicht nicht das Wichtigste auf der To-do-Liste.«

Die Brüder starrten den Vertretungslehrer durch ihre Sicherheitsbrillen an, auf die sie bestanden hatten, obwohl Vivian gesagt hatte, sie seien unnötig und lächerlich. Außerdem trugen beide Jungs dicke Gummihandschuhe und hielten Bechergläser aus dem Chemielabor in der Hand, die mit roter und blauer Flüssigkeit gefüllt waren. Vor sich hatten sie Plastikbecher in mehreren Reihen aufgestellt.

»Hat er gerade gesagt, Essen und Getränke sind nicht wichtig?«, sagte Kevin zu seinem Bruder.

»Blasphemie«, flüsterte Devin.

»Wie können wir bitte die Formel für die perfekte Schattierung patriotischen Blaus herausfinden, ohne zu experimentieren?«, sagte Kevin.

Devin zog einen Handschuh aus und hielt einen der Plastikbecher hoch. »Oder sichergehen, dass diese Limonade nach Freiheit schmeckt?« Er nahm einen Schluck und spuckte ihn sofort zurück in den Becher. Dann schnappte er sich ein Papiertuch und rubbelte seine Zunge damit ab.

»Noch nicht ganz frei?«, fragte Kevin.

»Es schmeckt ein bisschen so, als müsste man einen Monat Hausarrest in einem kleinen Raum mit seiner kleinen Schwester absitzen, die im Peppa-Wutz-Fieber ist. Das ist *nicht* der Geschmack von Freiheit«, sagte Devin.

»Buäh.« Kevin schauderte. »Vivian hat recht: Dieser Ball wird ein Desaster.«

Alle lachten, außer Vivian, die die Lippen kräuselte und mit ihrer Schere noch aggressiver auf den Karton einstach. »Merke«, murmelte sie, »beim nächsten Mal keine Spinner ins Komitee lassen.«

Nach ein paar Minuten konzentrierter Stille meldete Maddie sich zu Wort. »Hat noch jemand von dem Feuer am Wochenende gehört?«

»Ich habe gehört, dass das in dem Laden von deinem Freund war, James«, sagte Nisha. »Dort, wo auch die Party für das Poe-Buch stattgefunden hat, das du und Emily gefunden habt.«

Plötzlich war Emily sehr darauf konzentriert, ihre Herzen sehr genau auf der vorgezeichneten Linie auszuschneiden.

Sie musste gar nicht hochsehen, um zu merken, dass alle Aufmerksamkeit im Raum auf sie und James gerichtet war.

Kevin oder Devin – Emily konnte den Unterschied in ihren Stimmen nicht richtig zuordnen, wenn sie sie nicht ansah – sagte: »Ich hab auch davon gehört. Mein Dad hat gesagt, der Besitzer des Buchladens brauchte wahrscheinlich Geld.«

Das ließ Emily aufsehen. »Was meint dein Dad damit?«

Kevin stieß Devin an und bedeutete seinem Bruder, still zu sein. »Sie sind mit ihm befreundet«, sagte er.

Devin sprach unbeirrt weiter. »Ich sage ja nicht, dass das stimmt. Es ist nur eine Theorie von unserem Dad. Er sagte, die meisten Fälle von Brandstiftung gehen auf Versicherungsbetrug zurück. Da legt der Besitzer selbst den Brand, um Geld von der Versicherung zu bekommen.«

Emily durchbohrte Devin mit ihrem Blick, in der Hoffnung, er würde sich dadurch fühlen, als würde er mit einer Handvoll kleiner Kieselsteinchen beworfen. Eigentlich mochte sie Devin, aber manchmal sagten selbst nette Menschen dumme Dinge. »Ein Gerücht wie dieses zu verbreiten, ist nicht besser, als derjenige zu sein, der es in die Welt setzt. Sogar noch schlimmer, wenn du mich fragst.«

Devin blickte erschrocken. Sie konnte sehen, dass er sich schlecht fühlte, überhaupt etwas gesagt zu haben, und dass er sie nicht ärgern wollte. Aber sie war trotzdem sauer.

»Hollister war nicht mal …« Emily wollte sagen, dass Hollister gar nicht da war, als es brannte, aber dann würde jemand fragen, woher sie das wusste und sie wollte nicht darüber sprechen.

»Er würde so etwas nie tun«, beendete James ihren Satz.

»Richtig«, stimmte Emily zu und wandte ihre Aufmerksamkeit wieder dem Ausschneiden des Kartons zu. Ihre Hand zitterte ein wenig, als sie die Schere in die Hand nahm. Das Treffen des Ballkomitees hatte sie abgelenkt, aber jetzt konnte sie wieder an nichts anderes denken, als an das Feuer und was es mit Mr Quisling und Coolbriths Nachrichten über den Unlösbaren Code zu tun hatte.

»Okay.« Mr Sloan füllte die unangenehme Stille. »Gebt mir ein Update zu den restlichen Plänen für den Ball. Es scheint als hättet ihr den Spiele-Teil gut im Griff, aber was ist mit dem Tanz-Teil eures Balls?«

Vivian stand von ihrem Stuhl auf, Ordner und Stift in der Hand. »Was ist damit?«, fragte sie.

»Entspann dich, Vivian.« Mr Sloan hob beide Hände zu seiner Verteidigung. »Das ist keine Befragung. Ich habe mich nur gefragt, ob ihr einen DJ engagiert habt …«

»Na klar. Ein Freund von denen«, sagte Vivian mit einem Kopfnicken in Emilys und James' Richtung.

»Ich würde ihn nicht gerade einen Freund nennen«, sagte James. »Aber wir kennen ihn.«

Emily und James tauschten einen Blick aus und sie wusste, dass er an Charlies Lüge dachte. Aber eine Lüge bedeutete nicht, dass er ein Brandstifter war.

»Habt Ihr schon eine Liste mit Song-Vorschlägen zusammengestellt?«, fragte Mr Sloan. »Das kann hilfreich sein. Und fragt mal nach, ob er eine Nebelmaschine hat und diese Diskolichter. Die sind immer cool.«

Vivian kritzelte in ihrem Ordner herum. »An eine Song-Liste haben wir nicht gedacht«, murmelte sie vor sich hin.

»Eine Songliste braucht ihr unbedingt«, sagte Mr Sloan. »Sonst wird der DJ am Ende noch ›Macarena‹ in Dauerschleife spielen.«

Alle lachten und stöhnten. Emily fühlte sich erleichtert, da die Unterhaltung sich von dem Feuer wegbewegt hatte. Kevin und Devin grölten im Chor »Macarena« mit ihren Sicherheitsbrillen auf dem Kopf. Sie streckten eine behandschuhte Hand aus, dann die andere, drehten ihre Hände um, dann legten sie sie auf die Ellbogen und wackelten mit den Hüften. »Heeeeey, Macarena!«, brüllten sie.

James schüttelte den Kopf. »Ich kann nicht glauben, dass sie das auswendig kennen.«

»Das sollte ein Teil des Präsidenten-Wettbewerbs sein!«, rief Kevin.

»N-E-I-N in großen Buchstaben«, sagte Vivian.

Kevin und James drehten sich mit einem Sprung um, um die Tanzbewegungen in der anderen Richtung zu wiederholen, dabei rumpelten sie gegen ihren Tisch, der voller Limonadenproben in Plastikbechern war. Einige der Becher kippten um; einer fiel vom Tisch und auf das Poster, das Maddie gerade unter dem Tisch malte. Maddie stieß einen gellenden Schrei aus. Immer mehr Flüssigkeit kam den Labortisch hinuntergeflossen und tropfte auf ihre Arbeit. Mr Sloan eilte zur Wand, riss hektisch an der Papiertücher-Rolle, bevor er zurückraste, um die wässrige blaurote

Bescherung aufzuwischen. Nisha richtete die Heißluftpistole auf die Flüssigkeit, um sie zu trocknen.

»Es wird alles braun!«, schrie Maddie. »Du verbrennst es!« Worauf Nisha die Heißluftpistole wieder ausschaltete.

»Nein«, sagte Emily. »Es wird braun, weil Zitronensaft darin ist. Säurehaltige Flüssigkeiten können als unsichtbare Tinte benutzt werden und verändern dann die Farbe, wenn sie mit Hitze in Berührung kommen.«

Mr Sloan sah beeindruckt hoch, während er weiterwischte. »Sehr gut!«

Sie hatte alles über unsichtbare Tinte und wie sie mit Hitze reagierte gelernt, als sie letzten Herbst auf der Jagd nach Mr Griswolds verlorenem Poe-Buch war. Tatsächlich …

Emily ging auf alle viere unter dem Vorwand, beim Aufwischen der Sauerei zu helfen, aber in Wirklichkeit wollte sie einen näheren Blick auf die braunen Limoflecken werfen. Sie erinnerten sie an den Fleck auf dem Papier des Unlösbaren Codes, der ausgesehen hatte, als hätte jemand achtlos eine Kaffeetasse daraufgestellt, die einen Ring hinterlassen hatte. Aber was, wenn der Fleck nicht von einer Kaffeetasse stammte? Sie hatten bereits herausgefunden, dass eine bestimmte Faltung des Papiers bewirkte, dass ein X eine Insel markierte. Konnte noch mehr dahinterstecken?

31

Der Gedanke, dass mehr hinter dem Unlösbaren Code stecken könnte, als sie gedacht hatten, ließ Emily ins Straucheln kommen, als sie den umgestürzten Becher mit der Limonade aufhob, wodurch noch mehr herausfloss.

»Pass doch auf«, fauchte Maddie.

Emily nahm einen Knäuel Papiertücher und half beim Aufwischen, aber die Flüssigkeit und die Farbe verschmierten und das Poster warf sich an den nassen Stellen auf.

»Ruiniert.« Maddie knurrte missbilligend. »Dabei hatte ich das so perfekt geschrieben.«

»Tut mir leid, Maddie«, sagte Emily, obwohl sie nicht verantwortlich für die Misere war.

»Die Zeit ist um für heute«, rief Mr Sloan.

»Schon klar«, sagte Vivian. »Wir werden nie rechtzeitig fertig werden.«

»Keine Sorge«, beruhigte Mr Sloan sie. »Wir haben noch nächste Woche. Und denk dran, das Wichtigste ist, dass die Schüler Spaß haben. Da spielt es keine Rolle, ob alles bis ins letzte Detail perfekt ist oder nicht.«

Emily sprang auf, da sie es kaum erwarten konnte, James von ihrer Idee zu erzählen. Kaum hatten sie den Raum verlassen, schnappte sie sich seinen Arm und zog ihn um die Ecke in die entgegengesetzte Richtung von der, in die alle anderen gingen.

»Wo gehen wir hin?«, fragte James verdutzt.

»Ich muss dir was erzählen. Es ist wichtig.« Nachdem sie sich versichert hatte, dass niemand in der Nähe war, sagte Emily: »Du hast doch gesehen, wie die Hitze den Zitronensaft auf Maddies Poster braun gefärbt hat?«

»Mann, die war vielleicht sauer.« James schüttelte den Kopf.

Emily wischte mit der Hand die Gedanken an Maddie weg. »Der Unlösbare Code soll doch angeblich mehrere Brände überstanden haben, richtig? Was, wenn der braune Fleck auf dem alten Papier nicht zufällig entstanden ist, sondern Teil einer Nachricht, die in unsichtbarer Tinte geschrieben wurde und die jetzt durch die Hitze teilweise sichtbar geworden ist?«

»Wow«, sagte James langsam. Nachdenklich fuhr er fort: »Vielleicht ist das Buchstabengitter, von dem man immer angenommen hat, es sei der Unlösbare Code, nicht einmal der Code. Es könnte sogar eine absichtliche Täuschung sein!«

Als sie ihren Weg den Gang hinunter fortsetzten, machte James vor Aufregung immer wieder kleine Luftsprünge. »Ich habe mal gelesen, dass George Washington seinen Spionen während der Revolution aufgetragen hat, geheime Nachrichten in unsichtbarer Tinte zwischen die Zeilen normal aussehender Briefe zu schreiben. Das bedeutet, dass geheime Tinte auch schon während des Goldrauschs existiert hat.«

»Und vergiss nicht den *Goldkäfer* von Edgar Allan Poe«, erinnerte Emily ihn an die Geschichte, die sie letzten Herbst gelesen hatten. »Darin wird auch von unsichtbarer Tinte gesprochen und Poe hat das im neunzehnten Jahrhundert geschrieben.«

Der Gang, der zum Haupteingang führte, wurde gerade gewischt, daher bogen die beiden um die Ecke zu einem der Seitenausgänge.

»Es gibt nur ein Problem mit meiner Idee«, sagte Emily. »Wie sollen wir das Papier in der Bibliothek erhitzen? Ms Linden scheint ja cool zu sein und alles, aber ich kann mir nicht vorstellen, dass sie es gut fände, wenn wir einen Föhn mit hineinnehmen und ihn auf ein historisches Dokument richten.«

»Nein, wahrscheinlich nicht«, stimmte James ihr zu. Er drückte gegen die Tür des Seiteneingangs, um sie zu öffnen, aber sie rührte sich nicht. »Ist hier schon abgeschlossen?« Er versuchte es noch einmal, dann stemmte er mit voller Kraft seine Schulter dagegen, und sie sprang auf. Jemand hatte Kaugummi in das Schloss gesteckt und dadurch hatte die Tür geklemmt.

»Iiih, manche Leute sind so eklig«, sagte Emily.

Sie traten ins Sonnenlicht und James schnipste mit den Fingern. »Ich weiß es – wie wäre es mit Schwarzlicht?«

»Schwarzlicht?«

»Ja, erinnerst du dich an die Künstlerin, von der ich dir neulich erzählt habe? Und dass man eine Schwarzlichtlampe braucht, um ihre Gemälde zu sehen?«

»Schwarzlicht.« Emily nickte. »Das ist eine super Idee. Ich könnte mir vorstellen, dass Matthew vielleicht so etwas hat.«

Sie fanden ihren Bruder in seinem Zimmer, wo er Lego-Figuren für ein weiteres Stop-Motion-Video arrangierte, das er als größter Fan seiner Lieblingsband, *Flush*, drehte. Er hatte kein Schwarzlicht, aber er zog sein Telefon heraus. »Vielleicht gibt es dafür eine App!«

Es stellte sich heraus, dass es tatsächlich eine gab, aber sie kostete fünf Dollar.

Emily kaute auf ihrer Lippe herum. »Das ist eine Menge Geld für etwas, das wir nur einmal benutzen werden.« Warum musste immer alles so teuer sein?

»Vielleicht können wir ja selbst eins basteln?«, überlegte James.

Und tatsächlich ergab ihre Internetrecherche, dass man mit einem einfachen Trick Matthews Telefon vorübergehend in ein Schwarzlicht verwandeln konnte.

»Alles, was wir brauchen, ist durchsichtiges Klebeband und blaue und lila Filzstifte«, sagte Matthew.

Emily plünderte das komplette Equipment, das ihre Mom für ihren Job als Grafikdesignerin angehäuft hatte, und fand die nötigen Filzstifte. Der Anleitung folgend bemalten sie zwei Stücke des Klebebands mit blauem Filzstift und klebten es über das Licht an Matthews Handy. Dann klebten sie ein Stück Klebeband, das mit dem lila Filzstift bemalt war, über die blauen. Matthew schaltete die Taschenlampen-Funktion ein und aus seinem Telefon strahlte ein violetter Lichtstrahl.

Es war schon zu spät, um zur Zentralbibliothek zu gehen und ihre Theorie am Unlösbaren Code auszuprobieren, und so verschoben sie ihren Besuch auf den nächsten Tag. Emily konnte es kaum erwarten.

◇◇

Als die Schule am Donnerstagnachmittag endlich aus war, hasteten Emily und James nach Hause, um sich mit Matthew zu treffen, bevor sie sich gemeinsam zur Zentralbibliothek aufmachten.

»Musste ich unbedingt mitkommen?«, fragte Matthew, als sie alle zusammen im Bus saßen.

»Nein, musstest du nicht«, sagte Emily. »Ich hab dir das schon dreimal gesagt. Ich brauche dein Telefon, nicht dich. Aber du wolltest das dumme Ding ja nicht aus den Augen lassen.«

Matthew drückte sein Handy an die Brust und klopfte ihm die Rückseite. »Hör nicht auf sie«, sagte er mit einer Pseudo-Babystimme. »Du bist nicht dumm. Nein, bist du nicht.«

Als sie den sechsten Stock der Zentralbibliothek erreichten, wurden sie wie schon beim letzten Mal von Ms Linden begrüßt.

»Hallo, ihr drei. Ist eine Weile her.« Sie warf ihren langen Zopf nach hinten. »Hattet ihr schon einen Durchbruch in dem Fall?«

»Na ja.« Emily trat von einem Fuß auf den anderen und tauschte einen Blick mit James aus. Sie hatten einen Durchbruch erreicht, als sie entdeckt hatten, wie das Papier gefaltet werden musste, damit das X genau über der Mitte eines der

Kreise lag. Und natürlich gab es da noch ihre neue Theorie über den beigen Fleck auf dem alten Papier. Aber sie wollten nichts sagen, bis sie sicher wussten, ob ihre Vorahnung sich bestätigen würde.

»Dürften wir uns den Unlösbaren Code vielleicht noch mal ansehen?«

»Natürlich. Ich hole ihn für euch.« Wenn Ms Linden ahnte, dass sie etwas im Schilde führten, dann ließ sie es sich zumindest nicht anmerken.

Sie ließen wie zuvor ihre Rucksäcke am Empfang und nahmen nur Emilys Notizbuch, einen Stift und Matthews Handy mit zu dem langen Tisch, wo sie darauf warteten, dass Ms Linden ihnen den Ordner brachte.

Als Ms Linden wieder weg war, starrten sie erst einmal alle drei stumm auf den Papierumschlag. Emily setzte alle Hoffnung auf diese einfache Idee, mit einem Lichtstrahl auf ein Stück Papier zu leuchten.

»Also«, sagte James.

»Also«, stimmte Emily zu.

»Wovor habt ihr zwei denn Angst?« Matthew schlug den Ordner auf und zog sein Telefon aus der Hosentasche. »Lasst uns loslegen.«

Emily konzentrierte ihre Aufmerksamkeit auf die Stelle, die wie ein Kaffeefleck aussah. Wenn dieser Fleck kein Zufall und in Wirklichkeit Teil des Unlösbaren Codes war, wer wusste, was unter dem Schwarzlicht sonst noch zum Vorschein kommen würde? Vielleicht war der Zettel voller Wörter oder vielleicht gab es eine detailliertere Karte?

Matthew schaltete die Taschenlampen-Funktion ein und hielt das Handy hoch, wodurch das Stück Papier in lila Licht gebadet wurde. Emily kniff die Augen zusammen und beugte sich näher zum Tisch hinunter. Unter dem bunten Schein sah es aus, als hätte jemand mit einem Pinsel Lichtspuren auf die Seite gemalt, die sich von dem braunen Fleck in einem Muster aus Kringeln und Linien wegbewegten. Sie hielt den Atem an. War hier wirklich etwas zu sehen? Der Unterschied im Farbton, den das Licht offenlegte, war fast unmerklich, und Emily war sich nicht sicher, ob ihre Vorstellungskraft ihr etwas vorgaukelte oder ob dort wirklich ein Bild zu sehen war.

»Seht ihr das auch?«, fragte Emily ihren Bruder und James.

»Ich glaube ja«, sagte James.

»Es sieht aus wie eine Zeichnung«, fügte Matthew hinzu.

Sie schreckten auf, als plötzlich Ms Lindens Stimme ertönte. »Was sehen wir uns denn da an?«

32

Matthew schaltete schnell das Licht an seinem Handy aus und die drei versuchen den Blick zu Ms Linden zu vermeiden. Doch Emily war klar, dass es albern war, so zu tun, als hätten sie nichts getan, wo Ms Linden sie doch bestimmt schon eine Weile beobachtet hatte.

»Ich … ich hatte die Idee, dass auf dem Papier eine Nachricht in unsichtbarer Tinte stehen könnte. Wir haben Matthews Handy so bearbeitet, dass man es als Schwarzlicht benutzen kann und …«

»Es sieht so aus, als hätte Emily recht gehabt«, fiel James ihr ins Wort.

»Aber der Trick mit der Lampe funktioniert nicht gut genug, um es sich genau ansehen zu können«, sagte Matthew.

Ms Linden hatte eine Augenbraue hochgezogen. »Unsichtbare Tinte? Lasst mich mal sehen.« Sie bedeutete Matthew, das Licht an seinem Telefon wieder einzuschalten, und beugte sich über den Zettel, wobei ihr Zopf wieder nach vorne über ihre Schulter fiel. Matthews Telefon leuchtete, als würde Mondlicht über die Seite fallen, und wieder konnte Emily das Geisterbild eines Musters sehen. Sie hatte es sich nicht eingebildet.

»Ich glaube es nicht«, sagte Ms Linden mit gedämpfter Stimme. Sie richtete sich ruckartig kerzengerade auf und verkündete: »Ich habe etwas, das uns einen besseren Blick verschaffen könnte. Wartet mal.«

Im Laufschritt lief sie zur Tür und verschwand im nächsten Raum. Als sie wiederauftauchte, hielt sie ein dünnes, schwarzes Objekt in der Hand, das wie ein Lineal aussah.

»Ein Profi-Schwarzlicht«, sagte sie. »Es wird manchmal für Archivarbeiten benutzt, obwohl man mit UV-Licht vorsichtig sein muss. Es kann mit der Zeit Schaden an Papier und Tinte anrichten. Aber das hier könnte eine historische Entdeckung sein, die ihr gemacht habt, daher denke ich, dass die Situation danach verlangt.«

Die vier beugten sich dicht gedrängt über das Papier. Ms Linden knipste das Licht an. Der Strahl, den es aussandte, war stärker und heller als ihre selbst gebastelte Version und ließ klar und deutlich zwei Zeichen erleuchten:

希冀

James starrte sie mit großen Augen an: »Ich glaube, das ist Chinesisch!«

Die Linien ergaben keine Zeichnung, wie Emily vorher gedacht hatte. Es waren anscheinend Schriftzeichen in einer fremden Sprache.

»Unglaublich«, sagte Ms Linden.

»Weißt du, was das heißt?«, fragte Emily James.

»Ich kann Chinesisch gerade mal gut genug, um Dim Sum zu bestellen. Aber meine Großmutter wird es wissen. Ich frage sie heute Abend.«

Matthew machte ein Foto und Emily und James pausten die Symbole auf Papier ab.

»Das ist wirklich unglaublich«, sagte Ms Linden noch einmal. Sie schaltete das Schwarzlicht aus und wieder an, als ob sie sichergehen wollte, dass die chinesischen Schriftzeichen nicht verschwunden waren.

»Warum hat der Goldgräber-Typ das gemacht?«, fragte Matthew. »Hat er sich einfach das Stück Papier hier geschnappt und nicht gewusst, dass das hier schon drauf war?«

»Ich glaube nicht, dass das ein Zufall ist«, sagte Emily.

»Ja«, stimmte James ihr zu. »Vielleicht war es ein chinesischer Goldgräber und das sollte ihn daran erinnern, wo er sein Gold versteckt hat. Und die sichtbaren Buchstaben sollten Schatzjäger austricksen.«

»Oder vielleicht sind beide Teile notwendig, um den Schatz zu finden«, überlegte Emily. »Vielleicht waren ein chinesischer und ein englischsprachiger Goldgräber hier dran beteiligt und daher haben sie ihre beiden Sprachen benutzt, um sicherzugehen, dass sie ihr Gold als Team wiederfinden würden und nicht einer den anderen bestehlen konnte …«

»Oder den anderen umbringen konnte«, mischte Matthew sich ein.

»Uh. Makaber. Aber ja, sie würden einander brauchen, um die Karte zu lesen und herauszufinden, wo auf der Insel sie das Gold versteckt haben«, sagte Emily.

»Insel?«, fragte Ms Linden. »Woher wisst ihr, dass sie es auf einer Insel versteckt haben?«

Emily und James sahen sich an. James zuckte die Schultern und ehrlicherweise war Emily so aufgeregt aufgrund dieser neuen Entwicklung, dass sie es nicht erwarten konnte, ihre vorherige Entdeckung über die Karte zu teilen. Sie zeigte Ms Linden, wie das X einen der vier Kreise auf der Rückseite markierte, wenn das Papier gefaltet wurde.

»Unglaublich«, sagte die Bibliothekarin und faltete das Papier noch einmal, um es selbst auszuprobieren.

»Aber wir sind ratlos, welche Insel es sein könnte«, fügte Emily hinzu. »Wir dachten, diese drei Kreise, die näher beieinanderliegen, sind Angel Island, Alcatraz und Treasure Island. Egal wie man die Seite dreht, das X sieht nicht so aus, als könnte es Alcatraz sein. Angel Island gehörte dem Militär, als der Code vermutlich gemacht wurde. Und Treasure Island gab es noch gar nicht, also …«

»Yerba Buena gab es schon immer«, sagte Ms Linden und meinte damit die natürliche Insel, die mit Treasure Island verbunden war.

»Ja«, stimmte Emily zu. »Das muss der Ort sein.« Allerdings rief diese Annahme keine Freude in ihr hervor, weil auf Yerba Buena über die Jahre viel verändert worden war. Für die Bay Bridge war ein Tunnel gebohrt worden und dann hatten das Militär und die Küstenwache die Insel jahrzehntelang genutzt. Zusätzlich gab es noch die neue Baustelle, die sie und James gesehen hatten, als sie mit ihrer Familie den Fahrradausflug auf Treasure Island gemacht hatten. Genauso wie die *Niantic* von Bauarbeitern entdeckt wurde, die mit der Grabung einer Tiefgarage beschäftigt waren, konnte Emily den Gedanken nicht abschütteln, dass der Schatz wahrscheinlich eher von jemandem mit einem Bagger entdeckt wurde, als von ein paar Kindern.

»Dann gibt es auch noch Gull Island«, sagte Ms Linden. »Ich schätze, das ist, was der vierte Kreis darstellen soll.«

»Gull Island? Wusstest du von Gull Island?«, fragte Emily James.

Als Antwort zog er eine Grimasse. »Ich brauche ein T-Shirt, auf dem steht ›Ich bin kein San-Francisco-Wiki.‹«

»Sie ist sehr klein, viel kleiner als die anderen Inseln«, erklärte Ms Linden. »Und definitiv kein Touristenziel wie Angel Island oder Alcatraz und auch nicht so gut erreichbar wie Yerba Buena oder Treasure Island. Außerdem ist sie in Privatbesitz, daher wissen viele Leute gar nicht davon.«

»Privat? Dann lebt dort jemand?«, fragte Matthew. »Das ist ziemlich rockstarmäßig, seine eigene Insel in der San Francisco Bay zu haben.«

»Sie gehört jemandem – einem Milliardär, der in Technologien investiert, aber er wohnt nicht dort. Die Insel wurde nie erschlossen. Es gibt kein fließendes Wasser, keine Elektrizität. Außer unter Schiffsbesitzern ist kaum bekannt, dass der Besitzer die Erlaubnis gegeben hat, dass die Insel für Picknicks oder Vogelbeobachtungen genutzt werden darf.«

»Vogelbeobachtungen?«, fragte James.

»Da die Insel unerschlossen ist und keine Menschen ihre Hände im Spiel haben, hat sich dort eine Art Vogelschutzgebiet entwickelt«, erklärte Ms Linden. »Aber es ist verboten, dort zu jagen, Feuerwerk zu zünden oder zu campen.«

Die Bibliothekarin betrachtete noch einmal das Stück Papier mit den Kreisen. »Hält man die Karte so herum, dann sieht es so aus, als wäre diese Dreiergruppe Angel Island, Alcatraz und Gull Island die mit dem X und dann wäre Yerba Buena diejenige außerhalb des Dreiecks.«

»Gull Island«, wiederholte Emily. Mit der Entdeckung der chinesischen Schriftzeichen und der neuen Information über diese Insel schienen sie der Lösung des Rätsel endlich nahezukommen. Es war ein hoffnungsfroher Gedanke, der mit einem Schlag zunichtegemacht wurde, als Ms Linden sagte: »Eure Theorien sind alle großartig. Die Historiker werden die Informationen mit Begeisterung aufnehmen, um die Antwort zu finden.«

Emily spielte mit ihrem Stift, dann nahm sie ihn in die Hand. »Historiker?« Sie sah hinunter auf den Unlösbaren Code, der nun wieder aussah wie vorher, da Ms Linden das Licht ausgeschaltet hatte. Natürlich würde es eine Welle des Interesses am Unlösbaren Code geben, sobald diese Entdeckung öffentlich wurde. Der Code würde wahrscheinlich wieder einen Hype auslösen, wie damals, als 1978 die *Niantic* entdeckt wurde. Emily stellte sich vor, wie ein Team aus Historikern in dieser Sekunde in den Raum stürmen und ihr das Blatt Papier aus der Hand reißen würde, um den Code selbst zu knacken.

Als Emily von dem Papier hochsah, starrte Ms Linden sie an, mit schiefem Kopf und einem nachdenklichen Gesichtsausdruck. »Wisst ihr«, sagte die Bibliothekarin langsam und betonte dabei jedes einzelne Wort, »ich werde hierzu einiges an Papierkram machen müssen und das kann leider eine ganze Weile dauern. Ich hoffe, ihr werdet nicht allzu enttäuscht sein, wenn die Öffentlichkeit nicht sofort davon erfährt.«

Emily konnte nicht anders und ein riesiges Grinsen breitete sich auf ihrem Gesicht aus. Sie wusste, dass Ms Linden die Information über die versteckten chinesischen Schriftzeichen nicht ewig vor der Öffentlichkeit zurückhalten konnte, aber wenigstens würden sie nun ein wenig mehr Zeit haben, um dem Geheimnis vielleicht doch selbst auf die Spur zu kommen.

◇◇

An diesem Abend saß Emily in ihrem Zimmer und versuchte, sich auf ihre Hausaufgaben zu konzentrieren, aber in Wirklichkeit träumte sie von dem Unlösbaren Code und wartete auf James' Klopfen. Er wollte nach dem Abendessen mit seiner Großmutter sprechen und Emily konnte es nicht erwarten zu hören, was sie gesagt hatte.

Endlich klopfte es. Emily ging zu dem bereits geöffneten Fenster und wartete auf den Eimer. Sie nahm James' Zettel heraus und las:

FUD FBKX, DF LDUFFX LTMMRHRK.
(Sie sagt, es heißt HOFFNUNG.)

»Hoffnung«, sagte Emily leise. Enttäuschung machte sich in ihr breit. Sie konnte sich nicht vorstellen, wie ihnen das beim Finden des Schatzes helfen sollte.

Sie schrieb eine Antwort und steckte sie in den Eimer.

ZBF JDRNFX JH, ZBAHO DF JB UFX?
(Was denkst du, warum es da ist?)

James antwortete:

NDURD BLRHRK. PUDWWDUILX BWF
KWHDINFEAURKDA?
(Keine Ahnung. Vielleicht als Gluecksbringer?)

Emily runzelte die Stirn, während sie über seinen Einfall nachdachte. Wer auch immer diese Schriftzeichen geschrieben hatte, hatte sich die Mühe gemacht, diesen Plan zu entwerfen, unsichtbare Tinte zu finden und sie dann auf das Papier zu malen, bevor er den Unlösbaren Code und die Karte darüberschrieb – das alles nur, um etwas zu tun, das Glück brachte?

Emily war sich sicher, dass die unsichtbaren Schriftzeichen Teil eines größeren Rätsels waren, und sie war fest entschlossen, diejenige zu sein, die die Lösung finden würde.

33

Dieses Wochenende feierte James mit seiner Familie das chinesische Neujahr, daher hing Emily zu Hause herum, um abwechselnd zu lesen, ein wenig an ihren Hausaufgaben zu arbeiten und zu versuchen, die Buchstaben des Unlösbaren Codes zu einer Art brauchbaren Nachricht zu formen.

Sie wünschte, sie könnte zu Hollister gehen, aber der Laden war bis auf Weiteres geschlossen. Emily hatte Hollister seit dem Feuer nicht gesehen. Sie hoffte, dass es ihm gut ging. Devins Worte darüber, dass Geschäftsbesitzer für Geld selbst Brände legten, kamen ihr wieder in den Kopf. Sie wusste, dass Hollister sich um sein Geschäft sorgte, aber auf keinen Fall würde er für Geld etwas zerstören, das er liebte.

Und es beschäftigte Emily immer noch, warum Charlie gelogen hatte, als er gesagt hatte, er hätte seine Parkuhr füttern müssen. Was hatte er stattdessen gemacht, als das Feuer ausgebrochen war? Konnte er gelogen haben, weil er der Brandstifter war? Konnte Charlie Coolbrith sein? Sie wusste, dass er Mr Quisling nicht mochte, aber war sein Groll gegen ihn groß genug, um etwas so Hasserfülltes zu tun?

Das Einzige, was Emily mit Sicherheit wusste, war, dass kein anderer über die versteckten chinesischen Schriftzeichen Bescheid wusste. In ihrer Fantasie hatte sie vor sich gesehen, wie sie und James den Goldschatz ausgruben, wie sie das Gold finden und es ihren Eltern geben würde, damit sie es sich leisten konnten, in San Francisco zu bleiben, aber dieser Tagtraum hatte sich vor einer Woche geändert. Nun stellte sie sich vor, wie sie das Gold Hollister gab. Er und sein Laden hatten eine zweite Chance verdient.

◇◇

Als Mr Griswold beim Bücherjagd-Beratertreffen am folgenden Donnerstag »Wie geht es euch?« fragte, konnte sie an seinem Ton erkennen, dass er von dem Feuer bei Hollister gehört hatte. Emily fühlte, wie sich ihre Augen mit Tränen füllten. Sie blinzelte sie weg, denn sie wollte nicht vor Mr Griswold weinen. »Es tut mir so leid, dass du dort warst, als das Feuer ausbrach, Emily«, sagte er und legte eine Hand auf ihre Schulter.

Emily blinzelte noch einmal und sah auf den Boden. »Ich fühle mich so schlecht wegen Hollister.«

»Ich weiß.« Mr Griswold tätschelte ihren Rücken und die ganze Gruppe setzte sich in sein Büro. Mr Griswold machte es sich auf dem Sofa bequem, während Claus sich neben ihm ausstreckte. Emily setzte sich auf die andere Seite des Hundes und Jack balancierte neben ihr auf der Armlehne. Matthew und James saßen auf den beiden Stühlen.

Angel verließ ihr Körbchen und schnüffelte an Matthews Knöcheln. Er klopfte auf seinen Schoß und der Hund sprang hoch, rollte sich zu einem Knäuel zusammen und schnaufte leise, während er seine Augen schloss. Matthew streichelte lächelnd das drahtige weiße Fell.

»Wie ich Hollister kenne«, sagte Mr Griswold, »wird er das als Herausforderung sehen, noch stärker, freundlicher und sozialer als vorher zurückzukommen. Manche Menschen lassen sich von einem schwierigen Verlust oder harten Umständen aus der Bahn werfen, aber nicht Hollister.«

Mr Griswold und Hollister kannten sich schon fast ein halbes Jahrhundert, hatten aber ihre Freundschaft nicht immer aufrechterhalten. Emily fragte sich, ob Mr Griswolds Worte bedeuteten, dass die zwei alten Freunde sich endlich wieder gefunden und ihre Streitigkeiten begraben hatten, aber sie fand es zu persönlich, ihn danach zu fragen.

»Ihr werdet sehen. Hollister kommt immer wieder auf die Beine«, sinnierte Mr Griswold, während er Claus' Hals streichelte. »Was uns ausmacht ist die Art, wie wir uns widrigen Umständen stellen, und Hollister ist ein guter Mann und ein Kämpfer.«

»Das Gleiche hat er über Sie gesagt«, sagte Emily. »Dass Sie immer wieder auf die Beine kommen.«

»Hat er das?« Mr Griswold hatte ganz ungezwungen gewirkt, als er über den Besitzer des Buchladens geredet hatte, aber nun, da das Thema auf ihn kam, wand er sich unbehaglich. »Nun ja. Seht ihr, was ich damit meine, dass er ein guter Mann ist?« Mr Griswold räusperte sich. »Lasst uns über die Bücherjagd reden, okay? Jack, magst du ihnen von deiner Idee erzählen?«

Jack nickte und seine Haare wippten begeistert von einer Seite zur anderen. »Klar. Folgendes haben wir uns gedacht: Es soll ein monatliches Bilderrätsel auf der Website geben, das die Bücherjagd-Spieler lösen können. Ihr könnt uns dabei helfen, Ideen zusammenzutragen.« Er zog ein Stück Papier aus dem Ordner, den er auf dem Schoß liegen hatte, und reichte es Emily, James und Matthew, damit sie es sich ansehen konnten. »Hier ist ein Beispiel, das wir uns überlegt haben. Wir nennen dieses Rätsel ›Schlangen und Igel‹. Die Antwort ist der Titel eines Buchs, das dann als Gewinn verlost wird.«

»Die Tiere stehen für einen Code. Könnt Ihr erraten, für welchen?«

Die Schlangen und Igel waren anscheinend nach dem Zufallsprinzip in Gruppen arrangiert. Emily konnte nicht wirklich ein Schema dahinter erkennen, bis sie entdeckte, dass die Igel kugelförmig waren und die Schlangen lange Linien darstellten.

»Ist es ein Morsecode?«, fragte sie.

»Ganz genau!«, sagte Jack. »Hier ist der Lösungsschlüssel.«

A	• –	J	• – – –	S	• • •
B	– • • •	K	– • –	T	–
C	– • – •	L	• – • •	U	• • –
D	– • •	M	– –	V	• • • –
E	•	N	– •	W	• – –
F	• • – •	O	– – –	X	– • • –
G	– – •	P	• – – •	Y	– • – –
H	• • • •	Q	– – • –	Z	– – • •
I	• •	R	• – •		

Emilys Augen flogen zwischen der Zeichnung und dem Schlüssel hin und her. »W … U …«

»*Wunder*«, rief Matthew, wobei er Angel auf seinem Schoß aufschreckte. »Ich liebe dieses Buch!«

»Richtig!«, sagte Jack. »Ich habe hier noch eins.« Er durchstöberte die Zettel in seinem Ordner, aber er fand nicht, wonach er gesucht hatte. »Ich muss es im Drucker vergessen haben. Lasst mich es kurz holen.«

Emily mochte die Idee von Bilderrätseln auf der Bücherjagd-Website und war froh, dass sie in den Ideenfindungsprozess dafür miteinbezogen wurden, aber sie war trotzdem ein wenig traurig darüber, dass Mr Griswold so zurückhaltend war, Veranstaltungen und Spiele zu planen, wie er es früher getan hatte.

»Mr Griswold, haben James und ich Ihnen schon erzählt, dass wir im Ballkomitee unserer Schule sind?«, fragte sie.

»Ich habe mich von Emily breitschlagen lassen, da mitzumachen«, fügte James hinzu.

»Das ist wundervoll«, sagte Mr Griswold lächelnd. »Macht es euch Spaß?«

»Ja, es macht tatsächlich Spaß«, sagte James. »Emily hatte diese irre Idee für ein Spiel und es war toll, es zu planen.«

»Ich habe mich von den Spielen inspirieren lassen, die Sie geschaffen haben«, sagte Emily, die plötzlich schüchtern wurde. »Es ist ein Präsidenten-Staffellauf mit einem Ballon-Zerplatz-Wettbewerb – ich weiß, es klingt verrückt. Wahrscheinlich wird es eine Katastrophe.«

»Verkauf dich nicht unter Wert«, sagte Mr Griswold. »Nach meiner Erfahrung waren die Ideen, von denen ich dachte, sie würden die größten Reinfälle werden, die größten Erfolge.«

Einem spontanen Einfall folgend fragte Emily: »Warum kommen Sie nicht? Zu unserem Ball am Samstag?«

Mr Griswold hustete. »Ich?«

»Ja, wieso nicht?« Emily bat James und Matthew mit dem Blick um Unterstützung.

»Sie müssten ja nicht die ganze Zeit dableiben«, sagte James. »Wir machen das Spiel gleich am Anfang. Und es wird Sie zum Lachen bringen, das verspreche ich.«

»Sie könnten das Star-Jurymitglied bei dem Spiel sein«, ergänzte Matthew.

»Oh, ich weiß nicht so recht. Ich bin ja wohl kaum ein Star.«

»Für die zwei Nerds hier sind Sie es«, entgegnete Matthew.

Emily versah ihren Bruder mit einem bösen Blick.

»Was Matthew eigentlich meint, ist, dass die Bücherjagd-Fans Sie lieben.«

»Na, jedenfalls fühle ich mich geschmeichelt, dass ihr mich dabeihaben wollt.« Mr Griswold zog am Kragen seines Pullovers. »Ich weiß, ich habe in der Vergangenheit Veranstaltungen mit Schulen gemacht, aber das war … bevor all das im letzten Jahr passiert ist. Die einzigen Orte, wo ich mich inzwischen wirklich wohlfühle, sind mein Zuhause und mein Büro.« Mr Griswold hob die Schultern zu einem kleinen, hoffnungslosen Schulterzucken.

Emily dachte, dass Mr Griswold sich so fühlen musste, wie sie sich auf der Treppe in Hollisters Buchladen gefühlt hatte: unsicher, ob es besser war, vorwärts- oder zurückzugehen. Sie hatte dort gestanden, starr vor Angst, und wollte nicht die falsche Entscheidung treffen. Aber nichts zu tun, hatte auch keinen Zweck. Wenn sie weiter auf der Treppe gestanden hätte, dann hätte ihr das Feuer die Entscheidung abgenommen. Man trifft seine eigenen Entscheidungen oder die Welt trifft sie für einen.

»Wissen Sie, was ein weiser Mann mir einmal gesagt hat?«, fragte Emily.

»Was denn?« Mr Griswold legte neugierig seinen Kopf schief und streichelte Claus' Hals.

»Was uns ausmacht ist die Art, wie wir uns widrigen Umständen stellen«, sagte sie. »Ich denke, Sie sollten sich darüber definieren, unsere Einladung anzunehmen.«

Mr Griswolds Schnurrbart hob sich zu einem Lächeln. Er wackelte mit dem Finger in ihre Richtung. »Ich habe dich durchschaut. Ich werde darüber nachdenken. Okay? Wie wäre es damit?«

Emily und James grinsten sich an.

»Das reicht uns erst mal«, sagte Emily.

34

Den Rest der Woche studierte Emily weiterhin den Unlösbaren Code, im sicheren Glauben, dass sowohl die chinesischen Schriftzeichen als auch die englischen Buchstaben nötig waren, um ihn zu lösen; warum hätte der Goldgräber sie sonst kombiniert? Den Code so zusammenzusetzen, dass man zwei Sprachen kennen musste, um an die Nachricht zu kommen, war, als würde man zwei verschiedene Schlösser um eine Schatztruhe wickeln.

Am Donnerstagabend kam Emily auf die Idee, dass die Übersetzung der chinesischen Schriftzeichen – *Hoffnung* – vielleicht das Schlüsselwort zu einer Chiffre war, ähnlich zu der »Erinnerst du dich an die *Niantic*«- Chiffre auf dem Zettel, den Mr Quisling auf der Poe-Buchparty verloren hatte. Wenn das der Fall war, dann würde der Code für den Unlösbaren Code so aussehen:

Normales Alphabet:
ABCDEFGHIJKLMNOPQRSTUVWXYZ

Schlüssel:
HOFNUGABCDEIJKLMPQRSTVWXYZ

Es schien wie eine geniale Idee. Aber wenn sie die Buchstaben des Unlösbaren Codes aneinanderreihte:

QNILOSXLTCUHSNFFFRTUQEEBSJQC

und sie mithilfe des Schlüssels übersetzte, dann war das Ergebnis immer noch unsinnig:

RDLOBTXOUIEATDCCCSUERKKHTMRI

Emily war sich so sicher gewesen, dass sie dem Geheimnis auf der Spur war, aber jetzt fühlte sie sich, als würde sie bei einem Wettlauf zurückfallen. Es war eine Woche her, seit sie mit Ms Linden die chinesischen Schriftzeichen gefunden hatten. Die Bibliothekarin würde die Information nicht mehr allzu lange zurückhalten können, bevor die Öffentlichkeit von ihrer Entdeckung erfahren würde. Und wenn jemand anders den Code würde lösen können, wäre Emilys Chance, den Schatz zu finden, weg.

◇◇

Am Freitagmorgen steckte Emily gerade ihre Bücher in ihren Rucksack und war auf dem Sprung hinunterzulaufen, um mit James zur Schule aufzubrechen, als ihr Computer ein »Pling« von sich gab. Eine Benachrichtigung von der Bücherjagd-Website. Sie hatte ihren Laptop auf dem Bett offen liegen lassen und beugte sich nun nach vorne, um die Nachricht zu lesen.

Es war ein Alarm, dass ein *Tom Sawyer* versteckt worden war.

Emily zögerte kurz, bevor sie auf Enter tippte, um mehr darüber herauszufinden, wer das Buch versteckt hatte und wo.

Es war Coolbrith, der ein weiteres *Tom-Sawyer*-Exemplar versteckt hatte, diesmal am Coit Tower. Emily musste das schnell James erzählen. Sie schrieb sich den Hinweis auf und raste die Treppe hinunter.

Als sie die Haustür aufriss, wartete James schon unter dem Vordach. Ein durchsichtiger Plastik-Poncho bedeckte seinen Kopf und den Rucksack an diesem grauen, regnerischen Tag. Er hatte eine Handfläche ausgestreckt, um das Wasser aufzufangen, das über die Regenrinne tropfte.

»Sind wir spät dran?«, fragte er, als er bemerkte, wie sie schnaufte.

Emily holte tief Luft und versuchte, ihre aufgewühlten Gefühle unter Kontrolle zu bringen. Coolbriths Quest beinhaltete eine neue Herausforderung für Mr Quisling. Hieß das, es würde ein weiteres Feuer geben, nachdem er das Buch gefunden hatte? Sie öffnete ihren Regenschirm und brachte James auf den neuesten Stand, während sie sich auf den Weg machten.

»Ich wünschte, wir hätten vor der Schule Zeit, hinzugehen«, sagte sie.

»Wenigstens kann Mr Quisling auch nicht sofort hin«, gab James zu bedenken.

»Wir sollten direkt nach der Schule versuchen, das Buch zu finden und mitzunehmen, bevor es irgendjemand anderes tut, damit der Brandstifter kein weiteres Feuer legt.«

»Das hält ihn vielleicht heute ab, aber wir haben das Buch aus dem Redwood Park ja auch mitgenommen und jetzt versteckt Coolbrith ein weiteres«, überlegte James. »Wir sollten mit Mr Quisling sprechen.«

James hatte wahrscheinlich recht. Sie sollten Mr Quisling erzählen, was sie wussten. Aber sie hatten nichts Konkretes, das sie ihm zeigen konnten. Sie konnten sagen, dass Brände gelegt wurden, nachdem er *Tom-Sawyer*-Bücher gefunden hatte, die über die Bücherjagd versteckt worden waren, aber würde er ihnen glauben? Sie konnten ihm sagen, dass Coolbrith eine E-Mail-Adresse mit seinem Namen benutzte, aber vielleicht wusste er das schon. Vielleicht war Coolbrith jemand, den Mr Quisling kannte, und es gab eine logische Erklärung für die E-Mail-Adresse, die nichts mit einem Brandstifter zu tun hatte. Ganz zu schweigen davon, wie wütend ihr Lehrer werden könnte, wenn er herausfände, dass sie heimlich seine Quest verfolgt hatten.

»Was wir brauchen, sind Beweise«, sagte Emily. »Und vor allem müssen wir herausfinden, wer Coolbrith ist. Lass uns nach der Schule zum Coit Tower gehen, das Versteck des Buchs finden und es überwachen. Wenn Mr Quisling kommt, um nach dem Buch zu suchen, dann wird vielleicht auch Coolbrith auftauchen.«

James nickte. »Hast du den Hinweis der Bücherjagd?«

»Ich habe ihn in mein Notizbuch geschrieben. Ich zeige ihn dir, wenn wir in der Schule sind.«

Als sie dort ankamen, suchten sie sich noch vor dem ersten Läuten einen Platz auf der Treppe und steckten die Köpfe zusammen, während auf dem Treppenabsatz vor ihnen ihr tropfender Regenschirm langsam trocknete. Emilys Notizbuch war auf der Seite geöffnet, auf der sie den Hinweis von der Bücherjagd-Seite aufgeschrieben hatte:

S	U	B	M	F
G	A	U	U	O
U	M	S	L	L
C	E	Z	O	G
K	D	U	K	E

»Na toll«, sagte James sarkastisch. »Noch ein Buchstabengitter, wie beim Unlösbaren Code. Weil wir ja bei dessen Lösung schon so erfolgreich waren.«

»Ich bin mir sicher, wir kriegen das hin«, sagte Emily. In der Annahme, dass es vielleicht eine Substitutions-Chiffre sei, begann sie damit, eine Häufigkeitstabelle zu machen, indem sie jeden Buchstaben der Nachricht auflistete und vermerkte, wie oft er auftauchte. Sie war erst halb damit fertig, als James bemerkte: »Es gibt keine Leerzeichen.«

»Vielleicht werden sie sichtbar, wenn wir dekodieren, wofür die Buchstaben stehen.« Emily fuhr damit fort, Striche unter jeden Buchstaben zu machen, der vorkam.

»Warte. Kann ich das mal sehen?« James nahm das Notizbuch und untersuchte das Gitter genau. »Das erinnert mich an eine Wörtersuche – ein gleichmäßiges Rechteck, jeder Buchstabe in perfektem Abstand zueinander. Und schau mal …« Mit dem Finger zog er einen Kreis um eine Spalte mit den Buchstaben *z-u*. »Ich habe ein *zu* gefunden.«

»Und daneben«, sagte Emily und zeigte auf die Spalte daneben, »steht, wenn man es von unten liest, ein *d-e-m, dem*.«

»Ich glaube nicht, dass das eine Substitutions-Chiffre ist. In der Spalte daneben steht das Wort *guck*. Wenn man diese drei Spalten rauf und runter liest, dann heißt es *zu dem Ausguck*. Es ist wie ein Buchstabenlabyrinth.«

»Was passiert, wenn man es von der Seite aus liest?«, fragte Emily.

Zusammen lasen sie laut vor: »Folge Kolumbus zu dem Ausguck.«

◇◇

In Mr Quislings Stunde beobachteten Emily und James das Verhalten ihres Lehrers ganz genau auf Anzeichen, dass er Coolbriths neueste Herausforderung schon gesehen hatte, aber es gab keinen Hinweis darauf. Natürlich würden sie ihn nicht danach fragen! Emily nahm an, dass er Benachrichtigungen aktiviert hatte für Coolbriths Posts, nachdem er die vorherigen Bücher so schnell gefunden hatte, und sie hoffte, dass die neueste Quest nach dem gleichen Muster ablaufen würde.

Emily und James machten aus, sich nach der Schule an der Seitentür mit dem kaugummiverklebten Schloss zu treffen, da sie der nächste Ausgang zu der Bushaltestelle war, wo die Busse zum Coit Tower abfuhren.

Emily konnte es kaum erwarten, das versteckte Buch zu finden und sie nahm an, dass es James genauso ging, als er mit einem riesigen Lächeln auf dem Gesicht um die Ecke gebogen kam und Steve beim Rennen in alle Richtungen wehte.

»RATE MAL?!«, rief er schon von Weitem und eine junge Lehrerin steckte ihren Kopf aus einer Klassenzimmertür und sagte: »Wer schreit denn hier wie ein geistesgestörter Affe? Langsam, langsam!«

James verringerte seine Geschwindigkeit bis zu einem zügigen Gehen. Als er bei Emily ankam, sah er über seine Schulter zurück dorthin, wo die Lehrerin gewesen war und sagte: »Ich frage mich, ob es okay gewesen wäre, wenn ich wie ein geistesgestörter Hahn geschrien hätte?«

»Warum hast du denn geschrien wie ein geistesgestörter Affe?«, fragte Emily.

James lächelte so breit, dass man denken konnte, jemand habe ihm einen neuen Computer geschenkt. »Ich hab ihn gelöst«, sagte er.

»Wen gelöst?« Sie hatten den Bücherjagd-Hinweis zusammen rausgekriegt, daher wusste Emily, dass er nicht darüber reden konnte.

»Den Unlösbaren Code!«

35

»Erzähl keinen Quatsch«, sagte Emily.

»Es stimmt!«

»Du. Erzählst. Quatsch.«

»Ich meine es wirklich total ernst! Soll ich es dir zeigen?«, fragte James.

»Aber ich hab dich doch gerade erst in der sechsten Stunde bei Mr Quisling gesehen«, sagte Emily. »Da hattest du ihn noch nicht gelöst, oder?«

»Nö.« James konnte nicht aufhören zu grinsen. »Wir haben in Sozialkunde einen Film geschaut.«

»Seit hundertsechzig Jahren versuchen Menschen, diesen Code zu knacken und du löst ihn während eines Films in der siebten Stunde?«

James zuckte mit den Schultern. »Es war ein langweiliger Film.«

Emily wusste nicht, wo sie beginnen sollte. Sie hatte davon geträumt, ein Rätsel zu knacken, von dem es so lange hieß, es sei unmöglich, es zu lösen. Natürlich war in diesen Träumen sie diejenige, die erkannte, wie die Teile sich am Ende zusammenfügten. Wenn sie ganz ehrlich zu sich selbst war, dann musste sie sich eingestehen, dass unter dem Lächeln, das sie James zeigte, ein Fünkchen Enttäuschung lag. Vielleicht auch ein ausgeprägter Funke Enttäuschung. Sie war drauf und dran zu sagen: »Warum konntest du nicht auf mich warten?« Aber dann erinnerte sie sich an all die Stunden, in denen sie das Buchstabengitter ganz alleine angestarrt hatte und die verschiedensten Möglichkeiten für Chiffren in ihr Notizbuch gekritzelt hatte. Wenn während einem dieser Momente die Lösung vor ihr aufgetaucht wäre, dann wäre sie wahrscheinlich auch nicht in der Lage gewesen, mit dem Weiterrätseln auf James zu warten. Sie hatten schließlich zusammengearbeitet, James hatte nur das letzte kleine bisschen alleine gemacht.

James war ihr bester Freund. Emily schnipste den Funken der Enttäuschung in ihren Gedankenhimmel. »Und, was kommt heraus? Wie hast du ihn gelöst? Ich sterbe gleich, wenn du es mir nicht sagst.«

James zog seinen zusammengeknüllten Poncho aus dem Rucksack und schüttelte ihn aus. »Wir wollen doch nicht den Bus zum Coit Tower verpassen. Ich erzähle es dir gleich, wenn wir unterwegs sind.«

Der Bus kurvte um die efeuberankte Seite des Telegraph Hill und brachte sie nach ganz oben, wo der Coit Tower sich leuchtend weiß vom stürmischen Himmel abhob. Emily beugte sich über ihr Notizbuch und sah zu, wie James noch einmal Schritt für Schritt erklärte, wie er den Unlösbaren Code geknackt hatte.

»In Sozialkunde habe ich darüber nachgedacht, dass wir davon ausgegangen sind, die Buchstaben stünden der Reihe nach von links nach rechts, von oben nach unten, so wie man normalerweise liest. Aber bei dem Bücherjagd-Hinweis, den wir heute morgen gelöst haben, stand die Nachricht von rechts nach links in Spalten von unten nach oben. Das hat mich darauf gebracht, wie man Chinesisch liest – nämlich in Spalten von rechts nach links – und wenn diese Karte von einem Chinesen im Jahr 1850 angefertigt wurde, dann hatte er die Buchstaben vielleicht in der Reihenfolge angeordnet, wie er sie auch sonst las. Wenn man die Buchstaben so aufschreibt, wie sie in den Gitterspalten von rechts nach links stehen, dann bekommt man das hier.«

Er schrieb die Buchstaben in ihr Notizbuch.

XNQCSSUQOHTJLURSICFBNTFEQLFE

James blätterte die Seiten in Emilys Notizbuch dorthin zurück, wo sie die Chiffre aufgeschrieben hatte, die *Hoffnung* als Schlüsselwort benutzte:

Normales Alphabet:
ABCDEFGHIJKLMNOPQRSTUVWXYZ

Schlüssel:
HOFNUGABCDEIJKLMPQRSTVWXYZ

Wenn man das als Schlüssel benutzte, um die Buchstaben in dieser Reihenfolge zu entziffern, dann heißt es:

XDRITTERBAUMOESTLICHDUCKROCK

»X dritter Baum östlich Duck Rock?«, las Emily laut.

James nickte. »Wir hatten es vorher schon fast; wir haben die Buchstaben nur nicht in der richtigen Reihenfolge dechiffriert.«

»Das ist also eine Wegbeschreibung«, sagte Emily. »Das X ist der Schatz und wir müssen zu dem dritten Baum östlich des Duck Rock gehen, was auch immer das bedeutet.« Emily lehnte sich in ihrem Sitz zurück. »Ich kann es nicht glauben.«

James hatte es wirklich geschafft: Der unlösbare Code war gelöst. Und wenn sie herausfänden, was die Wegbeschreibung bedeutete, dann würden sie vielleicht auch den Schatz finden.

Der Bus hielt an der Haltestelle vor dem Coit Tower an. Emily streckte ihren Schirm zuerst aus dem Bus, um ihn zu öffnen, dann stieg sie darunter aus. James, der seinen Poncho angezogen hatte, sprang von der Stufe und landete mit einem Platschen in einer Pfütze.

Der Tower selbst lag hinter dem Parkplatz, einige Treppen führten zu ihm hinauf. Rechts und links des Aussichtsturms standen Zypressen. In der Mitte des Parkplatzes war ein rundes Pflanzbeet mit einer großen Statue eines Mannes, der ein Cape trug.

Emily schüttelte jegliche Gedanken an entenförmige Felsen und Gull Island ab. Dies könnte ihre einzige Chance sein, Coolbriths Identität aufzudecken.

Auf dem Parkplatz standen ein paar Autos, aber nicht viele, und wegen des Regens hielt sich außer ihnen hier auch niemand einfach so auf. Die zwei anderen Leute, die aus dem Bus ausgestiegen waren, hatten bereits den Parkplatz überquert und stiegen die Treppen zum Eingang des Turms hinauf.

»Denkst du, Mr Quisling war schon hier?«, fragte Emily. Sie musste ein wenig lauter sprechen, um den Regen zu übertönen.

James zuckte mit den Schultern. »Ich kann mir nicht vorstellen, dass er die Schule vor uns verlassen konnte.«

»Lass uns das Buch finden, bevor er hier auftaucht, damit wir wissen, welche Gegend wir im Auge behalten müssen. Coolbriths Hinweis lautete ›Folge Kolumbus zu dem Ausguck.‹ Denkst du, Kolumbus ist im Turm?«

»Ich denke, er ist genau hier«, sagte James, der mit der flachen Hand sein Gesicht vor dem Regen abschirmte, während er nach oben deutete.

Es stellte sich heraus, dass die riesige Statue Christopher Kolumbus darstellte.

»Okay, na ja, das war einfach. Aber wie können wir ihm folgen? Sollen wir uns hinter ihn stellen?«

Ein Gehweg umgab das Pflanzbeet, in dem die Statue stand. Sie gingen den Rundweg entlang, bis sie hinter Kolumbus standen, aber dort gab es nichts zu sehen.

»Vielleicht heißt *folgen*, dorthin zu gehen, wo er hinsieht«, sagte James.

Sie platschten über den regennassen Parkplatz bis zu dessen äußerstem Rand, wo ein Gehweg und ein Zaun den steilen Hügel abgrenzten, der nach unten abfiel. Den Gehweg entlang standen alle paar Meter Pfosten, die wie seltsam geformte Parkuhren aussahen, bis Emily realisierte, dass es

Ferngläser waren. Wenn es ein klarer Tag gewesen wäre, hätte man hier eine spektakuläre Aussicht auf die Stadt und das Meer dahinter gehabt. Aber momentan war es schwer, überhaupt etwas durch den grauen Regenvorhang auszumachen außer den Dächern, Bäumen und Büschen direkt am Hügel. Vor ihnen auf dem Boden zwischen dem Gehweg und dem Zaun war eine große Plakette. Emily beugte sich nach unten, um sie zu lesen. Darauf stand, dass dies der Ort war, wo während des Goldrauschs ein Ausguck stand, um Signale an eintreffende Schiffe zu senden.

»Der Hinweis sagte ›zu dem Ausguck‹. Das muss es sein, James«, sagte Emily.

Sie fingen an, sich umzusehen, auf der Jagd nach dem grünen Täschchen.

»Da ist es.« James hatte die Tasche gefunden, die neben einem Busch platziert worden war.

Emily sah sich auf dem Parkplatz um – außer ihnen war niemand da. »Okay, wir sollten sie hier liegen lassen. Aber wir müssen uns ein Versteck suchen, von wo aus wir die Tasche gut im Auge behalten können.«

Es gab keine größere Menschenmenge, in der sie hätten verschwinden können. Der Parkplatz selbst war eine offene Fläche. Die einzige Möglichkeit, sich zu verbergen, war drüben neben dem Coit Tower, wo die öffentliche Toilette am Fuß der langen Treppe stand, die zum Eingang führte. Die Toilette war ein eigenes kleines Gebäude, ein futuristisch-dunkelgrünes ovales Toilettenhäuschen mit einer Schiebetür.

James versuchte, sich mit dem Ärmel das Regenwasser aus dem Gesicht zu wischen, aber er verteilte die Nässe nur gleichmäßig, weil auch sein Plastikponcho mittlerweile patschnass war. »Zum Toilettenhäuschen.«

Die Bäume neben dem Häuschen schirmten sie vom Regen ab, daher schloss Emily ihren Regenschirm und schlang ihre Arme um sich, um sich warm zu halten. Sie konnte nicht glauben, wie kühl es in San Francisco werden konnte, wenn der Stadt der Sinn danach stand.

Sie schwiegen eine Weile und Emily fragte sich schon, ob das hier überhaupt einen Zweck hatte. Vielleicht würde niemand kommen. Sie könnten zu Hause im Trockenen sein, den unlösbaren Code studieren und Pläne schmieden, wie sie an den lange verlorenen Schatz kommen könnten.

James stieß sie an und nickte in Richtung einer Treppe an dem Hügel, der ihnen am nächsten lag. Mr Quislings unverkennbare neongrüne Regenjacke machte sich auf den Weg nach oben. Von seiner Kapuze tropfte das Wasser, während er nach unten auf die Stufen sah, die er erklomm.

Emily und James zogen sich weiter hinter das Toilettenhäuschen zurück. Als er die letzte Treppe genommen hatte, drehte sich Mr Quisling zu der Plakette um und sah zu ihrer großen Erleichterung nicht einmal in Emilys und James' Richtung. Offensichtlich hatte er den Bücherjagd-Hinweis gelöst, bevor er hergekommen war, und wusste ganz genau, wo er hinmusste. Als er bei der Plakette ankam, fing er an, die Gegend darum herum abzusuchen.

»Er hat es entdeckt«, sagte James.

Sie beobachteten, wie ihr Lehrer die Tasche aufhob, sich dann umdrehte, den Parkplatz überquerte und in ihre Richtung kam. Sie achteten darauf, dass sie komplett von dem Toilettenhäuschen verdeckt waren, lugten aber nach einer Weile dahinter hervor, um Mr Quislings Rücken zu sehen, als er die Treppenstufen zum Eingang des Coit Towers hinaufstieg.

»Ich wette, er nimmt es mit hinein, um die Chiffre im Buch im Trockenen zu lösen«, sagte Emily.

»Das Innere des Turms ist ziemlich klein. Es wäre schwer, ihm zu folgen, ohne dass er uns bemerkt«, sagte James. »Wenn er dies für Coolbrith macht, dann wird er danach die Tasche zurückbringen, wie im Redwood Park. Das war eine der Regeln der Quest. Lass uns hier warten, bis er wieder zurückkommt.«

James' Vorschlag machte Sinn, so sehr Emily auch dem Regen entkommen wollte. Sie wippte mit den Knien, während sie warteten. Es fühlte sich an wie eine Stunde, aber es waren in Wirklichkeit wohl nicht einmal zehn Minuten vergangen, als Mr Quisling wieder die Treppe herunterkam, zum Rand des Parkplatzes ging und die Tasche wieder dorthin legte, wo er sie gefunden hatte. Emily fragte sich, wie Coolbriths Nachricht wohl dieses Mal gelautet hatte. Wegen des Regens und der Entfernung zwischen ihnen konnte sie Mr Quislings Gesichtsausdruck nicht lesen. Ihr Lehrer ging wieder über die Treppe zurück, die er hochgekommen war.

Und nun hieß es weiter warten. Würde Coolbrith kommen? Oder würden sie ohne eine bahnbrechende Erkenntnis wieder aufbrechen müssen?

»Es gibt Treppen rund um den Telegraph Hill«, sagte James. »Also könnte Coolbrith aus jeder beliebigen Richtung kommen. Wenn er kommt.«

Sie warteten weiter in Stille. Emily war kurz davor zu sagen »Vielleicht sollten wir gehen«, als ein Mann in einer schwarzen Regenjacke mit Kapuze auf der Seite des Parkplatzes die Treppe hochkam, über die Mr Quisling vorher weggegangen war.

»James«, flüsterte Emily.

»Ich sehe ihn.«

Genauso wie Mr Quisling ging der Mann geradewegs auf die Plakette zu und er zögerte nicht, die Tasche zu finden.

»Es ist Coolbrith!«, sagte Emily.

36

»Kannst du sein Gesicht sehen?«, fragte Emily.

James schüttelte den Kopf. »Es ist schwierig wegen der Kapuze und der Regen hilft auch nicht.«

»Wenigstens müssen wir uns heute keine Sorgen wegen eines Feuers machen«, sagte Emily. »Gut, dass Wasser nicht brennt.«

Der Mann ging neben dem versteckten Buch in die Hocke. Er griff in seine Tasche und zog ein schwarzes, zylinderförmiges Objekt heraus.

»Was macht er da?«, fragte Emily. »Was ist das?«

Der Zylinder öffnete sich zu einem Regenschirm. »Oh«, sagte Emily.

»Dafür ist es ein bisschen spät, Coolbrith«, murmelte James. »Du bist schon klatschnass.«

Der Mann hielt den Griff des offenen Regenschirms unter dem Ellbogen eingeklemmt während er mit etwas beschäftigt war, das sie nicht sehen konnten. Band er sich die Schnürsenkel? Dann stand er auf, ging wieder auf die Treppe zu, die er hochgekommen war, und machte im Gehen den Regenschirm wieder zu. Emily kniff die Augen zusammen und versuchte, irgendetwas zu erkennen, aber er war zu weit weg und die Kapuze und der Regen verdeckten zu viel von seinem Gesicht.

»Wir müssen ihm folgen«, sagte sie. »Wir müssen sehen, wer es ist.«

Emily und James waren auf halbem Weg über den Parkplatz in Richtung der Treppe, die Coolbrith hinuntergegangen war, als sie hinter sich einen lauten Knall hörten. Sie wirbelten herum. Eine weiße Wolke stieg von dem Ort auf, wo die grüne Tasche versteckt war.

»Da ist was explodiert!«, sagte James. Vor dem Blattwerk züngelten Flammen.

»Im Regen? Wie ist das denn bitte möglich?«, fragte Emily irritiert.

»Vielleicht kann Wasser doch brennen«, überlegte James.

Emily starrte auf die kleine Flamme. Der Regen gewann den Kampf gegen das Feuer. Emily dachte an Hollister und was das Feuer seinem Laden angetan hatte. Sie presste ihre Lippen zu einer festen Linie der Entschlossenheit zusammen.

»Schnell hinterher, bevor er entkommt.« Sie rannte auf den Weg zu, den Coolbrith genommen hatte.

Die Treppe führte im Zickzack den Hügel hinab. Der sowieso schon graue Tag verdunkelte sich unter den Bäumen noch. Großblättrige Pflanzen ragten in den Weg und umschlossen sie in eine dschungelartige Welt, die so anders als der Rest der Stadt wirkte. An allen Seiten gingen Wege ab, die zu Privatgrundstücken von Häusern führten, die in die steilen Hänge gebaut waren.

Über ihnen plätscherte der Regen auf die Äste und Blätter und flüsterte »schnell, schnell«, während sie von Zementstufen zu Erdboden zu Pflastersteinen eilten. Emily versuchte, Coolbrith nicht aus den Augen zu verlieren, aber sie musste auch vorsichtig sein. Die Stufen waren schmal und glitschig.

Sie konnte ein paar Treppenabschnitte unter ihnen die schwarze Kapuze sehen. Coolbrith rannte nicht – er hatte bestimmt noch nicht bemerkt, dass sie ihm folgten, obwohl ihre Schritte auf dem nassen Boden für Emily wie laute Rufe klangen.

Coolbrith kam unten an, wo eine Straße die Treppe unterbrach, bevor sie weiter den nächsten Hangabschnitt hinunterführte. Er blieb stehen und sah nach links und rechts, ob Autos kamen. Noch ein paar Stufen und Emily würde einen Blick auf sein Gesicht werfen können.

Doch dann rutschte ihr Fuß weg. Sie griff nach dem Geländer, um ihren Fall zu bremsen und schrie »AAH!«, bevor ihr klar wurde, was sie da tat. Ihr Po prallte auf dem Boden auf und der Schmerz schoss wie ein Blitz ihre Wirbelsäule hinauf.

James half ihr wieder auf. Coolbrith rannte über die Straße.

»Er hat mich gehört«, sagte Emily.

»Wir können ihn trotzdem noch erwischen.«

Sie überquerten die Straße, dann ging es im Laufschritt die nächste Treppe hinunter. Emily konzentrierte sich darauf, ihre Füße fest aufzusetzen, damit sie nicht noch einmal hinfiel, und ließ eine Hand auf dem Geländer.

Coolbrith war kurz vor der nächsten Straße, als ein vorbeifahrendes Auto laut hupte. Er sprang zurück und lief die Straße ein kleines Stück entlang, bevor er sie überquerte. Als Emily und James am Fuß der Treppe ankamen, war Coolbrith nur noch ein dunkler Schatten, bevor er hinter einem Gebäude auf der anderen Seite der Straße verschwand.

Sie gingen die nächste Treppe hinunter und standen bald vor einer Abzweigung. In der einen Richtung führte der Weg weiter die Betonstufen hinunter und in der anderen war ein unbefestigter Pfad, der aussah, als führe er mitten durch die Gärten. Beide Wege machten eine Kurve, sodass man nicht sehen konnte, was dahinter lag – oder besser gesagt, darunter –, daher konnten sie nicht erkennen, welche Richtung Coolbrith eingeschlagen hatte.

»Fußabdruck«, keuchte James und zeigte auf den Matsch auf der Seite des unbefestigten Pfads. Also schlugen sie diese Richtung ein.

Bald ging es um eine Kurve und sie landeten auf einer kleinen Lichtung mit einer Bank und einer mit Graffiti besprühten Parkuhr, die wie zufällig zwischen den Büschen stand. Es war eine Sackgasse und Coolbrith war nirgends zu sehen. Sie hatten den falschen Weg gewählt.

Wütend kickte James gegen einen Baumstamm. Die Zweige gaben ein Flattern aus bunten Federn frei, als Papageien aufflogen, deren edelsteinfarbenes Gefieder sich leuchtend gegen den trüben Himmel abhob.

37

Der Phoenix blieb keuchend unter der Markise eines Eckladens am Fuße des Telegraph Hill stehen und drückte seinen Rücken gegen die Ziegelmauer. Der Regen prasselte auf die Straße. Er sah hinunter auf seine klatschnassen Schuhe.

Von Kindern verfolgt zu werden, rief Erinnerungen in ihm wach von matschigen Maisfeldern, durch die er gerannt war. Die Rufe »Feuer-Freak« drifteten aus der Vergangenheit zu ihm und umkreisten ihn. Obwohl es schüttete, hätte er schwören können, heißes Stroh und Erde zu riechen. Er kniff seine Augen zusammen und versuchte, alle Gedanken von sich zu stoßen. Er hasste dieses drückende Gefühl, übersehen zu werden, als minderwertig oder noch schlimmer, als inkompetent zu gelten. Sein Plan war, alte Ungerechtigkeiten richtigzustellen, und er würde ihn durchziehen. Er konnte es nicht zulassen, dass Kinder ihn von seinem Kurs abbringen würden.

Er bemühte sich, die Kontrolle über seinen unregelmäßigen Atem zu gewinnen, indem er die Augen schloss und sich jedes Einatmen als Luft aus einer Fahrradpumpe vorstellte, die ihn zu voller Größe aufblies.

Sein Atem beruhigte sich. Er würde das hier morgen zu einem Ende bringen.

Der Phoenix trat in den Regen und hob einen Arm, um ein Taxi anzuhalten.

38

Emily und James fuhren still und durchnässt mit dem Bus nach Hause. Emily zermarterte sich das Gehirn, um Details zu finden, die Coolbrith identifizieren könnten. Er hatte nicht besonders groß oder klein oder schwer oder leicht gewirkt. Er hatte überhaupt nichts Besonderes an sich gehabt.

»Es muss Charlie sein«, sagte Emily. »Dieser Mann sah aus, als hätte er ungefähr seine Größe. Und du hättest Charlies Gesicht sehen sollen, als er vor dem Feuer bei Hollister von Mr Quisling gesprochen hatte. Er kann ihn nicht ausstehen.«

James' Plastik-Poncho knisterte, als er auf seinem Sitz herumrutschte. »Aber Charlie wirkt nicht so, als würde er überhaupt etwas mögen. Und es gibt jede Menge Typen, die ungefähr Charlies Größe haben und schwarze Regenjacken besitzen. Dieser Typ beim Coit Tower hätte jeder sein können.«

»Aber James, Charlie hat gelogen, als er gesagt hat, wo er während des Feuers bei Hollister war. Warum sollte er das tun, wenn er nicht etwas zu verbergen hätte?«

»Charlie ist irgendwie seltsam, da hast du recht, aber du kannst nicht einfach jemanden als Brandstifter bezeichnen, nur weil er eine negative Einstellung oder gelogen hat. Wir müssen Mr Quisling erzählen, was wir wissen, und ihm überlassen, was zu tun ist. Sie werden morgen beide bei dem Ball sein. Dann können wir mit Mr Quisling sprechen.«

»Okay«, stimmte Emily zu. James hatte natürlich recht, obwohl sie sich nicht wohl bei dem Gedanken fühlte, mit ihrem Lehrer über alles zu sprechen. »Dann erzählen wir morgen Abend Mr Quisling, dass wir über seinen Bücherjagd-Quest gestolpert sind … Und wir sagen, dass uns aufgefallen ist, dass er ganz schön viele *Tom Sawyer* gefunden hat.«

James nickte aufmunternd.

»Aber wir sagen ihm bitte nicht, dass wir ihn ausspioniert haben.«

»Genau«, sagte James.

»Ich schätze, wir sollten auch nicht erzählen, dass wir ein Exemplar als Köder für ihn versteckt haben, um zu sehen, was er tun würde?«

»Und dass wir seiner alten Freundin eine E-Mail geschickt haben, weil wir dachten, sie sei Coolbrith«, ergänzte James.

Emily seufzte. Jede Aktion an sich hatte klein und unschuldig gewirkt, nur Teil eines Spiels, aber jetzt hatten sich diese ganzen Einzelheiten zu einem riesigen Schneeball zusammengerollt und sie wusste nicht, an welcher Stelle sie beginnen sollte, alles zu erklären.

»Das Wichtigste ist, dass wir einen Weg finden ihm zu sagen, dass Coolbrith nicht derjenige ist, für den er ihn hält«, sagte Emily.

Es würde nicht einfach werden, reinen Tisch zu machen, aber Charlie – oder wer auch immer für das Feuer bei Hollister verantwortlich war – musste gestoppt werden.

◇◇

Zu Hause zog Emily trockene Klamotten an und setzte sich mit ihrem Laptop aufs Bett. Sie öffnete den Browser und tippte *Feuer Coit Tower* in die Suchleiste. Die einzigen Ergebnisse erzählten von der Geschichte des Coit Towers und dass er ein Denkmal für eine Frau namens Lillie Hitchcock Coit war, einer reichen Förderin der städtischen Feuerwehr.

Es gab keine Berichte über einen Brand an dem Tag. Emily holte tief Luft und atmete aus. Der Regen musste Coolbriths Feuer gelöscht haben, bevor es eine Nachricht wert gewesen wäre.

So viele Fragen wirbelten in Emilys Kopf umher. Wer war Coolbrith? Warum legte er Feuer? Warum versuchte er, ihren Lehrer mit den Brandorten in Verbindung zu bringen? Was wusste Mr Quisling über Coolbrith?

Emily tippte die Bücherjagd-URL ein und suchte nach dem Quest-Thread von Coolbrith und Babbage, um sich ihren letzten Austausch über den gefundenen *Tom Sawyer* anzusehen, aber als sie sich ins Forum einloggte, war der Diskussions-Thread nicht da. Sie tippte noch mal *Babbage* und *Coolbrith* in die Suchleiste: keine Ergebnisse. Sie ging zum Verzeichnis und überflog die Liste der unterschiedlichen Quests, die von anderen Bücherjägern gestartet worden waren, aber Coolbriths Thread »Der alten Zeiten wegen« war nicht da.

Er war gelöscht worden.

Nur ein Admin oder der Urheber der Quest konnte einen Thread löschen. Emily wusste, dass sie und James ihn nicht gelöscht hatten. Sie konnte sich nicht vorstellen, warum Jack oder Mr Griswold es gemacht haben sollten.

Coolbrith musste seinen eigenen Thread gelöscht haben. Was bedeutete das? Ohne den Austausch zwischen Coolbrith und Babbage war nichts mehr übrig, um zu beweisen, dass Mr Quisling an einer Quest teilgenommen hatte. Alles, was geblieben war, waren die Bücher, die von den beiden Usern versteckt und gefunden worden waren – Profile, die beide auf den Namen ihres Lehrers registriert waren. Vielleicht hatte es schon gereicht, Coolbrith zu verfolgen, damit er mit all dem aufhörte. Oder vielleicht wollte er jetzt versuchen, die Aufmerksamkeit auf Mr Quisling zu lenken. Emilys Magen zog sich vor Schuldgefühlen zusammen. James hatte recht – sie hätten schon längst mit ihrem Lehrer reden sollen.

Ihr Bücherjagd-Notizbuch lag neben ihr auf dem Bett. Sie blätterte es durch und stoppte auf der Seite, wo James die Lösung des Unlösbaren Codes aufgeschrieben hatte. Am Anfang hatte Emily gedacht, dass es das war, worauf Mr Quislings Quest abgezielt hatte, aber jetzt war sie sich nicht mehr so sicher.

»Dritter Baum östlich Duck Rock«, las Emily laut vor.

Sie verstand nicht, wie dies zu einem vergrabenen Goldschatz führen sollte, aber vielleicht würde es mehr Sinn machen, wenn sie und James nach Gull Island führen. Was sie dafür allerdings brauchten, war jemand mit einem Boot.

Und dann wurde Emily klar, dass sie ja tatsächlich jemanden kannten, der ein Boot hatte.

Sie kramte in ihrem Rucksack, wo sie Ms Lindens Visitenkarte fand, dann rannte sie zum Telefon, um ihre Nummer zu wählen. Nachdem Ms Lindens Stimme auf der Mailbox sie bat, eine Nachricht zu hinterlassen, sagte sie: »Hi, hier ist Emily, äh, Emily Crane. Ich und mein Freund James sind die, die an dem Unlösbaren Code interessiert sind, und wir …« Emily hielt inne. Die Tatsache, dass man einen historischen Code geknackt hatte, war wirklich die Art von Neuigkeit, die man persönlich überbringen sollte. »Wir, äh, wollten Ihnen ein paar Fragen über ihr Boot stellen. Wenn es Ihnen nichts ausmacht.«

Emily hinterließ ihre Telefonnummer und legte auf, unsicher, ob es die schlaueste Idee gewesen war, sich überhaupt an die Bibliothekarin gewandt zu haben.

◇◇

Den Samstagnachmittag verbrachte Emily mit Vorbereitungen für den Schulball. Ihre »Vorbereitungen« beschränkten sich allerdings darauf, in ihrem Zimmer auf und ab zu gehen, während sie überlegte, wie sie Mr Quisling beibringen konnten, dass sie ihn ausspioniert hatten. Und dass sie entdeckt hatten, dass sich ein Brandstifter online für ihn ausgab. Und sich gleichzeitig wegen des Präsidenten-Staffellaufs nervös zu fühlen, den sie initiiert hatte. Und der sie zum Gespött der Schule machen würde, wenn er nicht gut ankam.

Sie begann, ihre Schritte dem Rhythmus des Flush-Songs anzupassen, der durch die Wand zwischen ihrem und

Matthews Zimmer drang. Spontan drehte sie sich auf dem Absatz um und ging aus ihrem Zimmer, um an die Tür ihres Bruders zu klopfen. Er war nie um Worte verlegen. Vielleicht konnte er sie beraten, was sie Mr Quisling sagen sollte.

Sie klopfte ein zweites Mal und als sich nichts tat, öffnete sie vorsichtig die Tür. Matthew lag mit geschlossenen Augen auf seinem Bett ausgestreckt, die Hände hinter seinem Kopf verschränkt. Er hatte sie ganz offensichtlich nicht kommen hören. Sie tupfte leicht auf seine Nasenspitze, um seine Aufmerksamkeit zu bekommen, und musste sich das Lachen verkneifen, als Matthew zuckte und die Luft vor seinem Gesicht wegwedelte. Sie kitzelte ihn erneut an der Nase und diesmal traf er ihre Hand. Matthew öffnete die Augen und stieß einen Schrei aus, als er Emily sah, die sich über ihn gebeugt hatte. Jetzt lachte sie los und es fühlte sich gut an.

Matthew hingegen war nicht amüsiert. Er nahm sein Kissen und schlug damit auf sie ein.

»Schon mal was von Klopfen gehört?«, rief er zwischen zwei Kissenschlägen.

Sie hielt ihre Hand abwehrend hoch, um weiteren Kissenschlägen aus dem Weg zu gehen. »Ich hab geklopft! Zweimal!« Emily lachte wieder. «Ich konnte nicht widerstehen. Tut mir leid!«

Matthew ließ das Kissen fallen und drückte auf die Fernbedienung, um die Musik leiser zu stellen. »Solltest du dich nicht auf den Ball vorbereiten?«, fragte er.

»James und ich müssen gleich los. Aber ich wollte dich noch etwas fragen.« Emily setzte sich auf die Kante von

Matthews Bett und zupfte an seiner Bettdecke herum. »Du weißt immer ganz genau, was du zu Leuten sagen sollst. Wie machst du das?«

»Oh, oh. Mit wem musst du sprechen?«

»Niemand«, sagte Emily reflexartig. »Ich meine, schon jemand, aber …« Sie seufzte. »Ich habe es vor mir hergeschoben, weil es unangenehm werden könnte.«

»Ist es weniger unangenehm geworden, je länger du es aufgeschoben hast?«, fragte Matthew.

»Nein, es ist schlimmer geworden.«

»Dann denk darüber so: Es mag sein, dass es unangenehm ist, heute etwas zu sagen, aber es wird noch unangenehmer sein, wenn du bist morgen wartest.«

»Aber woher weißt du immer, was du sagen musst?«

Matthew machte es sich auf seinem Bett bequem. »Es ist nichts, das man planen kann. Ich sage einfach die Sachen, die in meinem Kopf aufploppen. Aber ich rede eigentlich die ganze Zeit dummes Zeug. Das weißt du besser als jeder andere. Geh zu dieser Person und sprich mit ihr. Sich darüber Sorgen zu machen, was man sagen soll, ist nur eine weitere Art, es aufzuschieben.«

Es klopfte an der offenen Tür. »Hi«, sagte James. Er trug ein Pacman-Hoodie, das er sich für das GameCon-Thema ausgesucht hatte. »Eure Mom hat mich reingelassen. Können wir los?«

»Ja, ich hol nur schnell mein Kostüm.« Emily hatte sich ein Scrabble-Kostüm gemacht, indem sie jeweils einen Karton für ihre Vorderseite und Rückseite bemalt hatte. Die beiden

Kartons hatte sie dann mit zwei Schnüren verbunden, die über ihren Schultern hingen.

Matthew drehte seine Musik wieder auf, als Emily und James sein Zimmer verließen.

Bei ihrem Bruder hatte es sich angehört, als sei es so einfach, als müsste sie nur ihren Mund aufmachen und die richtigen Worte würden herausprudeln. Sie hatte keinen Schimmer, womit sie ein Gespräch mit Mr Quisling anfangen sollte. Wenigstens würde James dabei sein.

Als sie in ihr Zimmer kam, klingelte auf Emilys Laptop, der offen auf dem Bett lag, ein Bücherjagd-Alarm. Sie zog das Scrabble-Kostüm über den Kopf.

»Hast du dich für das X entschieden, weil es den Fundort markiert?«, fragte James.

»Ja, und weil es acht Punkte wert ist.« Sie grinste und bückte sich, um die Benachrichtigung zu lesen.

»James!« Sie griff nach dem Laptop, um sicherzugehen, dass sie die Worte richtig gelesen hatte. »Es wurde wieder ein *Tom Sawyer* versteckt.«

»Noch einer? Von wem?«

Emily schluckte, bevor sie die Benachrichtigungsbox anklickte, damit mehr Infos angezeigt wurden.

»Coolbrith?«, fragte James.

Sie nickte grimmig. »Aber das ist noch nicht alles.« Sie drehte den Bildschirm, damit James besser sehen konnte. »Das Buch ist in unserer Schule versteckt worden.«

39

Nach dem düsteren Regentag gestern sah die Stadt in dem kristallblauen Sonnenlicht aus, als wäre sie frisch gestrichen worden, und wirkte fast wie ein Filmset, als sie den steilen Hügel zur Booker hinuntereilten.

Emilys Magen drehte sich beinahe um bei dem Gedanken daran, dass sie vielleicht einen Brandstifter zu ihrem Ball eingeladen hatten.

»Du darfst keine voreiligen Schlüsse ziehen«, sagte James, der anscheinend Gedanken lesen konnte. »Wir wissen nicht, ob Charlie Coolbrith ist.«

»Aber was ist, wenn ich richtig liege?«

»Und was ist, wenn nicht? Schau mal«, sagte James, der fast schon keuchte, weil sie so schnell unterwegs waren. »Die Brände passierten immer, nachdem das Buch gefunden wurde, richtig? Mr Quisling wird während des Balls keine Zeit haben, auf Bücherjagd zu gehen. Wir sprechen mit ihm, sobald wir ihn sehen.«

Emily nickte, aber der nervöse Knoten in ihrem Magen wurde durch James' Worte nicht gelockert und er wurde noch härter, als sie die Aula betraten. Es wimmelte bereits vor Vorbereitungsaktivitäten für den Ball. Mr Sloan und Rektor Montoya standen auf der kleinen Bühne und hängten gerade ein Banner auf, auf dem HAPPY PRESIDENTS' DAY stand und das mit Dutzenden Herzen verziert war, die um die Buchstaben herum gemalt waren. Von der Decke baumelten die Pappherzen, die Emily und James ausgeschnitten hatten. Die Zwillinge, die als Minecraft-Figuren verkleidet waren und verpixelte Boxen auf dem Kopf hatten, bereiteten die Spiele vor, was im Moment bedeutete, dass sie Hula-Hoop-Reifen über den Boden kreiseln ließen. Vivian raste vorbei, mit der einen Hand hielt sie die Schiebermütze auf ihrem Kopf fest, in der anderen hielt sie ein Klemmbrett, mit dem sie in drohender An-die-Arbeit-Gebärde in Richtung der Zwillinge wedelte. Sie trug ein sackartiges, altmodisches Kleid.

James beobachtete, wie sie immer wieder über ihren langen Rock stolperte und sagte: »Ist sie Martha Washington? Oder Eleanor Roosevelt?«

Emily entdeckte Charlie auf der Bühne, wo er die Kabel der Lautsprecher, der Nebelmaschine und der bunten Scheinwerfer entwirrte, die Teil seiner DJ-Ausrüstung waren. Ein Lehrer pinnte rote, weiße und blaue Wimpelketten als Deko um das DJ-Pult herum. Emily verfolgte jede von Charlies Bewegungen und versuchte, irgendeine Art von verdächtigem Verhalten aufzuspüren, aber er gab sich desinteressiert an allem außer dem Aufbau seines DJ-Pults.

»Siehst du Mr Quisling irgendwo?«, fragte James.

Zwei verschiedene Helferinnen trugen Tüten mit Eiswürfeln und Limodosen an ihnen vorbei. Maddie stand auf einer Leiter, während Nisha ihr Streifen von roten, weißen und blauen Bändern reichte, die sie an die Wand der Tribüne hängte. Maddie schien ein rotes Partykleid statt eines

Kostüms zu tragen und Emily war sich nicht sicher, als was Nisha verkleidet war. Ihr Shirt hatte spitze schwarze Schultern und ein rosa Brustschild, das zu ihren rosa Stiefeln passte. Ihre schwarzen Haare waren zu einem Pferdeschwanz zusammengefasst.

»Noch kein Zeichen von ihm«, erwiderte sie.

Charlie befreite eines der Lautsprecherkabel und bückte sich, um die Box anzuschließen. Als er sich wieder aufgerichtet hatte, scannte er den Raum und sah Emily direkt an. Sie hob zögernd eine Hand, denn sie wollte nicht, dass er Verdacht schöpfte, dass sie ihm auf der Spur war, aber sie wollte auch nicht zu vertraut mit einem potenziellen Brandstifter umgehen. Er nickte als Antwort.

Vivian tauchte neben ihnen mit einer Mülltüte in jeder Hand auf. Die Gummibänder an ihrer Zahnspange waren rot, weiß und blau, passend zu dem patriotischen Thema des Tanzes.

»Ihr müsst diese Uncle-Sam-Hüte an die Helferinnen und den DJ verteilen.« Vivian drückte ihnen die Tüten in die Hände und lief mit wehenden Haaren davon.

»Hast du Mr Quisling gesehen?«, rief Emily ihr hinterher, aber Vivian hörte sie nicht mehr.

»Keine Sorge«, sagte James. »Er wird hier sein. Wir werden mit ihm reden. Wenn du mit Charlie recht hast, dann kann er momentan sowieso nichts machen. Er ist auf der Bühne buchstäblich vor aller Augen.«

Emily nickte, aber sie wurde das Gefühl nicht los, dass sie so schnell wie möglich mit ihrem Lehrer sprechen sollten.

Sie teilten sich auf, um auf jeder Seite der Aula die Hüte zu verteilen. James nahm die Bühnenseite und Emily die andere Hälfte. Doch sie war schnell abgelenkt, als sie beobachtete, wie James die Treppe zum DJ-Pult hochging und Charlie einen Hut reichte.

»Nur damit du es weißt, du musst dir keine Sorgen machen«, sagte jemand neben ihr.

Maddie stand mit verschränkten Armen da und beobachtete mit Emily die Bühne.

Emily sah von Maddie zur Bühne und wieder zurück. Wusste sie etwa auch von den Bränden? Konnte Maddie etwas wissen, was Emily nicht wusste? Vielleicht, dass der Brandstifter bereits gefunden war?

»Sorgen worüber?«, fragte Emily zögerlich.

»Ich mag ihn nicht mehr.«

Jetzt war Emily völlig verwirrt. Maddie mochte den Brandstifter nicht? Charlie?

»Wen magst du nicht?«

Maddie verdrehte die Augen. »Klar. Als wüsstest du das nicht.«

Während Emily sie weiterhin anstarrte und sich das Gehirn zermarterte, wann ihre Klassenkameradin schon einmal Charlie getroffen haben könnte, seufzte Maddie und sagte: »James, wenn du darauf bestehst, dass ich es ausspreche.«

»Du magst James?«, fragte Emily. Maddie sah sie an, als hätte sie Mühe, eins und eins zusammenzuzählen, aber Emily konnte nicht anders. Sie wusste nicht, was Maddie dazu bewegt hatte, sich ihr gerade jetzt anzuvertrauen, es kam komplett überraschend für sie. Wer auf wen stand war das Letzte, woran sie momentan dachte.

»Mochte«, sagte Maddie. »Das ist Vergangenheit. Er gehört ganz dir.«

»Ganz mir?« Emilys Stimme kletterte eine Etage höher.

»Was bist du, ein Papagei?«

»Es tut mir leid, es ist nur … Ich mag James nicht. Ich meine, natürlich mag ich ihn. Er ist mein bester Freund. Aber ich mag ihn nicht, wie in: ›Ich mag ihn.‹«

Maddie sah sie finster an. »Nicht?«

Emily schüttelte den Kopf.

»Noch nie?«

»Nein«, sagte Emily. Um ehrlich zu sein, war sie sich nicht sicher, dass sie überhaupt schon einmal jemanden gemocht hatte.

»Oh.« Maddie schaute enttäuscht drein. »Na ja, ich mag ihn trotzdem nicht mehr.«

»Okay.« Emily wechselte die Tüte mit den Uncle-Sam-Hüten in die andere Hand, nicht ganz sicher, was sie aus dieser Unterhaltung machen sollte. »Gut zu wissen.«

Maddie stakste in Richtung Anmeldetisch davon, um beim Einlass der Gäste zu helfen. Emily teilte weiterhin ihre Hüte aus, hielt nach Mr Quisling Ausschau und stellte sicher, dass Charlie nicht aus dem Raum verschwand. Er bastelte weiter an seinem DJ-Equipment herum und als allmählich mehr Kinder hereinkamen, legte er ein Lied mit fröhlichem Rhythmus auf. Der Hut mit den Sternen, den James Charlie gegeben hatte, hing an einem großen Lautsprecher.

Vivian eilte auf Emily zu. »Die Nebelmaschine und die bunten Scheinwerfer sind für nach dem Spiel, wenn getanzt wird. Weiß der DJ das? Er wird sie doch nicht jetzt schon anwerfen, oder?« Bevor Emily etwas erwidern konnte, rannte Vivian zur Bühne hinüber und beantwortete im Laufen ihre eigene Frage: »Ich sag ihm Bescheid«.

Emily entdeckte endlich Mr Quisling, der den Saal durch die Tür an der Bühne betrat, die von der Schule in die Aula führte. Sie drehte sich um, um James zu suchen, damit sie gemeinsam mit ihrem Lehrer sprechen konnten, aber sie stieß gegen einen Stuhl, der Teil des Hindernislaufs war. Die Stühle waren so aufgestellt, dass sie für jedes der drei Teams einen Gang bildeten, und Kevin und Devin spannten gerade Krepp-Papier zwischen den Stühlen zu einer Art Netz, durch das die Teilnehmer klettern und kriechen mussten.

James blies Ballons für das Luftballonstampfen auf, aber als sie ihn sich gerade schnappen wollte, um mit ihm zu ihrem Lehrer zu gehen, entdeckte sie eine sehr große und vertraut aussehende Silhouette im Haupteingang der Aula.

»James!«, rief Emily, um seine Aufmerksamkeit zu bekommen, dann deutete sie auf Mr Griswold, der in der Tür stand und Jeans, eine Fleecejacke und ein Giants-Käppi trug. Sie rannten beide auf ihn zu und trafen sich vor dem Verleger.

»Sie sind gekommen!«, rief Emily.

»Ihr habt mich erkannt?« Mr Griswold zog sein Baseballcap tiefer in die Stirn. »Ich habe versucht, mich zu tarnen.«

»Oh …« Emily und James tauschten einen Blick aus. »Sie sind gar nicht *so* erkennbar.« Und es stimmte – die meisten

Kids achteten sowieso nicht auf irgendwelche Erwachsenen, die die Aula betraten. Aber Emily sah, dass ein paar der Lehrer herübersahen, einschließlich Mr Quisling, der länger hinsah, bevor er sich ihnen näherte.

»Entschuldigen Sie«, sagte Mr Quisling. »Sind Sie …«

»Das ist mein Onkel«, fiel Emily ihm ins Wort, da sie wusste, dass Mr Griswold nicht erkannt werden wollte. »Mein Großonkel …«, ihr Blick fiel auf James' Haare, »… Steve. Wir haben ihn eingeladen, das Spiel anzuschauen, das wir geplant haben.«

Mr Quisling hob die Augenbrauen. »Dein Großonkel Steve sieht Garrison Griswold ganz schön ähnlich«, sagte er.

Mr Griswold trat einen Schritt nach vorne. »Sie haben recht und ich entschuldige mich. Emily hat nur versucht zu helfen, da sie weiß, dass ich momentan nicht gerne in der Öffentlichkeit stehe. Aber ich bin tatsächlich hier, um ihr Spiel zu sehen. Ich weiß, dass die Kinder sehr hart daran gearbeitet haben.«

Mr Quisling nahm Mr Griswolds ausgestreckte Hand an und schüttelte sie. »Nun, Steve, es ist eine Ehre, Sie hier bei uns zu haben.« Mr Quisling, der normalerweise sehr beherrscht war, lächelte in einer Art, die Emily noch nie zuvor an ihm gesehen hatte. Eine flüchtige Sekunde lang sah ihr Lehrer richtig jungenhaft aus und fast schon ein wenig schüchtern.

»Ich bin nicht sicher, wann sich mir so eine Gelegenheit noch einmal bietet, daher muss ich Ihnen sagen, wie bedeutungsvoll die Bücherjagd für mich war«, sagte ihr Lehrer.

»Ich habe sie immer zusammen mit meinem Sohn gespielt. Wir sind durch harte Zeiten gegangen, als seine Mom und ich uns haben scheiden lassen, und die Bücherjagd hat uns die Gelegenheit gegeben, eine neue Beziehung aufzubauen. Er ist jetzt im College und hat keine Zeit mehr für das Spiel, aber wir sprechen noch immer über alte Jagden und teilen Buchempfehlungen.«

Mr Griswold lächelte. »Es ist wundervoll, das zu hören. Danke, dass Sie diese Erinnerung mit mir teilen.«

»Ich kann das Spiel anscheinend noch nicht lassen, obwohl mein Sohn sich inzwischen nicht mehr dafür interessiert«, gab Mr Quisling zu. »Sie wären überrascht, mit wie vielen Menschen ich durch das Spiel wieder Kontakt habe.«

Emily vermutete, dass ihr Lehrer dabei an Miranda Oleanda dachte. Dies war ihre Gelegenheit, etwas über Coolbrith zu sagen. Sie schluckte mehrmals, schloss ihre Augen und sagte: »Wo Sie gerade davon sprechen ...«

Sie öffnete ihre Augen in der Erwartung, dass Mr Quisling, Mr Griswold und James sie alle anstarren würden, aber stattdessen starrten sie Vivian an, die sich zu ihnen gesellt hatte.

»Es ist Zeit, das Spiel zu beginnen«, sagte Vivian.

Die Aula hatte sich gefüllt. Die Lichter waren immer noch hell, sie sollten erst nach dem Hindernislauf zum Tanzen gedimmt werden. Überall im Raum standen Kids in Grüppchen beisammen. Ein Schüler, der aussah wie ein Krieger-Tintenfisch und ein anderer, der ein Pikachu-Kostüm trug, versuchten den Spielaufbau zu manipulieren, aber Devin und Kevin bewachten den Hinderniskurs aufmerksam und scheuchten sie davon, indem sie mit gesenkten Kartonköpfen auf sie zustürmten.

Vivian räusperte sich und starrte Emily auffordernd an, als würde sie darauf warten, dass sie etwas sagte oder tat.

»Was?«, fragte Emily schließlich.

»Es war deine Idee«, sagte Vivian. »Du erklärst es. Der DJ hat ein Mikrofon.«

»Vor all den Leuten?«, quiekte Emily.

Emily wäre es nie in den Sinn gekommen war, dass Vivian sich nicht auch hier zuständig fühlen würde. Sie erinnerte sich an Hollisters Party, wo sie sich wie in zu enge Klamotten gepresst gefühlt hatte. Genauso war es jetzt wieder. Emily sah James an. Vielleicht würde er sich freiwillig melden, den Beginn zu machen.

»Das Spiel ist super«, sagte er. »Und es war deine Idee. Du verdienst den Beifall dafür.«

Mr Griswold legte eine Hand auf ihre Schulter. »Habe ich dir je erzählt, wie sehr ich es hasse, vor Menschenmengen zu sprechen?«

Er musste ihr einen Bären aufbinden, damit sie sich besser fühlte. Es war ausgeschlossen, dass Garrison Griswold, der Willy Wonka der Bücherwelt, Erfinder der Bücherjagd und Planer der ausgefallensten Spiele und Aktivitäten, sich genauso fühlen konnte, wie sie es jetzt tat.

»Denk mal darüber nach«, fuhr er fort. »Jeder ist gerade mit sich selbst beschäftigt, nicht mit dir. Viele deiner Mitschüler sind vielleicht gerade aus ihren eigenen Gründen nervös.

Spiele können auf wundervolle Weise die Ernsthaftigkeit aus den Menschen herausschütteln und sie zusammenbringen. Schau dir all die Schüler an, die Spaß an eurem Spielaufbau haben.«

Die Zwillinge hatten den Tintenfisch-Krieger und Pikachu verjagt, aber es gab noch mehr neugierige Beobachter, die auf das Krepppapier zeigten oder versuchten, einen Blick in die großen Kartons zu erhaschen, die auf der Startlinie standen.

»Sieh es so, als würdest du Informationen weitergeben«, fuhr Mr Griswold fort. »Das ist alles. Du musst kein ulkiger Gameshow-Moderator oder Comedian sein. Sei einfach du selbst und erkläre, wie das Spiel funktioniert. Wenn du ein freundliches Gesicht brauchst, auf das du dich konzentrieren kannst, halte nach mir Ausschau.«

»Oder nach mir«, fiel James ein.

»Meine volle Unterstützung hast du auch«, sagte Vivian. Sie hielt ihren Ordner so fest umklammert, dass ihre Knöchel weiß wurden. Sie starrte sie ohne zu blinzeln besorgt an und Emily wurde klar, dass ausgerechnet Vivian ebenfalls Angst hatte, vor anderen Leuten zu sprechen. Wer hätte das gedacht? Dieselbe Vivian, die immer so geradeheraus war, die keinerlei Skrupel hatte, Schüler in den Gängen anzuquatschen, um sie zu überreden, sich ins Ballkomitee einzuschreiben, wollte sich nicht mit einem Mikrofon vor die gefüllte Turnhalle stellen.

»Geht das Spiel jetzt endlich los?« Kevin und Devin kamen herbei, mit Nisha und Maddie im Schlepptau.

»Du wirst das toll machen, Emily«, sagte Mr Quisling.

Ihr Lampenfieber musste ihre Nervosität übertroffen haben, was Mr Quisling betraf, denn es platzte aus ihr heraus: »Sie waren heute Abend noch nicht auf Bücherjagd, oder?«

»Wie bitte?«

»Bevor Sie hergekommen sind? Sie haben heute Abend noch keine Bücher auf dem Schulgelände gefunden, oder?«

Mr Quisling runzelte die Stirn. »Ich bin hier auf dem Schulball als Aufsicht, Emily, nicht als Bücherjäger.«

»Klar. Das habe ich mir schon gedacht.«

»Du kannst dir Charlies Mikrofon schnappen, Em«, sagte James. Damit erinnerte er sie daran, dass nichts passieren konnte, solange Charlie vor den Augen aller Anwesenden auf der Bühne stand, auch wenn sich ihr Verdacht bestätigen sollte.

»Okay. Aber, Mr Quisling, ich muss mit Ihnen nach dem Spiel über etwas sprechen.«

Ihr Lehrer sah sie erstaunt an, aber er nickte.

Emily holte tief Luft. »Los geht's.«

Vivian begleitete Emily die Bühne hinauf, halb führte sie sie, halb schob sie sie. Charlie gab Emily das Mikro. »Du musst den Schalter umlegen, damit es angeht«, sagte er.

Klassenkameraden und Erwachsene waren überall im Raum verteilt. An der Seite standen James und Vivian, Kevin und Devin, Maddie und Nisha. Hinter ihnen stand Mr Griswold, und reckte die erhobenen Daumen in die Luft. *Das sind meine Freunde*, dachte sie für sich und staunte einen Moment lang, dass sie sich innerhalb weniger Monate von jemandem, der zu schüchtern war, nach ihren Umzügen in den neuen Schulen mit irgendjemandem zu sprechen, zu einem Mitglied des Ballkomitees entwickelt hatte, das ihre Klassenkameraden in einem albernen und hoffentlich lustigen Spiel anführte.

Charlie drehte die Musik leiser und Emily holte tief Luft.

»Hallo, Leute.« Ihr Mund traf das Mikrofon während sie sprach, wodurch ihre Worte verzerrt wurden. Sie hielt es weiter von sich entfernt und versuchte es erneut. »Willkommen zum Präsidenten-Valentins-GameCon-Ball.« Sie deutete mit der Hand auf das Banner über ihrem Kopf und die Leute im Raum brachen in Jubel aus.

40

Die Gesichter, die sie anstarrten, verschwammen vor Emily, während sie das Spiel erklärte, genau wie Mr Griswold es ihr gesagt hatte. Bevor sie es sich versah, war sie schon fertig. Das plötzliche Geräusch von wiederaufgenommenen Gesprächen machte ihr bewusst, dass es in der Turnhalle ziemlich still gewesen war, während sie das Spiel erklärt hatte. Es hatte keine Zwischenrufe oder Gelächter gegeben und jetzt, wo sie fertig war, meldeten sich die Leute für die Teams oder standen unbeteiligt an der Seite. Niemand schien zu denken, dass das vorgestellte Spiel lächerlich war. Emily stieg heiter vor Erleichterung die Treppen von der Bühne hinunter.

Am Ende gab es drei Teams mit jeweils zehn Teilnehmern. Der Rest der Siebtklässler fand sich an den beiden Seiten der Turnhalle ein, um zuzusehen.

Emily stand bei ihren Mitstreitern des Teddy-Roosevelt-Teams, in dem auch Maddie und Kevin waren. James war dem Team Abraham Lincoln zugeteilt worden, zusammen mit Nisha. Devin und Vivian waren im Team George Washington. Charlie spielte den Sound einer Clownströte ab, um das Rennen zu starten und schon ging es los, indem das erste Team-Mitglied den Karton durchwühlte, um die drei Elemente des Kostüms zu finden, das es anziehen musste, bevor es mit dem Hindernislauf weitermachen konnte. Im Hintergrund lief lustige, schnelle Musik, die aber bald von den Rufen und dem Klatschen der Schüler übertönt wurde.

Als Emily an der Reihe war, wühlte sie sich durch die Kiste und fand eine Krawatte, einen Schnurrbart und eine Brille, mit denen sie sich verkleidete, um dann von Hula-Hoop-Reifen zu Hula-Hoop-Reifen zu springen. Es war nicht leicht, das Krepppapier-Labyrinth mit der runterhängenden Krawatte und dem steifen Scrabble-Kostüm zu durchklettern, aber wenigstens musste ihr Team keinen Zylinder tragen. Sie rannte zum Skateboard und sah aus dem Augenwinkel, wie jemand im Gang nebenan aufholte, als schon die Zipfel von James' viel zu großer Anzugsjacke an ihr vorbeiflogen.

Emilys Teddy-Roosevelt-Team wurde zweiter im Hindernislauf und musste sich nun gegen Team Abraham Lincoln im Ballonstampfen behaupten. Während Emily hin und her rannte, erhaschte sie einen Blick auf Mr Griswold, der am Rand stand und den Kopf vor Lachen zurückwarf. Mr Sloan trug einen Uncle-Sam-Hut und klatschte mit. Mr Quisling stand mit vor der Brust verschränkten Armen da, aber er hatte ein Grinsen im Gesicht und sie sah ihn sogar einmal lachen.

Er war ein wunderbar witziger Moment, all diese Kids, die mit ihren Schnurrbärten, die von den Lippen hingen, oder Zylindern, die schief auf einem Ohr saßen, herumhüpften, das laute Knallen, wenn Ballons zerplatzten und das fröhliche Kreischen. Sogar Maddie lachte, was Emily seltsam stolz machte. Sie und Maddie schlossen sich zusammen, um James zu jagen und seinen Ballon zerplatzen zu lassen. Gerade als die beiden ihn eingekesselt hatten, fühlte Emily, wie es an ihrem Knöchel zog und ihr Ballon zerplatzte. Nisha warf ihr ein Grinsen zu und sagte: »Sorry!«, bevor sie blitzschnell davonrannte.

Emily machte es nicht einmal etwas aus, dass sie aus dem Spiel war. Sie stellte sich neben Mr Griswold an den Spielfeldrand und feuerte mit ihm zusammen ihr Team an, aber am Ende war es Team Lincoln, das den Sieg davontrug.

Nach dem Spiel lief James zu Emily und Mr Griswold herüber, seinen Abraham Lincoln Bart um den Hals gezogen und den Ballon, der überlebt hatte, immer noch an den Knöchel gebunden.

»Was für ein Spiel!«, sagte Mr Griswold. »Wie inspirierend!« Er sah hoch zu den Dachsparren der Aula und setzte ein träumerisches Lächeln auf. Seine Augen huschten nach links und rechts, als schaue er einen Actionfilm auf einer Kinoleinwand, und sein Gesicht leuchtete auf einmal so, wie Emily es bisher nur in seinen Bücherjagd-Videos gesehen hatte. »Oh ja, jetzt kann ich es sehen.« Mr Griswold trat zwischen Emily und James und drückte sie an sich. »Ich danke euch beiden. Wirklich. Ich muss jetzt gehen – ich hoffe, ihr versteht. Ideen sind wie Seifenblasen; man hat nur eine kurze Zeit, bevor sie platzen.«

Nachdem er sein Käppi zum Abschied gehoben hatte, ging Mr Griswold zum Ausgang und drehte sich noch einmal um, um zu winken. »Ich kann es kaum erwarten, das mit euch zu teilen!«, rief er.

»Wir auch nicht«, rief James zurück.

Emily konnte nicht aufhören zu winken, selbst als Mr Griswold sich schon wieder umgedreht hatte. Die Freude darüber, dass der Staffellauf so gut angekommen war, gepaart damit, Mr Griswold so fröhlich zu sehen, überwältigte sie. Erst als eine Seite des Banners, das über dem DJ-Pult hing, zu Boden fiel, ließ sie ihre Hand sinken und wandte ihre Gedanken wieder Charlie zu.

Charlie tat so, als hätte er das heruntergefallene Schild nicht bemerkt und spielte an einem Regler seines Mischpults herum. Mr Quisling sprang auf die Bühne, um das Schild wieder zu befestigen.

Emily holte tief Luft. »Lass uns zu ihm gehen, um mit ihm zu reden«, sagte sie.

»Warte kurz.« James bückte sich, um den Ballon von seinem Knöchel zu lösen. Er hielt die Schnur in der Hand, während sie zur Bühne gingen, sodass der Ballon hinter ihm her hüpfte wie ein aufgeregter Hundewelpe.

Sie warteten, bis Mr Quisling damit fertig war, das Klebeband des Posters wieder festzudrücken. Als er es geschafft hatte, sprang er von der Bühne und wirkte überrascht, Emily und James dort stehen zu sehen. Über die Musik und eine Gruppe Mädchen, die wegen des Lieds kreischten, das gerade gespielt wurde, rief er hinweg: »Ich habe euch zwei nicht vergessen! Die Flüssigkeit für die Nebelmaschine steht noch im Pausenraum. Der DJ hat mich gebeten, sie zu holen, damit er die Maschine anwerfen kann, und dann könnt ihr mir erzählen, was ihr zu sagen habt.«

Mr Quisling ging davon, ohne ihre Antwort abzuwarten.

James zog Emily am Ärmel. »Komm, lass uns ein bisschen Spaß haben. Mr Quisling wird nicht während der Veranstaltung nach dem Buch suchen. Und Charlie führt momentan offensichtlich auch nichts Übles im Schilde.« Er nickte bedeutungsvoll in Richtung des DJs, der gerade herzhaft gähnte.

Es war schwer, sich Sorgen zu machen, wenn man von lachenden Kindern und fröhlicher Musik umgeben war. Je ferner ihr Besuch beim Coit Tower schien, umso mehr fragte sich Emily, ob sie wirklich gesehen hatten, was sie dachten. Es hatte schließlich so stark geregnet. Vielleicht war das Feuer nur die Spiegelung eines Blitzes in der Pfütze gewesen, die sie als Funken wahrgenommen hatten. Und auch wenn Charlies Ausrede darüber, was er während des Feuers in Hollisters Laden getan hatte, keinen Sinn ergab, hatte James doch recht damit, dass sie deswegen immer noch nicht schlussfolgern konnte, er wäre der Brandstifter.

»Komm jetzt.« James zog sie mit sich und sie stießen zum Rest ihres Komitees auf der Tanzfläche. Die Zwillinge hatten ihre Minecraft-Köpfe abgenommen und jedes einzelne Teil der Präsidenten-Kostüme übereinander angezogen und machten alberne Tanzschritte, die aussahen, als würden sie Kaugummi von ihren Schuhsohlen entfernen. Nisha, Maddie und sogar Vivian ließen Hula-Hoop-Reifen kreisen.

Mr Quisling kam mit einer großen Kanne in den Saal zurück, aber Emily beschloss, dass James recht hatte. Es machte keinen Unterschied, ob sie ihm jetzt oder später davon erzählen würden, was sie wussten.

James hob einen heruntergefallenen Hula-Hoop-Reifen auf, balancierte ihn aufrecht und drehte ihn so schnell, dass er nur noch ein rotierender, verschwommener Kreis war.

Durch die sich drehende Hula-Hoop-Kugel sah Emily, wie Mr Quisling neben der Nebelmaschine in die Hocke ging, den Deckel der Kanne abschraubte und die Flüssigkeit hineingoss. Das war das Letzte, woran sie sich erinnerte, bevor die Nebelmaschine explodierte.

41

Zuerst konnte Emily sich keinen Reim darauf machen, was sie gerade sah. Die Nebelmaschine flog hoch und Mr Quisling machte eine seltsame Bewegung wie eine rückwärts hüpfende Krabbe, um ihr auszuweichen. Ein Teil der Nebelmaschine landete in dem Banner, das zerriss und hin und her flatterte. Es gab ein Geräusch, als wäre ein riesiger Ballon geplatzt, aber die meisten der Gäste tanzten und alberten weiter herum. Emily wusste nicht, ob der Grund dafür war, dass die laute, rhythmische Musik den Knall verschluckt hatte, oder weil sie gerade ein Spiel gespielt hatten, wo Ballons geplatzt waren, sodass das Geräusch nicht weiter auffiel.

In einer Folge kleinerer Knallgeräusche rasselte die Nebelmaschine, als wäre ein Feuerwerk darin eingeschlossen. Die Leute, die in der Nähe standen, begannen Notiz davon zu nehmen, und standen überrascht da, genauso wie Emily und James.

Mr Quisling blieb an der Stelle sitzen, an der er hingefallen war, aufrecht aber etwas zusammengesackt, und starrte die Nebelmaschine wie betäubt an.

Die Knallgeräusche wurden eindringlicher und die Maschine zuckte immer wilder. Sie spuckte unnatürlich viel Dampf aus und das DJ-Pult verschwand in einer dunstigen Wolke. Die Leute, die in der Nähe der Bühne waren, ließen sich auf den Boden fallen und bedeckten ihre Köpfe mit den Händen oder rannten davon.

Aus der Öffnung, in die Mr Quisling die Flüssigkeit gegossen hatte, stieg eine orangefarbene Flamme auf, wie eine Hand, die winkte, um Aufmerksamkeit zu bekommen. Das Banner darüber löste sich nun komplett und das Papier schwebte zu Boden. Es war die perfekte Brücke, damit die Flamme übergreifen konnte.

»Feuer!«, rief Emily.

Wie eine anschwellende Welle verbreitete sich die Nachricht. Schreie hallten von den Wänden wider, aber nicht spielerisch wie die, die nur wenige Minuten vorher während des Spiels die Aula gefüllt hatten. Die Leute strömten von der anderen Ecke des Raums auf den Tumult zu, unwissend, was diesen plötzlichen Aufruhr verursacht hatte, während die, die es verstanden hatten, versuchten, sie zurückzudrängen oder auf den Ausgang zu rasten.

Mr Quisling löste sich aus seiner Starre und machte einen Satz zur Wand, wo er den Feueralarm auslöste. Die schrillenden Sirenen übertönten die Musik. Lehrer begannen, Schüler zusammenzutreiben und sie in Richtung Ausgang zu schieben. Ihre Stimmen erhoben sich über das Chaos: »Denkt an den Probealarm! Bleibt ruhig, Leute! Geht geordnet nach draußen!«

Bei dem Geruch von Rauch zog sich Emilys Körper zusammen. Sie musste reflexartig husten, obwohl die Aula viel größer und offener als Hollisters Buchladen war, aber die Erinnerung löste diese Reaktion in ihr aus. Ein Lehrer schnappte sich den Feuerlöscher und fing an, das Banner und die Nebelmaschine zu besprühen. James packte Emilys Arm und zog sie von der Bühne weg.

Draußen summte die abendliche Luft. Eigentlich sollten sich alle organisiert auf der Rasenfläche vor der Schule versammeln, wie sie es ein paar Monate zuvor beim Probealarm geübt hatten, aber die Schüler verhielten sich wie eine Tüte Murmeln, die jemand ausgekippt hatte.

Ein Feuerwehrauto erreichte die Schule, zusammen mit einem Krankenwagen und einigen Polizeiautos.

»Warum ist der Krankenwagen da?«, fragte Emily, in Sorge, dass Mr Quisling verletzt sein könnte.

»Keine Ahnung«, sagte James.

Ärzte und Polizisten sprangen aus den Einsatzwägen und rannten in die Aula. »Warum ist der Krankenwagen da?«, rief James, aber sie liefen an ihnen vorbei, ohne zu antworten.

Den Gesprächen um sie herum war zu entnehmen, dass niemand wirklich verstand, was schiefgelaufen war. Die Geschichten reichten von dem DJ-Pult, das Feuer gefangen hatte, bis hin zu Mr Quisling, der eine Bombe entschärft hatte.

»Das war Coolbrith«, flüsterte Emily.

James zog sich den Abraham-Lincoln-Bart ab und warf ihn auf den Boden.

»Charlie hat die Nebelmaschine mitgebracht.« Er schüttelte den Kopf. »Ich hätte nicht gedacht, dass er so was machen würde.«

»Wir müssen Mr Quisling warnen«, sagte Emily. »Was, wenn Charlie noch mehr geplant hat?«

James widersprach ihr nicht. Zusammen rannten sie zur Aula zurück, aber Mr Sloan trat ihnen in den Weg, mit erhobenen Händen wie ein Verkehrspolizist.

»Ihr könnt da nicht mehr rein, ihr zwei. Wir müssen jetzt die Feuerwehr ihre Arbeit erledigen lassen«, sagte er. »Ihr könnt später eure Sachen abholen, die ihr drinnen gelassen habt.«

»Wir müssen mit Mr Quisling reden«, sagte James. »Es ist sehr wichtig.«

Emily betrachtete die Menge, die sich draußen eingefunden hatte. Die Aula war evakuiert worden, aber ihr Lehrer war nirgends zu sehen und Charlie auch nicht, wenn sie es richtig sah. »Warum ist er noch nicht rausgekommen? Geht es ihm gut?«, fragte Emily.

»Ich bin mir sicher, dass alles in Ordnung ist.« Mr Sloan dirigierte sie von dem Gebäude weg zu der Menschenmenge hin.

Emily und James gingen die überfüllte Wiese ab und versuchten, ihren Lehrer oder den DJ zu entdecken, dabei bekamen sie zufällig ein Gespräch einer Gruppe mit. »Alter«, erzählte José geraden einigen anderen, »ein Bulle hat Mr Quisling mit in die Schule genommen, um ihn zu befragen.«

»Haben sie ihn festgenommen?«, fragte jemand.

»Er war immer so verspannt. Eines Tages musste es ja aus ihm herausbrechen«, gab ein anderer Schüler dazu.

»Du lügst doch, José«, entgegnete ein Mädchen. »Sie haben das Gebäude evakuiert. Sie lassen keinen mehr in die Schule rein.«

»Das Feuer war nur in der Aula, du Schlauberger, und es ist aus. Nicht davon zu reden, dass es ein separates Gebäude ist. Ich sag es euch«, sagte José, »ich hab gehört wie ein Polizist zu Mr Quisling gesagt hat, dass sie einen anonymen Hinweis bekommen haben und dass sie sich sein Klassenzimmer anschauen müssen.«

James trat auf die Gruppe zu. »Bist du sicher?«

José nickte.

»Wo ist der DJ? Hast du ihn gesehen?«, fragte Emily.

»Komischer Zeitpunkt für einen Song-Wunsch«, sagte José.

Ein anderer Junge zeigte zur Straße. »Er hat die Flatter gemacht. Er hatte Panik wegen des Feuers.«

Das Gespräch sprang weiter hin und her, während Emily und James sich an den Rand der Menge zurückzogen.

»Mr Quisling wird für all das hier verantwortlich gemacht werden«, flüsterte James.

Es hatte tatsächlich so *ausgesehen,* als wäre Mr Quisling verantwortlich; das konnte Emily nicht abstreiten. Sie hatte selbst gesehen, wie er die Nebelmaschine befüllt hatte und er war eine Sekunde, bevor sie in die Luft gegangen war, etwas weggerückt, fast als hätte er die Explosion vorausgeahnt. Und was war das für ein anonymer Hinweis, wegen dem die Polizei Mr Quisling nun verhörte und wer hatte ihn gegeben? Coolbrith?

»Charlie ist abgehauen«, sagte Emily.

James seufzte, aber er nickte. »Wenn es sein Plan gewesen war, Mr Quisling so aussehen zu lassen, als wäre er ein Brandstifter, dann haben wir ihn dazu eingeladen.«

»Und jetzt, wo der Quest-Thread von der Bücherjagd-Website entfernt wurde, ist Mr Quisling der Einzige, der mit den versteckten *Tom Saywers* und den Brandorten in Verbindung steht«, fügte Emily hinzu. »Wir müssen in dieses Gebäude rein und mit ihm sprechen. Und zwar sofort.«

»Die werden uns auf keinen Fall da reinlassen«, sagte James.

Ein Polizist spannte ein gelbes Band vor dem Eingang der Aula, um die Leute davon abzuhalten, wieder hineinzugehen. Eine Gruppe Mädchen jammerte herum, dass sie ihre Handtaschen mit ihren Handys drinnen gelassen hatten, aber der Polizist ließ nicht mit sich reden.

Vor der Schule herrschte noch immer Chaos. Lehrer versuchten vergeblich, die Kinder dazu zu bewegen, sich auf den Rasen zu setzen. Immer mehr Eltern kamen mit dem Auto an. Ein Vater hatte mitten auf der Straße seinen Wagen mit laufendem Motor und offener Tür stehen lassen, um zu seiner Tochter hinüberzurennen und sie zu umarmen.

James tippte auf Emilys Arm. »Ich habe eine Idee.«

42

Emily und James entfernten sich unauffällig von der Menge und taten so, als würden sie sich auf den Heimweg machen, obwohl das nicht die Strecke war, die sie normalerweise nehmen würden. Sie liefen über den Gehweg und schlüpften um eine Ecke, um zu einer Nebenstraße zu gelangen.

Ein Maschendrahtzaun umgab den Pausenhof der Schule und den Lehrerparkplatz, die beide schwach beleuchtet und menschenleer waren. Dies war die der Aula gegenüberliegende Seite der Schule, daher waren hier auch weit und breit keine Rettungskräfte zu sehen. James zeigte auf das Schulgebäude, das bis auf die erleuchteten Fenster von Mr Quislings Klassenzimmer im Erdgeschoss im Dunkeln lag, und sagte: »Die Seitentür mit dem kaugummiverklebten Schloss.«

Natürlich! Emily erinnerte sich an die Tür, die sich gestern nicht richtig hatte öffnen oder schließen lassen. Sie quetschten sich durch das Tor zum Lehrerparkplatz, das nur angelehnt war, und kletterten dann über den halbhohen Zaun, der den Parkplatz und den Pausenhof umgab. Als Emily zu Boden sprang, wackelte und schepperte der Zaun, als würde der Lärm durch einen Lautsprecher verstärkt werden. Die beiden kauerten sich in den Schatten, um sicherzugehen, dass niemand herbeigerannt kam, um zu sehen, wo der Lärm herkam. Nachdem einige Minuten verstrichen waren, liefen sie gebückt über den Pausenhof zum Seiteneingang.

James zog am Griff und wie schon zuvor gab die Tür zunächst nicht nach. Er zog eine Grimasse und versuchte es noch einmal mit mehr Kraft. Emily drückte die Daumen, dass der Hausmeister sich nicht die Zeit genommen hatte, den alten Kaugummi herauszukratzen, und die Tür heute Abend abgeschlossen hatte. Aber schließlich gab die Tür etwas nach und schnappte dann auf.

Sobald sie drinnen waren, zogen sie die Tür schnell wieder hinter sich zu, um das Mondlicht auszusperren, das auf den Boden schien. Die Stille im Gebäude war ausgeprägt, als hätte jemand die Lautlos-Taste gedrückt. Die Umrisse der Schließfächer waren im Halbdunkel zu sehen und schwaches Licht fiel durch die Klassenzimmer-Fenster in den Gang. Sie tasteten sich langsam in Richtung Raum 40 vor. Hinter ihnen war ein langes, leises Knarren zu hören. Emily und James erstarrten in der Bewegung, dann huschten sie vorwärts zu einem nahen Treppenaufgang, unter dem sie sich verstecken konnten.

Sie kauerten einige endlos scheinende Minuten lang nebeneinander und warteten ab, ob sich im Schatten etwas bewegen würde.

»Das hast du auch gehört, oder?«, flüsterte James. »Ich hab mir das doch nicht eingebildet?«

Emily nickte, bevor ihr klar wurde, dass er sie in dem schwachen Licht unter dem Treppenaufgang wahrscheinlich gar nicht sehen konnte. »Ja«, sagte sie. »Vielleicht sind es aber nur die Wände, die sich setzen.« Das war die Standard-Erklärung ihrer Eltern gewesen, wenn in einer ihrer

Mietwohnungen nachts irgendwelche gruseligen Geräusche zu hören waren.

Sie konnten sich nicht die ganze Nacht unter der Treppe verstecken, daher setzten sie ihren Weg zu Mr Quislings Klassenzimmer fort. Emily sah immer wieder über ihre Schulter zurück. Als sie an die Stelle kamen, wo ihr Gang einen anderen kreuzte, hörten sie Stimmen, die um die Ecke drangen. Eine, die sie nicht kannten, sagte: »Es ist ungewöhnlich für einen Sozialkundelehrer, einen Vorrat an Alkalimetall zur Hand zu haben. Ist Ihnen bewusst, dass dieses Element hochexplosiv ist, wenn es mit Wasser gemischt wird?«

Sie hörten, wie ihr Lehrer antwortete: »Ich habe keine Ahnung, wie dieses Gefäß in meine Schublade gekommen ist. Ich schwöre, ich habe es noch nie in meinem Leben gesehen.«

»Sie sind in Mr Quislings Raum«, flüsterte Emily.

Ein Polizei-Funkgerät knackte.

»Wir müssen das hier jedenfalls beschlagnahmen. In der Nebelmaschine wurden Spuren von Natrium gefunden. Sie verstehen sicherlich.«

»Um das Gefäß ist ein Stück Papier gewickelt«, sagte eine Frauenstimme. Nachdem es leise raschelte, sagte sie: »Die Handschrift sieht der auf Ihrem Whiteboard hier aber ganz schön ähnlich. Haben Sie das da oben geschrieben?«

»Ja, aber ich weiß nicht, was das für ein Zettel ist.«

»Sieht aus wie eine Liste mit Daten: neunter Oktober – Ferry Building, elfter November – Mansion, siebenundzwanzigster Dezember – Washington Square Park …«

»Das sind die Tage, an denen die Brände gelegt wurden«, flüsterte James. »Jemand will Mr Quisling etwas anhängen.«

Dieses Mal hatte Emily keine Hemmungen bei der Vorstellung, etwas zu unternehmen. Sie hielt den Gang hinunter auf Raum 40 zu, nicht länger besorgt darüber, irgendwelche Geräusche zu machen. James war direkt hinter ihr.

»Mr Quisling, wir müssen Ihnen etwas sagen!«, rief Emily, als sie in der Tür des Klassenzimmers schlitternd zum Stehen kam.

Ihr Lehrer, der auf einem der Schülertische gesessen hatte, sprang auf. Ein hervortretender Striemen an seinem Wangenknochen und ein kleines weißes Pflaster zeigten, wo Teile der explodierenden Nebelmaschine ihn getroffen haben mussten. Bei ihm waren zwei Polizisten. Der Beamte hielt eine braune Flasche in der Hand und hatte sich über Mr Quislings Schreibtisch gebeugt, um etwas aufzuschreiben, während die Polizistin einen kleinen Zettel in einer Plastiktüte versiegelte.

Der Polizist, der am Schreibtisch stand, richtete sich auf. »Was soll das denn hier?!« Ein Schild an seiner Uniform identifizierte ihn als E. Pike.

Die Polizistin trat auf sie zu und drängte sie mit der Plastiktüte in der Hand zurück. »Raus hier. Los, los.«

Emily ignorierte die beiden Polizeibeamten und wandte sich an Mr Quisling. »Coolbrith gibt sich als Sie auf der Bücherjagd-Seite aus. Jedes Datum auf dieser Liste ist ein Brand, der gelegt wurde, nachdem Sie einen *Tom Sawyer* gefunden hatten. Man will Sie reinlegen.«

Mr Quislings Stirn zog sich zusammen. »Woher wisst ihr von Coolbrith? Wie …«

»Na schön.« Officer Pike steckte den Kugelschreiber in seine Hemdtasche. »Ihr Kinder dürftet gar nicht hier drinnen sein.«

Emily sprach hektisch weiter, wohl wissend, dass sie nur ein kleines Zeitfenster hatte, bevor die Polizisten sie zum Gehen zwingen würden. »James und ich hätten schon früher etwas zu Ihnen sagen sollen, aber wir dachten Sie und Coolbrith würden versuchen, den Unlösbaren Code zu knacken …«

»Den Unlösbaren Code?« Mr Quisling verschränkte die Arme und runzelte die Stirn. »Emily, das ist jetzt wirklich nicht der passende Zeitpunkt.«

Officer Pike nickte seiner Partnerin zu, die vortrat und Emily und James sanft in den Gang zurückschob.

Emily trat zur Seite und rief an der der Polizistin vorbei: »Coolbrith hat Sie glauben lassen, er sei Ihre frühere Freundin, um sie auf eine Bücherjagd-Quest zu schicken.«

James rief von der andere Seite: »Da war ein Mann gestern beim Coit Tower, der ein Feuer gelegt hat, nachdem Sie das Buch gefunden hatten. Das war Coolbrith!«

Mr Quislings Mund klappte auf.

Eilige Schritte hallten den Gang entlang. Emily machte sich bereit, noch mehr Polizisten kommen zu sehen, die sie und James abführen würden, aber stattdessen stand Mr Sloan nach Atem ringend im Türrahmen.

»Was um alles in der Welt?« Officer Pike warf die Hände in die Luft. Seine Partnerin sprach in ein mobiles Funkgerät.

»Ich habe gesehen, wie sie sich um die Schule herumgeschlichen haben«, sagte Mr Sloan, während er noch immer nach Luft schnappte. »Es tut mir leid, dass sie Sie belästigt haben. Ich nehme sie wieder mit nach draußen.«

Nachdem sie sich so lange damit gequält hatte, ob sie etwas zu Mr Quisling sagen sollten, konnte Emily nicht glauben, dass ihre Worte anscheinend überhaupt keine Wirkung zeigten. Mr Quisling mochte vielleicht überrascht sein aufgrund ihres Ausbruchs, aber nun war sein Gesichtsausdruck wieder der Gleiche, wie der, wenn er Emily und James beim Weitergeben von Nachrichten in seinem Unterricht erwischte: enttäuscht, aber nicht beunruhigt oder betroffen. Das Bild, wie ihr Lehrer von der explodierenden Nebelmaschine zurückgeworfen wurde, spielte sich wieder in ihrem Kopf ab und sie fühlte wieder den beißenden Geruch von verbranntem Papier bei Hollister in der Nase.

»Es ist Charlie, Mr Quisling«, sagte Emily. »Er versucht, Sie wie ein Brandstifter aussehen zu lassen. Er war der DJ und er hat die Nebelmaschine mitgebracht und muss das Natrium hineingeschüttet haben, mit dem Plan, Sie später zu bitten, die Lösung nachzufüllen. Er hat wahrscheinlich auch diese Flasche in Ihrem Klassenzimmer platziert und der Polizei den anonymen Hinweis gegeben.«

»Charlie? Mein ehemaliger Schüler?« Mr Quisling schüttelte den Kopf. »Das ist eine ganz schön heftige Anschuldigung, die du da machst.«

»Ich weiß, aber jemand versucht wirklich, Sie hinzuhängen. Und Sie haben Charlie die einzige Vier gegeben, die er jemals bekommen hatte. Er hat Sie seitdem auf dem Kieker.«

Officer Pike seufzte und nahm seinen Stift wieder aus der Hemdtasche. Nachdem er einmal geklickt hatte, fragte er: »Hat dieser Charlie auch einen Nachnamen? Ist er noch hier?«

»Ich erinnere mich an Charlie«, sagte Mr Quisling ruhig. »Er war kein wütendes oder bösartiges Kind. Er war aber auch kein motivierter Schüler – deshalb hat er damals auch eine Vier bekommen. Er hat sich nie um seine Hausaufgaben gekümmert. Ich kann mir nicht vorstellen, dass Charlie sich die Zeit nehmen und die Initiative aufbringen würde, das zu tun, was du ihm vorwirfst.«

»Unterschätzen Sie nicht einen verärgerten Schüler«, sagte Mr Sloan. Er hatte seine Hände auf die Schultern von Emily und James gelegt. »Wir müssen die Polizei jetzt ihre Arbeit machen lassen.« Er zog die beiden sanft in den Gang zurück. Zu den Polizisten sagte er: »Sie musste vor Kurzem ein Feuer in einem Buchladen mit ansehen. Sehr traumatisch, wie Sie sich sicher vorstellen können. Die heutigen Ereignisse haben wahrscheinlich die starken Emotionen wieder hervorgerufen.«

Emily kochte vor Wut, als sie das hörte. Zuerst dachte sie, es sei, weil er ihre Bedenken als eine Art Hysterie abtat, und sie es satthatte, nicht ernst genommen zu werden. Doch dann sackte sein Kommentar und es ratterte in ihr.

Sie entzog sich seinem Griff, um ihm ins Gesicht zu sehen. »Woher wissen Sie, dass ich am Tag des Feuers in Hollisters Laden war?«

Mr Sloan lachte kurz auf. »Emily, jetzt komm schon. Du hast davon erzählt.«

Emily schüttelte den Kopf. »Ich erinnere mich jetzt wieder, dass Sie beim ersten Treffen des Ballkomitees nach dem Feuer gesagt haben, dass es Ihnen leidtut, dass ich dort war, als es passiert ist. Aber ich habe Ihnen nie davon erzählt, dass ich dort arbeite. Nur wenige Leute wissen, dass ich am Samstagvormittag bei Hollister ausgeholfen habe.«

»Das Feuer war in den Nachrichten«, sagte Mr Sloan.

»Aber Emily nicht«, wies James ihn zurecht.

Emily brachte den Mut auf, die anderen Menschen im Raum anzusehen. Mr Quisling betrachtete den Aushilfslehrer, als wäre er ein Gemälde im Museum. Die Polizisten waren aufmerksam wie zwei Katzen, die eine Maus beobachten.

Mr Sloan setzte ein falsches Lächeln auf und sprach ganz langsam. »Das Feuer war vor Wochen, Emily. Da spricht sich so etwas in der Schule herum. Und habe ich euch zwei nicht auf Hollisters Buchparty gesehen? Vielleicht habe ich dort erfahren, dass du deine Samstage im Laden verbringst.«

»Die Party hat stattgefunden, bevor sie angefangen hat, im Laden zu helfen«, betonte James.

Emilys Blick verschwamm und sie war wieder in Hollisters Baumhaus am Morgen des Feuers, als sie die Türglöckchen wieder und wieder klingeln hörte. Als Mr Quisling den *Tom Sawyer* gefunden hatte und gegangen war, konnte Charlie rausgerannt sein, um »die Parkuhr zu füttern«, wie er behauptet hatte, und Emily war somit alleine im Laden gewesen. Wenn Mr Sloan dann hereingekommen war, hatte er annehmen können, der Laden sei leer, als er das Feuer legte. Als er sie dann nach Charlie rufen gehört hatte, erkannte er, dass er sich getäuscht hatte, oder vielleicht hatte er hinterher irgendwo draußen gewartet und gesehen, wie sie auf den Gehweg gerannt war.

»Sie sind Coolbrith.« Emily warf ihm die Worte kühn entgegen in der Hoffnung, selbstsicherer zu klingen als sie es war.

Mr Sloan lachte. »Ich weiß nicht einmal, wovon du sprichst. Was soll das denn überhaupt heißen – *Ich bin Coolbrith?*«

Emily drehte sich zu Mr Quisling. Ihr Lehrer war weit davon entfernt zu lachen, aber sie konnte nicht erkennen, ob sein finsterer Blick ihr galt oder ob ihre Theorie langsam Sinn ergab. Sie machte einen Vorstoß, um ihr Anliegen hervorzubringen, bevor die Polizisten an dem, was sie sagte, das Interesse verloren.

»Warum haben Sie die Nebelmaschine aufgefüllt, Mr Quisling?«, fragte Emily. Dies schien ihr eine wichtige Frage zu sein. »Charlie hat sie zusammen mit seiner DJ-Ausrüstung mitgebracht. Warum hat er sie nicht einfach selbst aufgefüllt?«

»Vivian hat Charlie gesagt, er soll mit der Musik zum Tanzen und den Spezialeffekten bis nach dem Spiel warten«, mischte sich James ein. »Daher konnte er es vielleicht nicht selbst machen, während er mit der Musik beschäftigt war. Vielleicht musste er deshalb jemanden bitten.«

»Charlie hat tatsächlich jemand anderen gefragt«, erwiderte Mr Quisling. Er war ruhig, aber oberflächlich ruhig, wie ein Teekessel, bevor das kochende Wasser im Inneren ihn zum Pfeifen bringt. »Stimmt's, Harry? Aber du warst zu beschäftigt mit dem Büfett – jedenfalls hast du mir das gesagt, als du mich gefragt hast, ob ich die Nebellösung aus dem Pausenraum holen und die Maschine für den DJ anwerfen könnte.«

Mr Sloan rollte mit den Augen. »Lass dir doch von diesen Kindern nichts einreden, Brian. Es war ein langer, stressiger Abend. Ich glaube, du bringst da was durcheinander.«

Mr Quisling trat einen Schritt näher und die beiden Polizisten wirkten so konzentriert, als würden sie sich darauf vorbereiten, die beiden Männer zu trennen, wenn es nötig werden würde.

»Jetzt erinnere ich mich wieder an dich«, sagte Mr Quisling. »Es ist über dreißig Jahre her, aber die Erinnerung kommt zurück. Damals hast du dich nicht Harry genannt. Als wir zusammengearbeitet haben, warst du Harvard Sloan, dieser seltsame Freund von Miranda.«

Mr Sloan schnaubte aus. »Jetzt erinnerst du dich plötzlich an mich? Natürlich tust du das erst jetzt, wenn es dir in den Kram passt. Letzten September beim literarischen Labyrinth konntest du dich nicht erinnern. Du konntest kaum eine Sekunde aufbringen, um mit mir zu sprechen, so großkotzig warst du über deinen Sieg. Aber ich habe mich an dich erinnert. Es ist schwer, jemanden zu vergessen, der dein Leben ruiniert hat.«

»Aber ich habe dein Leben nicht ruiniert«, erwiderte Mr Quisling.

Mr Sloan brach in schallendes Gelächter aus. »Ach, wirklich nicht? Ich vergaß, du bist ja auch ein Experte meines Lebens, obwohl du dich bis vor fünf Sekunden nicht an mich erinnern konntest.«

»Wenn du mit ›mein Leben ruiniert‹ meinst, dass du von der Hamlet High School gefeuert wurdest, dann war das sicher nicht meine Schuld.«

Mr Sloan schüttelte angewidert den Kopf. »Ich habe noch nie jemanden getroffen, der so arrogant ist. So egozentrisch.«

Die zwei Polizisten tauschten einen Blick aus und Officer Pike trat einen Schritt nach vorne. »Herrschaften …«, begann er, aber Mr Sloan ignorierte ihn.

»Eines meiner Chemie-Experimente ging schief und du musstest gleich zum Direktor rennen und mich melden.«

»Du hast einen Feuerball quer durch den Raum geschossen«, sagte Mr Quisling ruhig.

»Unabsichtlich. Es war mein erstes Jahr als Lehrer. Niemand wurde verletzt. Aber du konntest es ja nicht abwarten, mich loszuwerden. Du wusstest, es war nur eine Frage der Zeit, bis ich deinen Job übernehmen würde und deine Freundin dazu. Du hast dafür gesorgt, dass ich gefeuert wurde, und das hat eine Kettenreaktion ausgelöst, die mein Leben ruiniert hat. Aber weißt du was?« Mr Sloan beugte sich dicht an Mr Quisling heran und während er zischend weitersprach, flog Spucke von seinen Lippen. »Ich. Bin. Der. Phoenix. Ich steige immer wieder aus der Asche auf.«

»Das reicht.« Officer Pike trat zwischen die beiden Männer. Er legte eine Hand fest auf Mr Sloans Schulter. »Ich muss Sie bitten, mit meiner Partnerin mitzugehen, während wir das hier zu Ende bringen.«

Der Aushilfslehrer kniff den Mund zusammen und ließ es zu, dass man ihn aus dem Raum abführte.

43

Zwanzig Minuten später ging auch Officer Pike, nachdem er den Bericht von Mr Quisling beendet und die Aussagen von Emily und James aufgenommen hatte.

»Dann ist Mr Sloan also der Brandstifter?«, fragte James. »Er hat all das veranstaltet, um sich an Ihnen wegen etwas zu rächen, was dreißig Jahre her ist?«

»So sieht es wohl aus.« Mr Quisling seufzte schwer und ließ sich auf seinen Stuhl fallen, wo er den Kragen seines Hemds aufknöpfte. »Was für eine Verschwendung von Talent.«

»Ich hätte ja fast Mitleid mit ihm, wenn ich nicht so wütend darüber wäre, was er Ihnen und Hollister angetan hat«, sagte Emily. »Es ist traurig. Eine wirklich lange Zeit, um so nachtragend zu sein. Das sind mehr Jahre als ich am Leben bin.«

»Mehr Jahre als du und ich zusammen«, fügte James nachdenklich hinzu.

»Okay, okay.« Mr Quisling hielt die Hände hoch. »Ich habe es verstanden: Ich bin alt.« Ihr Lehrer zeigte ein kleines Lächeln. »Ich hätte es besser wissen müssen, als ich mich in diese Quest hineinziehen lassen habe. Aber es ist so – nun, mir fällt es schwer, eine Herausforderung sein zu lassen.«

Emily nickte. Das konnte sie nachvollziehen.

»Ehrlich gesagt dachte ich zuerst, Coolbrith sei mein Sohn, Robbie. Der Titel der Quest ›Der alten Zeiten wegen‹

klang wie ein Wink an die Zeit, als er und ich immer zusammen das Spiel gespielt haben. Aber dann, nachdem ich die erste und zweite Ausgabe von *Tom Sawyer* gefunden hatte, schien es klar, dass Coolbrith jemand war, der meine alte Faszination für den Unlösbaren Code kannte. Ich hatte zwar mit Robbie schon mal darüber gesprochen und ihn sogar, als er jünger war und Rätsel und die Bücherjagd so sehr mochte, mitgenommen, um den Code in der Bibliothek anzusehen. Trotzdem schien es mir seltsam, dass er es sein sollte. Egal, jedenfalls habe ich nicht zu viele Gedanken daran verschwendet, denn es schien ein unbeschwertes Spiel zu sein. Als die Buch-Chiffre im zweiten *Tom Sawyer* eine Karte erwähnte, dachte ich sofort an meine alte Freundin Miranda. Ina Coolbrith war ihre Lieblingsdichterin. Mr Sloan selbst hatte ich völlig aus dem Sinn verloren. Als er vergangenes Jahr immer wieder bei Bücherjagd-Veranstaltungen auftauchte, schien er mir vage bekannt, aber ich nahm an, das käme von der Bücherjagd-Verbindung. Ich hatte schon lange vergessen, woher ich ihn wirklich kannte. Er war ein Freund von Miranda, an den ich mich kaum erinnerte. Ein kleines Fleckchen auf meinem Lebensradar. Aber anscheinend war ich auf seinem nicht nur ein kleines Fleckchen.«

»Nehmen Sie sich das nicht zu Herzen, Mr Quisling«, sagte James. »Mr Sloan ließ Sie die ganze Zeit im Glauben, dass er jemand war, der ein harmloses Spiel mit ihnen spielte. Jemand, der Ihr Interesse am Unlösbaren Code wieder wecken wollte.«

»Ich glaube nicht einmal, dass es Mr Sloan überhaupt um den Unlösbaren Code ging«, sagte Emily nachdenklich.

»Nein, das denke ich auch«, stimmte Mr Quisling ihr zu. »Er hat ihn benutzt, weil er wusste, dass er damit meine Aufmerksamkeit bekommen würde. Vor allem, wenn ich glaubte, die Nachrichten kämen von Miranda.« Mr Quisling errötete. »Egal. Es wird spät. Habt ihr eigentlich schon eure Eltern angerufen?«

Eltern! Emily und James sahen sich erschrocken an. In ihrer Eile und Sorge über Mr Quisling hatten sie total vergessen, ihren Eltern Bescheid zu sagen. Nachdem die Aula evakuiert worden war, hatte die Schulleitung automatisierte Textnachrichten an die Familien der am Ball teilnehmenden Schüler geschickt. Sollten ihre Eltern sie draußen suchen, waren sie bestimmt schon in größter Sorge. Emily und James eilten mit Mr Quisling durch die dunklen Gänge zum Haupteingang.

»Meine Mom und meine Oma machen heute Abend das Catering für ein Valentinstags-Dinner«, sagte James. »Sie haben die Nachricht wahrscheinlich noch nicht mal gesehen.«

»Aber dein Vater vielleicht«, sagte Mr Quisling, der leicht außer Atem war.

»Er ist auf Geschäftsreise. Mal wieder.«

Der bittere Ton in seiner Stimme ließ Emily an Mr Sloan und seinen jahrzehntelangen Groll denken. War es das, was mit ihm passiert war? Ein Tropfen Bitterkeit zu einem bestimmten Zeitpunkt, der im Laufe der Zeit immer wieder hochstieg, bis es irgendwann zu einer Krise kam?

Emily war sich nicht sicher, ob ihre Eltern die Nachricht überhaupt gesehen hatten. Sie checkten ihre Telefone nicht so oft oder hatten den Klingelton für Nachrichten oft nicht an, weil sie keine elektronischen Störungen mochten. Es konnte sein, dass sie zu Hause waren in der Annahme, dass alles gut war und Emily sich noch in der Schule befand, um nach der Veranstaltung beim Aufräumen zu helfen.

Sie stießen die Tür nach draußen auf und sahen, dass sich im Vergleich zu vorhin der Tumult um einiges gelegt hatte. Das Feuerwehrauto stand noch mit laufendem Motor da, aber der Krankenwagen war weg. Ein Polizeiwagen war auch noch da – Emily vermutete, dass Officer Pike und seine Partnerin noch im Schulgebäude mit Mr Sloan sprachen. Viele Schüler waren gegangen oder abgeholt worden. Wenn man von der Treppe auf die Rasenfläche vor der Schule schaute und die Gruppe von verbliebenen Schülern und Lehrern mit Abraham-Lincoln-Hüten, George-Washington-Perücken und hinterhergezogenen Ballons sah, dann wirkte das Bild wie ein nächtliches Picknick und nicht wie die Nachwirkungen einer Brand-Evakuierung.

Emily sah Sal, den Minivan ihrer Familie, bevor sie bemerkte, dass ihr Vater mit dem Direktor davorstand. Beide ließen ihre Blicke über die Menge schweifen, der Direktor hatte ein Handy am Ohr.

»Dad!«, rief Emily und winkte.

Mr Crane drehte den Kopf ruckartig zum Eingang der Schule um und ein Lächeln überzog sein Gesicht. Direktor Montoya ließ die Schultern mit einem übertriebenen Seufzer fallen.

»James!«, rief eine Stimme. Während Emily die Stufen hinunter rannte, sah sie, wie James' Vater aus einem Kombi stieg und winkte.

»Dad?«, rief James. »Was machst du denn hier?«

Emily und James kamen zur gleichen Zeit bei ihren Vätern an. Emily hörte Mr Lee sagen: »Ich bin extra einen Tag früher zurückgekommen.« James schlang die Arme um seinen Vater und vergrub seinen Kopf in seiner Brust. Mr Lee lachte leise, dann hob er eine Hand und streichelte zögerlich James' Haare, wobei er Steve hinunterdrückte.

Mr Crane legte einen Arm um Emily und drückte sie fest an seine Seite. »Was um alles in der Welt ist denn passiert?«, fragte er.

»Eine Nebelmaschine hat Feuer gefangen.« Sie wollte noch nicht mit der Erklärung anfangen, dass Mr Sloan ein Serienbrandstifter war. Sie wusste, dass sie später ihrer Mutter alles noch einmal erzählen und dann wahrscheinlich auch noch mal für Matthew wiederholen musste, der die Geschichte sicherlich auch hören wollte. Plötzlich wurde ihr bewusst, wie müde sie war, und im Moment war alles was sie wollte, sich mit einem Buch auf ihrem Bett zusammenzurollen.

»Ach, bevor ich es vergesse, Emily«, sagte ihr Vater, »jemand hat heute Abend für dich angerufen. Eine Dame aus der öffentlichen Bibliothek?« Seine Augenbrauen waren wie Fragezeichen.

»Ms Linden!« Emily klatschte in die Hände. Sie hatte vergessen, dass sie ihr eine Nachricht hinterlassen hatte.

»Ja, Linden. So hieß sie. Ich habe sie gefragt, ob du Bücher überzogen hast, aber sie sagte nur, dass sie zurückrufe, um deine Fragen über Boote zu beantworten.« Ihr Vater sagte das Wort *Boote* mit einer Betonung, als hätte Ms Linden von *intergalaktischen Weltraumschweinen* gesprochen.

Emily fiel etwas ein. »Ich muss mit Mr Quisling sprechen. Warte kurz, Dad.«

Der Lehrer stand noch dort, wo sie ihn zurückgelassen hatten – auf der Eingangstreppe zum Schulgebäude, in seiner üblichen Haltung: Beine breit, Arme fest über seiner Brust gekreuzt, ein eiserner, starrer Blick (der Emily jetzt mehr wie ein »genau beobachtender Blick« vorkam) über den Platz.

»Es gibt noch etwas anderes, was wir Ihnen erzählen wollten, Mr Quisling. Etwas Gutes diesmal.«

Mr Quisling hob eine Augenbraue. »Ja?«

Emily sah sich nach James um, der mit seinem Vater zum Wagen ging. »Na ja, eigentlich sollte ich James den Vortritt lassen, es Ihnen zu erzählen. Er ist derjenige, der ihn gelöst hat.«

»Gelöst … was? Du meinst doch nicht den Unlösbaren Code?«

Emily wünschte, sie sie hätte einen Schnappschuss von Mr Quislings Gesicht machen können. Sie war vielleicht nicht diejenige gewesen, die den Code gelöst hatte, und sie hatte gelernt, dass Mr Quisling weniger rücksichtslos war, als sie ursprünglich angenommen hatte, aber es war trotzdem ein befriedigendes Gefühl, ihren Lehrer bei etwas geschlagen zu haben.

»Es wäre besser, wenn wir es Ihnen persönlich zeigen. Könnten Sie James und mich morgen Nachmittag vielleicht in der Zentralbibliothek treffen? Im sechsten Stock, in der Geschichtsabteilung?«

44

Nachdem Emily ihre Familie über die Aufregungen des Abends auf den Stand gebracht hatte, fiel sie in ihr Bett, mit dem Vorhaben, noch einige Minuten zu lesen. Doch sie schlief schnell ein und wachte mitten in der Nacht auf, mit dem Gefühl, auf die Toilette zu müssen. Sie stand auf, um ins Bad zu gehen, aber kaum hatte sie einen Schritt in den Flur gesetzt, als sie ihre Eltern im Wohnzimmer reden hörte. Ihre Mom blieb oft lange auf, um zu arbeiten, und diese Nacht musste ihr Dad ihr wohl Gesellschaft geleistet haben.

»Denkst du nicht, dass Emily sich aufregen wird?«, fragte ihr Vater.

Emily erstarrte, als sie ihren Namen hörte.

»Es ist das Richtige für unsere Familie, David. Es ist eine große Chance.«

»Ich weiß, aber es ist eine große Veränderung. Und wir haben ihr versprochen …«

Ihre Mutter unterbrach ihn: »Ich bin sicher, du wirst überrascht sein von ihr.«

Emily eilte zurück in ihr Bett, denn sie wollte nichts weiter hören. Sie wusste, worüber sie sprachen, und es hatte nichts mit dem Brand an der Schule oder Mr Quisling zu tun. Ihre Eltern hatten ihr in letzter Zeit nur eines versprochen: dass sie nicht wieder umziehen würden. Sie sollten San Francisco ihr Zuhause nennen dürfen, so lange bis Emily und Matthew entschieden, dass sie für einen weiteren Umzug bereit waren. Darauf hatten sie sich geeinigt. Und nun waren ihre Eltern drauf und dran, ihr Versprechen zu brechen.

Emily wälzte sich in ihrem Bett herum und kickte gegen ihre Bettdecke, um sie gerade zu ziehen. Ihr fiel der Streit ihrer Eltern wieder ein, in dem es um einen verlorenen Kunden ihres Vaters gegangen war und um Geld. In San Francisco zu leben war teuer. Sie hatten nur ein Jahr einkalkuliert. Aber sie hatten versprochen, dass sie nicht wieder umziehen würden.

Am nächsten Morgen sagte Emily nichts zu ihren Eltern. Sie wartete darauf, dass ihr Vater die Bombe platzen ließ, aber mit jedem Löffel Müsli, den er sich in den Mund schob, und jedem fröhlichen Kommentar über das schöne Wetter, wurde die Spannung in Emily unerträglicher.

Bis sie und James zur Bibliothek gehen konnten, um sich mit Mr Quisling zu treffen, vergrub sie sich in ihrem Zimmer und steckte ihre Nase in ein Buch. Endlich war es Zeit aufzubrechen. Während sie noch einmal nachprüfte, ob sie auch ihr Notizbuch und Stifte in ihren Rucksack gepackt hatte, kam Matthew herein und warf sich auf ihr Bett. »Mir ist langweilig. Wir könnten runter zum Strand beim Fort Mason gehen. Oder am Washington Square schauen, ob was los ist.«

»Ich kann nicht«, sagte Emily. »James und ich gehen zur Zentralbibliothek.«

»Da wo die Frau mit den grünen Haaren ist? Versucht ihr immer noch, diese alte Chiffre zu knacken?«

»Nicht versuchen. Wir haben sie schon geknackt.«

Matthew setzte sich auf. »Echt jetzt?«

»Echt jetzt«, sagte Emily und zog den Reißverschluss zu.

Ihr Vater steckte seinen Kopf in Emilys Zimmer. »Oh gut, ihr seid beide hier. Habt ihr beiden eine Minute für ein Familiengespräch? Es gibt da etwas, das eure Mom und ich mit euch besprechen müssen.«

Emily holte tief Luft, um das wieder aufsteigende Gefühl von unerträglicher Spannung zu unterdrücken.

»Geht es um gestern Abend?«, fragte Emily betont unaufgeregt, obwohl sie die Antwort bereits wusste.

»Nein, nein, nein.« Ihr Vater rieb sich mit einer Hand den Kopf und starrte ein wenig bedröppelt zu Boden. »Nur ein paar Veränderungen, die wir vielleicht machen müssen.«

Matthew stöhnte. »Ziehen wir wieder um?«

Ihr Vater sah überrascht hoch. »Ich dachte, du magst es umzuziehen?«

Matthew hob die Hände und sprach zur Decke, als würde er ein Gespräch mit James auf der anderen Seite führen. »Warum denkt jeder das? Mann, man wird ganz schön missverstanden, wenn man versucht, gelassen zu sein.«

Emily konnte nicht glauben, dass ihr Vater diesen Moment gewählt hatte, kurz bevor sie aufbrechen und etwas tun würde, worauf sie sich den ganzen Tag gefreut hatte, um seine große Ankündigung zu machen. Und sie wusste, dass ihr Vater das mit Absicht gemacht hatte. Er dachte wahrscheinlich, es sei nett von ihm, erst die schlechte Nachricht zu geben, damit die schöne Aktivität sie dann ablenken würde. Aber so würde es nicht funktionieren. Sie würde wie geplant zur Bibliothek gehen: ohne schlechte Laune. Seine Ankündigung konnte warten.

»Jetzt passt es mir gar nicht. James und ich müssen in der Bibliothek etwas für ein Schulprojekt recherchieren. Und die macht um fünf zu.«

Zu Emilys großer Erleichterung klingelte es just in diesem Moment an der Haustür. Sie schickte James ein stilles Danke für sein perfektes Timing. »Können wir später sprechen?«

Mr Crane seufzte. »Ja, das kann warten.«

Matthew sah Emily mit hochgezogener Augenbraue an, nachdem ihr Vater das Zimmer verlassen hatte.

»Seit wann ist der Unlösbare Code ein Schulprojekt?«, fragte er.

Emily deutete mit ihrem Daumen auf die Stelle, wo ihr Dad gerade noch gestanden hatte. »Ich werde mich deswegen nicht schlecht fühlen, nur weil sie uns auf eine falsche Fährte geführt haben.«

»Weißt du etwas, das ich nicht weiß?«, fragte Matthew.

»Ja«, sagte Emily und beließ es dabei. »Jedenfalls treffen James und ich uns mit Mr Quisling in der Bibliothek. Wir zeigen ihm, was wir entdeckt haben. Also ist es eine Art Schulprojekt.«

»Na ja, wenn du nicht willst, dass Mom und Dad den wahren Grund erfahren, warum du zur Bibliothek gehst, dann musst du mich wohl mitkommen lassen.«

»Wie bitte? Warum?«

Matthew zuckte mit den Schultern. »Weil mir langweilig ist. Und wenn du mich hier zurücklässt, mit nichts zu tun, dann werde ich wahrscheinlich stumpf durchs Haus laufen und irgendetwas über den Unlösbaren Code brabbeln. Und ich kann ja nicht vermeiden, dass Mom und Dad zufällig etwas mithören.«

Emily rollte mit den Augen. »Wenn du wirklich mitkommen willst, okay.«

Matthew grinste und zog sie an ihrem Pferdeschwanz, als er aufstand.

»Ich dachte schon, du fragst nie.«

45

Emily, James, Matthew, Mr Quisling und Ms Linden scharten sich alle um das Originaldokument des Unlösbaren Codes, während Emily und James abwechselnd erzählten, wie sie die Nachricht entschlüsselt hatten. Emily zeigte die Schritte in ihrem Notizbuch: Dass sie *Hoffnung* als Schlüsselchiffre benutzt hatten bis dahin, dass sie das Gittermuster mit den Buchstaben in der Reihenfolge aufgeschrieben hatten, wie sie standen, wenn man ihre Spalten von oben nach unten und von rechts nach links las.

Schließlich blätterte sie um und die finale Nachricht kam zum Vorschein:

XDRITTERBAUMOESTLICHDUCKROCK

»Na, Potzblitz«, sagte Mr Quisling und schüttelte bewundernd den Kopf. »Ihr zwei habt ja wirklich eine exzellente Beobachtungsgabe. Ich hätte nie daran gedacht, diesen braunen Fleck zu hinterfragen oder die Möglichkeit in Betracht zu ziehen, dass hier unsichtbare Tinte benutzt wurde. Viele Menschen nehmen an, dass das eine moderne Erfindung ist, und es ist ihnen nicht klar, wie lange sie schon als Hilfsmittel benutzt wird.«

»Ist es nicht auch faszinierend«, überlegte Ms Linden, »dass die meisten Leute, die über die Jahre versucht haben, den Unlösbaren Code zu entschlüsseln, einfach davon ausgegangen sind, dass der Original-Goldgräber die stereotype Karikatur eines weißen Einheimischen war?«

»Ja, genau.« Mr Quisling nickte enthusiastisch. »Es macht deutlich, wie sehr man sich selbst den Weg verbaut, wenn man sich weigert, außerhalb der vorgefassten Ansichten zu denken. Exzellente Arbeit, ihr beiden.«

»Das ist so aufregend.« Ms Linden presste ihre Hände zusammen und sagte zu Emily und James: »Ich bettle euch an, bitte lasst mich ein Teil dieses Abenteuers sein. Ich würde euch liebend gerne mit meinem Boot nach Gull Island bringen, wann immer ihr wollt. Wenn Gull Island wirklich das ist, was die Karte markiert, und nicht Yerba Buena, dann denke ich, dass die Möglichkeit, diesen Duck Rock zu identifizieren, viel größer ist, da die Insel so winzig ist. Es gibt wohl insgesamt nur fünfzehn Bäume auf Gull Island, also selbst wenn dieser Duck Rock schwer zu finden ist, könntet ihr vielleicht sogar auf die richtige Stelle treffen, wenn ihr einfach jeden der Bäume untersucht.«

Emily war so aufgeregt darüber gewesen, den beiden Erwachsenen zu zeigen, wie sie das Rätsel gelöst hatten, dass sie vorübergehend aus den Augen verloren hatte, dass am Ende dieser Wegbeschreibung ja etwas warten könnte. Etwas Wertvolles, das vielleicht die große Veränderung, mit der ihre Eltern sie und Matthew überraschen wollten, grundsätzlich infrage stellen könnte.

»Können wir jetzt gleich dorthin?«, fragte sie.

»Oh!« Ms Linden sah zu Mr Quisling, dann auf ihre Uhr.

»Na ja, ich habe in einer halben Stunde Feierabend. Wenn ihr euch mit mir in einer Stunde am Bootshafen treffen wollt, dann denke ich, könnten wir noch los. Aber natürlich brauche ich die Einwilligung eurer Eltern.«

Emily kaute auf ihrer Lippe herum. »Geben Sie uns eine Minute, um das zu besprechen?«, fragte sie und zeigte auf sich selbst, James und Matthew.

»Natürlich«, sagte Ms Linden. »Kommt einfach zu uns an den Tresen, wenn ihr bereit seid.«

»Was denkt ihr?«, fragte Emily, sobald die Erwachsenen den Raum verlassen hatten.

»Ich bin dabei«, sagte Matthew achselzuckend.

»Meine Mom mag Mr Quisling, daher wird sie wahrscheinlich zustimmen, wenn er mitkommt«, sagte James.

Emily war weniger überzeugt über die Reaktion ihrer Eltern. Sie hatten noch nicht sehr viel mit ihrem Lehrer gesprochen, da sie ja erst seit viereinhalb Monaten in San Francisco lebten. Nach dem Feuer bei Hollister und den Ereignissen des vorigen Abends war sie sich nicht so sicher, dass sie so begeistert davon wären, wenn sie mit zwei Erwachsenen, die sie kaum kannten, lossegeln würde – selbst wenn Emily versprechen würde, dass sie vertrauenswürdig sind. Sie wusste nur einen Weg, sie dazu zu bringen zuzustimmen, dass sie und Matthew gehen durften, und auch James' Mutter würde wahrscheinlich ein besseres Gefühl damit haben.

»Kann ich vielleicht mal dein Handy benutzen?«, fragte Emily Matthew.

Er gab es ihr und sie wählte die Mobilnummer ihres Vaters.

»Hey, hier ist Emily«, sagte sie, als er ranging. »Wie wäre es, wenn du und Mom jetzt gleich mit uns auf ein kleines Abenteuer gehen würdet?«

◇◇

Emilys Eltern waren überrascht über diesen spontanen Bootsausflug, aber es war einer der Vorteile, wenn man Eltern hatte, die offen für spontane Unternehmungen waren. Emily, James und Matthew gingen zunächst nach Hause, um sich etwas Wärmeres anzuziehen, bevor sie gemeinsam mit ihren Eltern zum Bootshafen aufbrachen.

Wenig später saßen sie zu siebt in Rettungswesten in einem kleinen Segelboot, das über die Bay in Richtung Gull Island schaukelte. Es war eiskalt auf dem Wasser und Emily war froh, dass sie den Rat ihrer Mutter befolgt hatte, eine Fleecejacke mitzunehmen.

Sehr zu ihrem Vergnügen stellte Emily fest, dass Mr Quisling und Ms Linden sich super verstanden. Sie hätte sie eher als Gegensätze eingestuft. Er war so streng und regelkonform und Ms Linden wirkte alles andere als das, mit ihren bunten Strähnchen und den Tattoos. Mr Quisling stellte ihr Fragen über das Segeln und die Bibliothekarin schob die Ärmel ihrer Windjacke hoch, um ihm das Tattoo zu zeigen, das sie daran erinnerte, wie sie zum ersten Mal zu den Farallon Islands gesegelt war. Mr Quisling fing an, sie nach der Bedeutung ihrer anderen Tattoos zu fragen und dann, zu Emilys großem Erstaunen, schob er sein Hosenbein hoch, um Ms Linden sein eigenes Tattoo zu zeigen, eine Kompassrose in blauer Tinte.

Während Mr Quisling und Ms Linden Freundschaft schlossen, brachten Emily und James die Cranes über den Unlösbaren Code aufs Laufende und wohin sie unterwegs waren.

»Mark Twain hatte diese Chiffre einst in seinem Besitz?«, wiederholte ihr Vater ungläubig.

Emilys Mom wandte sich an Mr Quisling. »Wie haben Sie zuerst von dieser Legende erfahren?«

»Es war 1978, ob Sie es glauben oder nicht, als ich als freiwilliger Helfer bei den Bergungsarbeiten eines Walfangschiffes geholfen habe, das man unter der Stadt begraben gefunden hatte. Der Unlösbare Code hat Verbindungen zu diesem Schiff, der *Niantic*, daher hat es für kurze Zeit das alte Rätsel wieder in die Aufmerksamkeit der Öffentlichkeit gebracht. Ich bin so weit gekommen herauszufinden, dass das Papier als Karte dienen könnte. Meine damalige Freundin und ich sind damals sogar mit einem Metalldetektor über Angel Island gewandert in der Hoffnung, Gold zu finden.« Mr Quisling schüttelte den Kopf, amüsiert über sein jüngeres Ich.

»Das haben Sie gemacht?«, fragte Emily.

Mr Quisling nickte. »Yerba Buena gehörte zu der Zeit dem Militär und es war nicht einfach, sich dort umzusehen, daher haben wir gehofft, wir würden eine glückliche Entdeckung auf Angel Island machen. Als Coolbrith sagte, es gebe neue Informationen über die Karte, dachte ich, Miranda hätte vielleicht herausgefunden, um welche Insel es sich handelte. Natürlich war die Nachricht nur ein Trick gewesen.«

Zu Emilys Eltern sagte Mr Quisling: »Mir ist klar, dass das absurd klingen muss. Ein erwachsener Mann, der sich mit Bücherjagden und Schatzsuchen beschäftigt.«

Emilys Vater winkte ab. »Uns hat man auch schon verrückt genannt, weil wir das Vorhaben verfolgen, in jedem Staat gelebt zu haben.«

»Und dank Emily wissen wir alles über das Bücherjagen«, fügte Mrs Crane hinzu.

»Und es ist nicht absurd, jedenfalls nicht, wenn es nach mir geht«, sagte Ms Linden. »Ich bin Ende vierzig, Mitglied in einem Turnier-Kniffel-Klub und verbringe meine Freizeit mit dem Ausmalen von Malbüchern. Ich urteile bestimmt nicht über jemanden, der an einer Bücherjagd-Quest teilnimmt, egal wie alt er ist. Tatsächlich finde ich, mehr Leute sollten ihren Allerwertesten hochkriegen und Quests machen.«

»Allerwertesten?«, sagte James grinsend, und Mr Quisling antwortete mit einem kehligen Lachen.

Ms Linden lächelte. »Allerwertesten. Ich habe es gesagt und dabei bleibe ich.«

Den nächsten Teil der Strecke verbrachte die Gruppe in einer gedankenverlorenen Stille und lauschte nur den Wellen, die links und rechts gegen das Boot schwappten. Ms Linden zeigte nach vorne zu einer kleinen Landerhebung, die sich rundlich aus dem Wasser hob, wie ein klumpiger Schildkrötenpanzer.

»Gull Island, direkt vor uns«, sagte sie. »Ich kann uns relativ nah heranbringen, aber dann müsst ihr das Beiboot nehmen, um zum Strand zu gelangen. Es passen nicht mehr als drei Leute ins Boot. Ich bleibe auf dem Schiff. Es ist zu viel los hier in der Gegend, als dass ich es ohne Aufsicht hierlassen könnte.«

Da Mr Quisling, Emily und James alle drei an dem Unlösbaren Code gearbeitet hatten, wurde entschieden, dass sie gehen sollten, während Emilys Eltern und Matthew Ms Linden Gesellschaft leisten würden. Matthew streckte sich mit den Händen hinter dem Kopf und der Sonne im Gesicht auf einer Bank aus und erklärte: »Das ist doch mal was.«

◇◇

Das Beiboot war ein kleines, aufblasbares Boot, das kaum genug Platz bot für Emily, James, Mr Quisling, den Metalldetektor und zwei verschieden große Schaufeln, die er mitgebracht hatte.

Sobald das Wasser seicht genug war, zogen sie das Beiboot auf den schmalen Abschnitt des Kiesstrands. Das Geschrei von Vogellockrufen übertönte die Geräusche der Bay. Ms Linden hatte nicht übertrieben als sie sagte, dass die Insel ein Rückzugsort für Vögel geworden war. Weiße Möwen watschelten am Strand umher, ein grauer Vogel zog Kreise über ihren Köpfen.

Die Insel hatte eine sanfte Erhebung, die man mühelos bis zu der platten Ebene hinaufwandern konnte. Der heikelste Teil war für Emily, sich nicht mit den Händen an den von Vogelkacke übersäten Felsen festzuhalten, während sie kletterte. Oben auf der Erhebung angekommen, konnten sie über die ganze Insel blicken. Sie war spärlich mit struppigem Gebüsch bewachsen, hier und da war ein Fels zu sehen und eine Handvoll Bäume. Von hier aus konnten sie die ganze Insel überblicken. Es würde vielleicht zehn Minuten dauern, von der einen bis zur anderen Seite zu laufen.

»Sieht einer dieser Felssteine für euch aus wie eine Ente?«, fragte Mr Quisling und sie begannen, von hier nach dort zu laufen und Felsen zu untersuchen, als würden sie Skulpturen betrachten.

»Der vielleicht?« James zeigte auf einen Felsstein, der nicht größer als ein Football war. Emily neigte den Kopf und ihr wurde klar, dass, was für den einen wie eine Ente aussah, für jemand anderen einen Hasen darstellen konnte. Das mochte so schwierig sein, wie das gleiche Bild in einer Wolkenformation zu sehen, aber wenigstens veränderten Steine nicht ihre Form.

Sie gingen eine ganze Weile herum und analysierten Felsen, während der Himmel seine Farbe zu einem wunderschönen Rosaton änderte, und Emily wusste, dass ihnen bei ihrem abendlichen Abenteuer die Zeit weglief.

»Was ist mit dem hier?«, rief Mr Quisling.

Der Fels sah aus wie eine einfache Abbildung einer Ente, die auf dem Wasser ruht und ihren Schnabel im Gefieder versteckt hat. Es gab sogar einen kleinen Felsvorsprung, der herausragte wie eine Art Schnabel.

»Ich denke, das könnte er tatsächlich sein!«, sagte Emily aufgeregt.

»In dieser Richtung ist Osten«, sagte Mr Quisling.

Emily und James rannten in die Richtung seines ausgestreckten Fingers und zählten jeden Baum ab, an dem sie vorbeikamen: »Eins … zwei … drei!«

Baum Nummer drei war mehr ein Stumpf als ein Baum. Er war nicht gefällt worden, sondern sah aus, als wäre er vor langer Zeit von einem Sturm oder einem Blitz gespalten worden. An seinem Fuß war ein Hohlraum, der fast komplett mit Vogelkacke bedeckt war.

»Eklig!«, sagte Emily.

Mr Quisling schwang den Metalldetektor in seiner Hand vor dem Baum herum. Als er ihn seitlich am Baum hochschwenkte, piepte er. Die drei erstarrten und sahen sich an. »Freut euch nicht zu früh«, warnte Mr Quisling. »Es könnte auch ein Fehlalarm sein.« Aber der Detektor piepte beständig weiter, wann immer er ihn über den Stamm zog.

»Es wirkt fast so, als wäre etwas in dem Stamm drin«, sagte James. Sie untersuchten den Hohlraum des Stamms, der ebenfalls von Vogelkacke überzogen war. »Es ist wie eine Festung aus Vogelscheiße.« James zog eine Grimasse. »Ich bin raus.«

Wenn Mr Quisling angeekelt war, dann zeigte er es zumindest nicht. Mit der Spitze einer der Schaufeln begann er vorsichtig, die weiße Kruste wegzuschaben. Nach und nach platzte sie ab und ließ sich wegstreifen, bis eine dunkle Öffnung zum Vorschein kam. Emily beugte sich hinunter und versuchte etwas zu sehen. Sie wünschte, sie hätte Matthews Handy mitgenommen, damit sie hineinleuchten konnte.

Mr Quisling steckte die Schaufel in die Öffnung und bewegte sie im Inneren hin und her, um ein Gefühl dafür zu bekommen, was sich in dem Hohlraum befand. Die Schaufel stieß mit einem dumpfen Klappern auf etwas Hartes.

Das klang nicht nach Vogelkacke.

Das klang nicht nach Bauminnereien.

»Das hat sich nach Metall angehört«, sagte James.

Als Mr Quisling jetzt eine Hand in das dunkle Loch steckte, wurde wurde Emily stellvertretend für ihn nervös. Obwohl die Öffnung mit Vogelkacke versiegelt gewesen war, konnte es doch trotzdem ein Nest für eine Schlange oder ein anderes Tier sein. Vielleicht hatte der Bewohner noch einen anderen Eingang als den, den sie durchbrochen hatten?

Aber Mr Quisling schrie nicht auf und nichts schien ihn anzugreifen. Langsam förderte eine große, rostige Blechdose zutage.

»Oh Mann«, sagte James.

»Ich hoffe wirklich, dass es das ist, was ich denke«, sagte Emily.

Mr Quisling stemmte den Deckel auf. Er griff hinein und zog eine schwarze Schale heraus. Sie war klein genug, dass sie in seine Handfläche passte, und war einfach gestaltet.

Emily hatte gewusst, dass es wohl eher unrealistisch war, eine Schatzkiste zu finden, die mit funkelnden Goldmünzen gefüllt war, aber diese schwarze Schale war schon eine ziemliche Enttäuschung.

»Das war alles?«, fragte James. »Das ist der Goldgräberschatz des Unlösbaren Codes?«

Mr Quisling zog noch einen Zettel aus der Kiste. Er faltete ihn auseinander und es kam ein Brief in chinesischen

Schriftzeichen auf der einen und primitiv geschriebenem Englisch auf der anderen Seite zum Vorschein. »Es ist schwierig, die Handschrift zu entziffern, aber es sieht aus, als würde das hier ›Wong Ming-Chung‹ heißen – das ist wahrscheinlich eine Eigentumserklärung.«

»Wissen Sie, was keinen Sinn macht?«, fragte James. »Wenn das hier Keramik ist, warum hat der Metalldetektor dann angeschlagen?«

»Es ist die Blechdose«, sagte Mr Quisling. »Es ist bekannt, dass Blech manchmal ein falsches Signal beim Goldsuchen auslöst.«

»Kann ich die Schale mal sehen?«, fragte Emily.

Sie war mattschwarz, wie eine Tafel. Emily rieb ihren Daumen an der ungleichmäßigen Seite entlang und war überrascht zu sehen, dass ein wenig der schwarzen Farbe abging. Darunter blitzte ein mattes Braun hindurch. Emily rieb weiter. Es ging noch mehr von der Farbe ab.

»Das ist wie Ruß«, sagte Emily. »Schaut, wenn man es abreibt, sieht die Schale darunter ganz anders aus.«

»Potzblitz«, sagte Mr Quisling. Er nahm die Schale und begann, sie energisch mit dem Zipfel seines Hemds abzureiben. Das Hemd wurde schnell schwarz. Und ein Fleckchen Gold schimmerte durch den Ruß hindurch.

»Wir haben das Gold gefunden«, sagte Emily, ungläubig, was sie da sah.

James juchzte. Er warf den Kopf zurück und schrie in den Himmel: »Wir haben das Gold gefunden!«

46

Als sie zurück auf dem Boot waren, hüpften Emily und James wie aufgeregte Frösche, während sie freudestrahlend erzählten, wie sie die goldene Schale aus dem hohlen Baumstumpf geholt hatten.

Ms Linden lachte. »Beruhigt euch, beruhigt euch! Ihr bringt noch das Boot zum Kentern! Das Letzte, was wir wollen ist, dass wir den Schatz auf dem Grund der Bay wiederfinden müssen.«

»Das Erste, was wir nun machen müssen«, verkündete Mr Quisling, »ist, den Besitzer der Insel zu kontaktieren. Wenn man nach dem Besitzrecht geht, dann gehört die Schale ihm.«

Emily und James, die hüpfenden Frösche, landeten mit einem Platsch.

»Sie gehört ihm?«, wiederholte James.

»Obwohl wir das Rätsel gelöst und die Schale gefunden haben?«, fügte Emily hinzu.

»Ich vermute es, aber das wird von einer Menge unterschiedlicher Faktoren abhängen. Es ist absolut möglich, dass ihr einen Finderlohn bekommen werdet. Wir werden abwarten müssen.«

Emily blinzelte ihre Tränen weg. Sie versuchte nicht zu zeigen, wie aufgebracht sie war, aber ihre Mutter bemerkte es sofort. »Was ist los, Em?«

Sie schüttelte den Kopf. »Nichts«, sagte sie. Aber dann sprudelten die Wörter nur so aus ihr heraus. »Ich weiß, worüber du diesen Morgen sprechen wolltest, Dad. San Francisco ist zu teuer und wir müssen wieder umziehen. Das hier war mein Plan, es zu verhindern.« Sie deutete auf die Schale. Sie bemühte sich verzweifelt, nicht vor allen in Tränen auszubrechen.

»Oh, Em«, sagte ihr Vater. Er wurde ganz blass. »Darum geht es doch gar nicht, worüber ich mit dir und Matthew sprechen wollte.«

»Nicht?«

Ms Linden hatte das Boot wieder in Richtung San Francisco gelenkt. Emily und ihr Dad riefen sich die Worte über den Wind hinweg zu. Matthew lehnte sich vor, um zu hören was ihr Vater ihnen zu sagen hatte.

»Was ich euch sagen wollte ist, dass ich einen Job bei der *Bayside Press* angeboten bekommen habe. Aber bevor ich ihn annehme, wollte ich sichergehen, dass ihr einverstanden seid. Ich weiß, dass Mr Griswold euch viel bedeutet, und da ihr beide in seinem Jugendberater-Team seid, dachte ich, wenn ich dort arbeite, dann wäre das so ähnlich, als würde ich Lehrer an eurer Schule werden oder so. Vielleicht würdet ihr es gar nicht so gern haben, wenn euer Dad an einem Ort wäre, der eigentlich eurer ist.«

»Ist das dein Ernst?« Emily machte einen Satz und umarmte ihren Vater. »Das wäre super, wenn du bei der *Bayside Press* arbeiten würdest! Wirst du Mr Griswold bei seinen Spielen helfen?«

Mr Crane lachte. »Nein, ich werde im eigentlichen Verlagsbereich arbeiten. Ich soll Programmleiter für die Geistes- und Sozialwissenschaftlichen Fachbücher werden.«

»Das klingt echt öde!«, rief Matthew.

Ihr Vater lachte wieder. »Ich schätze, das klingt so. Ich bin aber aufgeregt. Jahrelang war ich der Meinung, ich würde nie wieder einen Fuß in eine Festanstellung setzen wollen. Die Selbstständigkeit war für mein Leben das Richtige. Aber jetzt freue ich mich wirklich auf etwas Beständiges.«

»Und darauf, in San Francisco zu bleiben«, sagte Emily.

»Ja«, stimmte ihr Vater zu. »Und darauf, in San Francisco zu bleiben.«

◇◇

Emily saß neben ihrem Dad auf der Couch und drückte ein Kissen an ihre Brust. Eine Woche war vergangen seit ihrem Ausflug nach Gull Island und nun würde gleich ihr Gesicht auf dem Bildschirm zu sehen sein, wo sie mit der Reporterin über den Unlösbaren Code und ihren wertvollen Fund reden würde.

Emilys Mom gesellte sich zu ihnen, ihre Armreifen klirrten beim Laufen. Matthew ließ sich neben Emily auf die Couch fallen.

»Es fängt an«, sagte Emily und versteckte ihr Gesicht hinter dem Kissen, sodass nur noch ihre Augen sichtbar waren.

Ihr Vater lächelte und tätschelte ihr Bein. »Es wird toll sein, Emily. Du warst super!«

Der Nachrichtenbeitrag begann mit einem kurzen Überblick über die Geschichte des Unlösbaren Codes. »Da ist Ms Linden!«, rief Emily und deutete auf den Bildschirm. Die Aufnahmen zeigten Ms Linden, wie sie den Umschlag öffnete, in dem der Original-Code des Goldgräbers und die Karte steckten.

Nun wechselte das Bild und zeigte die Reporterin, wie sie auf Gull Island neben dem Baumstumpf stand, in dem sie den Schatz gefunden hatten. Der Wind blies ihr Haar zu einer Sturmfrisur, während sie sagte: »Dank der Gewitztheit zweier Schüler der Booker Middle School und ihres Sozialkundelehrers konnte dieses jahrhundertealte Mysterium gelöst werden und der Schatz an genau diesem Ort gehoben werden.«

Nun wurden Emily, James und Mr Quisling gezeigt, wie sie in Mr Quislings Klassenzimmer von der Reporterin interviewt wurden.

»Habt ihr gedacht, dass ihr wirklich einen Schatz finden würdet?«, fragte die Reporterin Emily und James.

James antwortete: »Es war ähnlich, als würde ich mir ausmalen, in einer Rakete zu fliegen oder gegen Zombies zu kämpfen. Sie wissen schon – man stellt sich etwas vor, glaubt aber nicht, dass es wirklich passieren könnte.«

»Und als ihr den Schatz dann gehoben hattet, wie fühlte sich das an, Emily?«, fragte die Reporterin.

»Es war erst mal aufregend, dass wir überhaupt etwas gefunden hatten …«

James warf ein: »Ehrlich gesagt war es vor allem ziemlich eklig, wegen der ganzen Vogelkacke.«

Emily lachte. »Das stimmt allerdings. Und dann, als wir die Schale gefunden hatten, war ich enttäuscht. Sie sah gar nicht aus wie Gold, daher dachte ich, das sei bloß alter Kram. Und dann waren wir aber wieder ziemlich aufgeregt, als uns klar wurde, dass es doch Gold war.«

Die Reporterin wandte sich an Mr Quisling. »Und wie fühlen Sie sich als Lehrer der beiden?«

»Unglaublich stolz. Wir haben ein historisches Mysterium gelöst und das wäre ohne die harte Arbeit und Hingabe dieser beiden Schüler nicht möglich gewesen.«

Nun wurden Bilder der gefundenen Schale eingeblendet, während die Stimme der Reporterin die Hintergründe erklärte. »Was war nun aber die bahnbrechende Entdeckung, die von diesen cleveren Kindern gemacht wurde? Ein chinesisches Symbol für Hoffnung, das mit einer Zitruslösung auf ein Papier gepinselt war. Die Säure wird braun, wenn sie erhitzt wird, und wird daher als unsichtbare Tinte genutzt. Die Entdeckung, dass sich die Karte sowohl die chinesische Sprache als auch die englische zunutze machte, hat schließlich dazu geführt, dass die Kinder das Rätsel lösen konnten.«

Der Fernsehbildschirm zeigte nun eine Frau der Chinese Historical Society, die mit der Reporterin sprach. »Es war nicht üblich bei Chinesen im San Francisco der Goldrausch-Ära, dass sie sowohl Englisch als auch Kantonesisch sprachen, aber es kam vor«, sagte die Historikerin. »Wir wissen von chinesischen Einwanderern wie Ah Quin, der ein Tagebuch auf Englisch führte, um die Sprache zu lernen. Der Goldgräber, der den Unlösbaren Code erschuf, war zweifelsohne gebildet, wahrscheinlich ein Kaufmann, der sowohl mit englischsprachigen als auch kantonesischen Bevölkerungsgruppen zu tun hatte. Der Brief ist auf das Jahr 1853 datiert und zu dieser Zeit gab es eine Menge Feindseligkeit gegenüber den chinesischen Einwanderern. Sie waren die einzige Gruppe, die eine spezielle Steuer fürs Schürfen entrichten mussten. Wenn sie sich weigerten, gab es keine rechtliche Absicherung für sie, daher konnten sie ausgeraubt oder geschlagen werden, oder es konnte ihnen sogar noch Schlimmeres widerfahren, ohne irgendwelche rechtlichen Folgen oder Schutz seitens Behörden wie der Polizei. Wegen dieses feindseligen Klimas schmolzen chinesische Goldgräber manchmal ihr Gold und formten es zu einem Alltagsgegenstand wie eben einer Schale, und dann hüllten sie diese in Ruß, um den Wert zu verbergen. Aus Gründen, die wir wohl nie erfahren werden, hat dieser Goldgräber noch einen weiteren Schritt unternommen und sein Gold versteckt, um es später wiederzuholen.«

Der Nachrichtenbeitrag endete und Emilys Vater drückte sie an sich. »Das war wunderbar!«

»Du bist ein richtiger Indiana Jones«, sagte Matthew.

Es klingelte an der Tür. »Das ist James«, sagte Emily. »Zeit, zu Hollister zu gehen.«

◇◇

Das Schaufenster von Hollisters Buchhandlung, das inzwischen ersetzt worden war, begrüßte Emily, James und

Matthew wie ein warmherziges Lächeln. Der Laden war noch nicht wiedereröffnet worden. Hollister sagte, es läge noch ein weiter Weg vor ihm, bevor das passieren würde. Aber die Schäden am Gebäude waren repariert worden und heute sollte eine Renovierungs-Party stattfinden.

In der Mitte des Raums warteten leere Bücherregale darauf, gestrichen zu werden. Jeder Zentimeter des Bodens war mit Abdeckplane ausgelegt. Ein langer Tapeziertisch war aufgestellt worden. Mr Quisling war auch zur Renovierungs-Party gekommen und legte Malerpinsel, Rollen und Abtropfschalen auf das eine Ende des Tisches, während Ms Linden am anderen Ende eine große Auswahl an Snacks und Getränken bereitstellte. Mr Griswold klebte sorgfältig das neue Fenster und die Türverkleidung mit blauem Klebeband ab. Jack bedeckte den Verkaufstresen mit Plastikfolie.

Auch Mr Griswolds Hunde waren da. Angel hatte es sich auf einem Stapel Planen gemütlich gemacht und Claus schnüffelte jeden Millimeter des Ladens ab.

»Hunde bei einer Renovierungs-Party. Das kann auch nur Gary einfallen.« Hollister schüttelte den Kopf. »Dir ist schon klar, dass sie Farbe auf ihr Fell abbekommen werden, oder?«, sagte er.

Mr Griswold winkte ab. »Sie werden schon keinen Schaden nehmen. Außerdem ist sowieso mal wieder Zeit für den Hundefriseur.«

James stellte die Plastiktüte, die er in der Hand hatte, ab und fing an, das Essen auszupacken, das seine Mutter und Großmutter ihm mitgegeben hatten. Sie hatten darauf bestanden:

gedämpfte Bananenblätter mit Klebreis und Hühnchen und frittierte Frühlingsröllchen.

Emily und James hatten auch das Ballkomitee eingeladen, und schon bald trafen alle ein. Vivian war wohl aufgeschmissen ohne ihren Ordner, daher sortierte sie die Malerutensilien neu, die Mr Quisling zurechtgelegt hatte. Kevin und Devin gingen schnurstracks auf die Hunde zu. Claus spielte begeistert Fangen mit den beiden Jungs und einem zusammengeknüllten Handtuch. Maddie und Nisha lachten, als sie sahen, dass sie beide ähnliche Gerichte mitgebracht hatten. Maddie hatte Empanadas mit Rindfleisch und Käse dabei und Nisha Samosas mit Curryhuhn und Erbsen.

Charlie war nicht dabei. Hollister hatte ihn gefeuert. Er hatte zwar nicht das Feuer gelegt, wie Emily vermutet hatte, aber er hatte wegen der Parkuhr gelogen und wie sich herausgestellt hatte, war das nicht die einzige Lüge gewesen. Hollister hatte ihn eingestellt, weil Charlie behauptet hatte, dass er Experte in Programmierung und Web-Entwicklung sei, aber in Wirklichkeit hatte er erst kürzlich angefangen, HTML zu lernen. Der Grund, warum er am Tag des Feuers den Laden verlassen hatte, war, dass er nicht gewusst hatte, wie er eine bestimmte Sache auf Hollisters Website reparieren konnte, und in einem Ratgeber nachschauen musste, den er im Wagen vergessen hatte.

»Er hatte erst mit HTML angefangen? Das ist die Grundlage für alles! Und er hat behauptet, er sei ein Experte?«, fragte James, erstaunt, dass jemand so schamlos lügen konnte. »Konnte er wenigstens JavaScript?«

»Es scheint, als würde Charlie von allem etwas verstehen, aber ein Meister in nichts sein«, seufzte Hollister. »Aber auch ohne die Lügen hätte ich ihm gekündigt. Eine Minderjährige alleine und unbeaufsichtigt im Laden zu lassen, ist beim besten Willen keine verantwortungsbewusste Entscheidung.«

Obwohl Charlie kein guter Angestellter für Hollister gewesen war, trug Emily ein kleines Schuldgefühl in sich, dass sie ihn vor der Polizei als Brandstifter beschuldigt hatte. Wenn sie nicht die wahre Geschichte über Mr Sloan herausgefunden hätten, dann hätten ihre Worte einem unschuldigen Menschen jede Menge Ärger einhandeln können.

Hollister sah sich in seinem leeren Laden um. »Dieser kleine Laden ist bereit für ein neues Kapitel. Ich will, dass es ein fröhliches wird. Orangefarbene Wände, weiße Bücherregale – ich denke, das wird schön aussehen.«

»Es wird super aussehen«, sagte Jack.

»Als würde man sich in einem Solero-Eis befinden«, sagte Matthew und alle mussten lachen.

»Ja«, sagte Mr Griswold. »Und wer wollte nicht schon mal in einem Eis am Stiel nach Büchern stöbern? Ich kann mir vorstellen, das ist der Traum eines jeden Bibliophilen.«

Emily begutachtete den sonnig orangefarbenen Farbtestfleck an der Wand. »Ich mag die Farbe, die du ausgesucht hast, Hollister. Vielleicht streiche ich mein Zimmer in der gleichen Farbe.«

»Wo wir gerade davon sprechen.« James klappte den Deckel der Kühltruhe auf, die sie mitgebracht hatten. Darin befanden sich haufenweise It's-Its. »Wir haben einen Teil unseres Schatzgelds zusammengelegt, um uns die hier für unsere Renovierungs-Party zu gönnen.«

»It's-Its!« Hollister klatschte begeistert in die Hände. »Ich hab seit Jahren keins mehr gegessen. Habt ihr Minze?« Er wühlte sich durch die in Plastikfolie verpackten Eissandwiches. »Oh, tatsächlich!« Triumphierend hob er sein Eis hoch und führte einen kleinen Tanz auf, was Claus in Begeisterung versetzte.

»Claus«, sagte Mr Griswold streng. Als der Hund an seine Seite trottete, beugte er sich zu seinem Ohr hinunter und flüsterte laut: »Keine Sorge, ich teile etwas von meinem mit dir und Angel.«

Nachdem sich jeder eine Eissorte ausgesucht hatte, wandte sich Mr Quisling an Emily und James. »Ihr habt uns also It's-Its spendiert. Was für Pläne habt ihr sonst noch mit eurem Belohnungsgeld?«

Als sie von Gull Island zurückgekehrt waren, hatte Mr Quisling die gefundene Schale der Polizei übergeben. Da sie das Gold auf Privatbesitz gefunden hatten, musste der Eigentümer von Gull Island erst einmal informiert werden, bevor irgendetwas anderes passieren konnte. Es stellte sich heraus, dass er von der ganzen Geschichte so begeistert war, dass er die Schale der Chinese Historical Society gespendet hatte, und sowohl Emily als auch James jeweils einen Finderlohn von zehntausend Dollar ausgezahlt hatte. Und nachdem Emilys Eltern durch Mr Cranes neuen Job nicht mehr in Geldsorgen waren, hatten sie darauf bestanden, dass sie ihren Anteil behielt. Auch James' Vater hatte abgelehnt, als James ihm das Geld angeboten hatte, und stattdessen versprochen, seine Geschäftsreisen zu reduzieren. Daher hatten Emily und James einen Alternativplan geschmiedet und konnten es kaum erwarten, ihn zu verkünden.

»Wenn Sie so fragen …« James sah zu Emily und sie nickte ihm aufmunternd zu, damit er weitersprach. »Wir würden das Geld gerne Ihnen geben, Hollister. Um Ihnen damit zu helfen, den Laden wieder auf die Beine zu stellen.«

Hollister war gerade dabei, von seinem Sandwich abzubeißen. Vor Überraschung verschluckte er sich und presste sich schnell eine Serviette vor den Mund. Er tat so, als würde er in Ohnmacht fallen und taumelte leicht zurück, dann lachte er, als alle Anwesenden klatschten und James' Bekanntgabe bejubelten.

»Ihr zwei.« Hollister legte einen Arm um die beiden und drückte sie fest an sich. »Ihr beide seid einfach unglaublich. Das ist ein sehr großzügiges Angebot, aber ich werde es ablehnen.«

»Was?« Emily riss sich vor Überraschung los. »Warum?«

»Das ist eure Belohnung. Ihr beide habt euch das Geld verdient und ihr solltet euch etwas Besonderes gönnen. Und dann den Rest fürs College beiseitelegen. Die Tatsache, dass ihr überhaupt darüber nachgedacht habt, mir das Geld zu geben, ist an sich schon ein Geschenk für mich.«

»Aber …« Emily schaute sich um, auf die Abdeckplanen und die zusammengeschobenen Bücherregale. »Und Ihr Laden?«

»Mein Laden und ich werden das schon schaffen, keine Sorge. Tatsächlich habe ich selbst auch schon einen Plan geschmiedet, mit großer Hilfe meines alten Partners.« Hollister nickte Mr Griswold zu und sagte: »Warum übernimmst du nicht die Ehre und bringst die Runde auf den neuesten Stand, Gary?«

Mr Griswold grinste. »Ich dachte schon, du würdest nie fragen.« Er hob sein It's-It. »Ich möchte einen Toast aussprechen. Auf Hollister und die großartige Zukunft, die sein Buchladen mit Sicherheit haben wird. Und auf diese jungen Leute für ihre Großzügigkeit, heute hier zu sein. Wie ihr wisst, war ich sehr beeindruckt von eurem Einfallsreichtum bei dem Spiel, das ihr für den Schulball letztes Wochenende organisiert habt. Es war inspirierend.«

Mr Griswold sah einen Moment lang zu Boden und räusperte sich. »In Wahrheit habe ich mich nicht mehr wie ich selbst gefühlt, seit ich letzten Herbst angegriffen wurde. Nachdem ich euer Spiel beobachtet hatte, wurde ich daran erinnert, dass die Energie, die wir in die Welt geben, ansteckend ist. Der Effekt breitet sich langsam aus, ob man nun Angst oder Freude schürt, Grausamkeit oder Menschenliebe. Ihr habt das Lachen eurer Klassenkameraden während des Spiels gehört – die positive Energie, die ihr erzeugt habt, war greifbar in dieser Turnhalle.

Ihr habt mich inspiriert. Ich bin mit einer neuen Idee nach Hause geeilt und habe sofort Hollister angerufen und jetzt, ohne weiter um den heißen Brei herumzureden, möchte ich mein nächstes großes Spiel ankündigen.«

Im Laden war es still geworden bis auf die leise Jazzmusik, die im Hintergrund Mr Griswolds Worte untermalte, aber bei der Erwähnung eines neuen Spiels fingen alle gleichzeitig an zu reden – sogar Jack, der von diesen Neuigkeiten genauso überrascht schien wie alle anderen.

»Was ist es?«

»Wie wird die Veranstaltung aussehen?«

»Ein neues Spiel?«

Claus setzte sich auf und bellte dreimal gellend, woraufhin alle in Gelächter ausbrachen.

Als wieder Stille im Raum einkehrte, fragte Mr Griswold: »Habt ihr schon einmal von einem *Escape Room* gehört?« Als niemand sich zu Wort meldete, erklärte er: »Die Teilnehmer werden in einem Raum eingeschlossen und müssen zusammenarbeiten, um eine Reihe von Rätseln zu lösen, damit sie entkommen können, bevor die Zeit um ist.«

»Das klingt, als würde es Spaß machen«, sagte Emily.

»Tut es auch, und ich habe beschlossen, eine Veranstaltung an dem ultimativen Ort in San Francisco für einen Escape Room zu organisieren.«

»Und wo ist das?«, fragte James.

»Alcatraz«, sagte Mr Griswold.

»*Alcatraz*-Alcatraz?«, fragte James. »Das alte Gefängnis auf der Insel?«

»Genau das.«

Hollister pfiff und schüttelte den Kopf. »Ich habe ihm ja gesagt, er sei verrückt, als er mir die Idee vorgestellt hat, aber für Gary ist das Beste gerade gut genug.«

»Die Veranstaltung wird heißen …«, Mr Griswold strich mit der Hand durch die Luft, als würde er ein Banner aufrollen, »… Unlock the Rock«.

»Cool!«, sagten Kevin und Devin gleichzeitig. »Dürfen wir auch kommen?«

»Natürlich! Ich werde auch einige der Top-Bücherjagd-Teilnehmer aus dem ganzen Land einladen und der Rest der Tickets wird versteigert – als Spendenaktion, um Hollisters Buchladen wieder auf Vordermann zu bringen. Was sagt ihr? Seid ihr mit dabei?«

Die Gruppe brach in Jubel aus. Emily und James stießen mit ihren It's-Its an, dann mit Nisha und Vivian.

Maddie lehnte sich vor. »Glaubt ja nicht, ihr hättet einen Vorteil mir gegenüber, nur weil ihr eine Goldschale gefunden habt«, sagte sie, aber sie lächelte dabei.

»Wie wäre es, wenn wir einmal im gleichen Team arbeiten würden?«, entgegnete Emily.

»Und was für ein Spaß wäre das?«

Sie stießen mit ihren It's-Its an und fielen mit ein, als Devin und Kevin anfingen zu skandieren: »Unlock the Rock! Unlock the Rock!« Alle fielen mit ein, außer Mr Quisling, der mal wieder mit über der Brust gekreuzten Armen dastand, aber trotzdem amüsiert aussah. Neben ihm stand Ms Linden und wippte im Takt auf und ab. Sie stieß spielerisch ihre Hüfte gegen seine und Mr Quisling grinste und wackelte mit einem Finger, als sei er ein wehendes Fähnchen.

Emily konnte sich nicht daran erinnern, wann sie sich schon einmal so leicht und glücklich gefühlt hatte. Als sie vor vielen Monaten zum ersten Mal Hollisters Laden betreten hatte, war sie sich nicht einmal sicher gewesen, ob sie James schon als Freund zählen konnte, so neu war alles gewesen. Mr Quisling und Maddie waren damals so einschüchternd gewesen. Mr Griswold existierte nur im Internet und in ihrer Vorstellung. Emily hätte nicht gedacht, dass sie jemals wissen würde, wie es sich anfühlt, an einen Ort oder zu einer Gruppe von Menschen zu gehören, die nicht ihre Familie waren. Und dann, innerhalb einiger Monate, war sie nicht nur von Freunden umgeben, sondern auch von einer Gemeinschaft. Sie wollte dieses Gefühl nie wieder missen. Sie dachte darüber nach, was Mr Griswold gesagt hatte, wie wichtig es war, positive Momente zu schaffen und Wohlwollen zu verbreiten. Sie fragte sich, ob ihr Glücksgefühl für immer bleiben würde, wenn sie es schaffen würde, dies zu tun.

Es bestand Hoffnung.

ANMERKUNG DER AUTORIN

Der Unlösbare Code ist ein fiktives Werk; dennoch habe ich mich von historischen Ereignissen und Figuren inspirieren lassen. Hier sind einige Fakten hinter der Fiktion.

MARK TWAIN, TOM SAWYER UND DER UNLÖSBARE CODE

Die Legende des Unlösbaren Codes ist vollkommen frei erfunden, aber Mark Twain lebte wirklich in der Zeit von 1864 bis 1866 in San Francisco. Er war damals unter seinem Geburtsnamen, Samuel Clemens, bekannt und arbeitete als Reporter für den *Morning Call*. Während dieser Zeit schrieb er die Kurzgeschichte, die seine literarische Karriere ins Rollen brachte, *Der berühmte Springfrosch von Calaveras*, und veröffentlichte sie unter seinem jetzt berühmten Künstlernamen Mark Twain.

Der Transamerica Redwood Park, wohin Emily und James Mr Quisling verfolgen, ist ein realer Ort, den man in San Francisco besichtigen kann, und er ist auch unter dem Namen Mark Twain Plaza bekannt. Der Brunnen, den Mr Quisling umkreist, ist mit Skulpturen von springenden Fröschen versehen, als Würdigung von Twains Geschichte.

Während seiner Zeit in San Francisco traf Twain auf einen Feuerwehrmann namens Tom Sawyer. Robert Graysmith hat in *Black Fire: The True Story of the Original Tom Sawyer* beschrieben, dass sich Mark Twain und Tom Sawyer an genau der Stelle trafen, wo jetzt der Redwood Park ist. Im Jahr 1864 gab es dort ein großes Gebäude, das unter dem Namen Montgomery Block bekannt war, und in dem der Bank Exchange Saloon und türkische Bäder un-

tergebracht waren, beides Orte, an denen sich Twain und Sawyer angeblich immer wieder begegneten.
Es war Sawyer selbst, der behauptete, dass Twain seinen Namen für den Helden seines späteren Kultbuches geborgt hatte. In einem Artikel, der 1895 im *Morning Call* erschienen war, wird Sawyer wie folgt zitiert:

> *[Twain] kommt auf mich zu und legt beide Hände auf meine Schultern. »Tom«, sagt er: »Ich werde ein Buch über einen Jungen schreiben und derjenige, den ich im Sinn habe, ist so ziemlich der zäheste Junge der Welt. Tom, er ist so ein Junge, wie du es gewesen sein musst. Ich denke, ich werde das Buch ›Tom Sawyer‹ nennen. Wie viele Exemplare wirst du mir abnehmen, Tom?«*

Twain hat Sawyers Behauptung nie widerlegt, aber auch nie bekräftigt. Die Frage der Wahrheit von Sawyers Bericht bleibt damit Geschichte.
In einem Interview aus dem Jahr 1898 erinnert sich Sawyer an eine Reise, die er nach Virginia City, Nevada, unternahm, um Zeit mit Mark Twain zu verbringen. In *Black Fire* schreibt Graysmith von diesem Besuch: »Sawyer hatte ein paar aufregende Nächte mit seinem Bekannten Sam und dessen Freunden. Er trank und spielte um Geld mit ihm und anderen Glücksspielern …«
Hiervon ausgehend dachte ich mir das Szenario aus, in dem Twain den Unlösbaren Code als Bezahlung von Spielschulden, die ihm zustanden, akzeptiert hatte.
Die Brände, die der Unlösbare Code der Legende nach überstanden hatte, waren tatsächlich geschichtlich belegte Brände. Der erste war das große Feuer von San Francisco im Jahre 1851, das größte in einer Reihe von Bränden, die die junge und sich schnell entwickelnde Stadt übermannte. Die *Niantic*, die auf Grund gelaufen war und

von einem Walfangschiff zu einem Geschäfts- und Handelsort umfunktioniert wurde, brannte während dieses Feuers bis zur Wasserlinie nieder. Die Überreste der *Niantic* wurden im Grund gelassen, zusammen mit den vielen anderen verbrannten Ladenschiffen, während das Hafengebiet aufgefüllt und bebaut wurde. Das Niantic Hotel wurde über den Überresten des alten Schiffs erbaut und als das Hotel im Jahr 1872 einem Brand zum Opfer fiel, wurde es als das Niantic Building wieder aufgebaut, welches dann wiederum bei dem großen Erdbeben und den darauffolgenden Bränden im Jahr 1906 zerstört wurde.
Der zweite Brand war einer, von dem Mark Twain in Virginia City hörte, als er im White House Hotel untergebracht war, kurz nachdem Tom Sawyer ihn besucht hatte. Der dritte Vorfall ereignete sich in Tom Sawyers Saloon, den er die letzten 25 Jahre seines Lebens in der Mission Street 935 betrieb. Sein Saloon wurde im Jahr 1906 bei einem Feuer zerstört und Sawyer starb etwas später im gleichen Jahr.

Der Goldrausch

Im Januar 1848 wurde im heutigen Sacramento Gold gefunden, nur Wochen, bevor Kalifornien in das riesige Gebiet integriert wurde, das den Vereinigten Staaten als Teil des Vertrags von Guadalupe Hidalgo zugesprochen wurde, um den Mexikanisch-Amerikanischen Krieg zu beenden. Der Goldrausch wurde zum internationalen Ereignis und brachte Glückssuchende aus der ganzen Welt, unter anderem aus China, Mexiko, Chile, Australien, Deutschland und Frankreich, ins Land. Innerhalb von zwei Jahren platzte San Francisco aus allen Nähten und entwickelte sich von einer kleinen Siedlung mit einer Einwohnerzahl von knapp eintausend zu einer Stadt mit zwanzigtausend Einwohnern. San Francisco war der

Haupteinreisehafen und da es zu der Zeit noch keine transkontinentale Eisenbahn gab, kamen viele Menschen mit dem Schiff an. Manchmal wurden diese Schiffe einfach zurückgelassen und die Yerba Buena Cove war voll von Schiffsbesatzungen, die auf dem Weg nach Norden zu den Goldfeldern waren. Da Baumaterialien rar und teuer waren, wurden diese Schiffe teilweise wegen der Materialien ausgeschlachtet oder an Land gebracht und zu Handels- und Geschäftsräumen umgebaut, wie es bei der *Niantic* der Fall war.

Die Yerba Buena Cove wurde nach und nach aufgefüllt und bebaut. Das Land, das direkt am Wasser lag, war am begehrtesten – sowohl wegen der Nähe zu den Schiffen, die Güter brachten, als auch, weil der Großteil der Fläche San Franciscos hügelig war und die sich neu entwickelnde Stadt vor Herausforderungen stellte.

Da es um die Aussicht auf großen Reichtum ging, herrschten während des Goldrauschs große Spannungen zwischen unterschiedlichen Ethnien vor. Als Kalifornien 1850 zum Staat wurde, erließ die Legislative die Foreign Miners Tax, was bedeutete, dass nicht amerikanische Goldschürfer eine Gebühr von zwanzig Dollar pro Monat entrichten mussten. Es herrschte eine oft gesetzlose Zeit, sodass besonders Minderheiten wenig bis gar keinen rechtlichen Schutz bekamen. Laut der offenen Sammlung der Harvard University Library, »nahmen die Chinesen die ihnen eigene Praktik an, das Gold einzuschmelzen, um Haushaltswaren wie Töpfe und andere Utensilien daraus zu machen«, um ihre Reichtümer vor Dieben zu schützen. Dieses Detail, wie auch meine Lektüre von *The Chinese in America* von Iris Chang, *Chinese San Francisco 1850-1943* von Yong Chen und die fiktive Geschichte aus der Dear-America-Reihe, *The Journal of Wong Ming-Chung* von Lawrence Yep, inspirierten meine Herkunftsgeschichte des Unlösbaren Codes.

DIE VERSCHÜTTETEN SCHIFFE VON SAN FRANCISCO

Die Ausgrabung, an der Mr Quisling im Jahr 1978 teilgenommen hat, um die *Niantic* freizulegen, ist ein Ereignis, das tatsächlich stattgefunden hat. Die Überreste des Schiffs wurden entdeckt, als Bauarbeiter eine Grube aushoben, wo ein neues Gebäude entstehen sollte. Die Bauarbeiten wurden gestoppt und das Maritime Museum wurde konsultiert, um zu sehen, was von dem alten Schiff konserviert werden konnte. Im Maritime Museum besichtigen Emily und James Teil des Hinterschiffs, ein Miniaturmodell des umgebauten Ladenschiffs während des Goldrauschs und Artefakte des Ausgrabungsprojekts des Jahres 1978. Dies sind tatsächlich existierende Ausstellungsstücke (bei Drucklegung dieses Buchs) und können besichtigt werden, obwohl die Ausstellungsstücke in Wirklichkeit auf das Maritime Museum und das Maritime National Historical Park Visitor Center verteilt sind. Zugunsten der Erzählung habe ich sie an einen Ort verlegt.
Während die *Niantic* das bekannteste Schiff ist, liegen mindestens noch weitere siebenundvierzig Schiffe aus der Goldrausch-Ära unter der Stadt San Francisco begraben.

GULL ISLAND

Gull Island ist fiktiv, aber sie wurde von Red Rock Island inspiriert, der einzigen Insel in der San Francisco Bay, die in Privatbesitz ist. (Und während ich dies schreibe, steht sie zum Verkauf!)

WAVE ORGAN

Wave Organ ist eine akustische Skulptur, die vom Exploratorium von San Francisco in Auftrag gegeben wurde. Sie liegt auf einer Mole, die aus den Überresten eines abgerissenen Friedhofs erbaut wurde.

NATRIUM UND WASSER

Bestimmte alkalische Metalle, wie Natrium und Kalium, bewirken eine explosive chemische Reaktion, wenn sie mit Wasser gemischt werden. Natrium, das Element, das der Brandstifter in meiner Geschichte benutzt, ist ein silbriges Metall, das bei Raumtemperatur weich ist und aufgrund seiner Eigenschaft, spontan zu explodieren, typischerweise in Mineralöl aufbewahrt wird. Wenn ein Klumpen Natrium in Wasser gegeben wird (was nur von geschulten Profis mit passender Schutzkleidung gemacht werden sollte), entstehen Natronlauge und Wasserstoff, was dazu führt, dass das Metall im Wasser herumschießt und sich Flammen entzünden. Du kannst auf YouTube viele Videos finden, die diese Reaktion zeigen.

DANKSAGUNG

Den *Unlösbaren Code* würde es ohne meine Lektorin und Verlegerin, Christy Ottaviano, nicht geben, die sich *Mr Griswolds Bücherjagd* als Reihe ausgemalt hatte und sie so gefördert hat, dass die heutige Geschichte entstand. Ebenfalls entscheidend ist meine Literaturagentin Ammi-Joan Paquette, die mir immer das Gefühl gibt, dass ich es schaffen kann, auch wenn ich an mir zweifle. Es ist eine Ehre und eine Freude, mit euch beiden zu arbeiten.

Diese Geschichte verdanken wir auch allen bei Macmillan, die meinen ursprünglichen Titel abgelehnt haben (und den zweiten und den dritten – habt kein Mitleid mit mir, sie waren nicht besonders gut). Ich erhielt die E-Mail mit der Frage »Könntest du uns einen anderen Vorschlag schicken?« zu exakt dem Zeitpunkt, als ich mich festgeschrieben hatte, was den Fortlauf der Geschichte betrifft. Mein Verlag wusste das natürlich nicht, aber ich brach in Panik aus und geriet ins Schwimmen, besorgt, dass ich diesen Nachfolgetitel nie auf die Reihe kriegen würde. Ich wurde gefragt, ob ich mir nicht einen Titel ausdenken könnte, der mehr Spaß macht, etwas wie *Der Unlösbare Code.* Zu diesem Zeitpunkt gab es noch gar keinen »Unlösbaren Code« in meiner Geschichte, aber ich las die E-Mail und dachte: »Heeeeey …« Und voilà! Ich durchbrach meine Schreibblockade und es lief wieder wie am Schnürchen.

Das gesamte Team bei Macmillan war phänomenal in der Zusammenarbeit. Danke an: Jessica Anderson, Starr Baer, Nicole Banholzer, Molly Brouillette, Lucy Del Priore, Katy Halata, Kathryn Little, Kallam McKay, Amanda Mustafic, John Nora, Caitlin Sweeny, Mark von Bargen, April Ward, Melissa Zar und die vielen anderen Menschen, die so hart für dieses Buch gearbeitet haben.

Danke an die folgenden Menschen, die so großzügig meine Fragen beantwortet haben, während ich alle möglichen Themen für dieses

Buch recherchiert habe: Yong Chen, Pat Cordor, June Cutter, Lisa Shah Evans, Jenni Frencham, Neal Griffen, Vanessa Harper, Ann Kodani, Adi Rule, Ryan Russo von Walk SF Tours, Elaine Vickers, Steve Wood und Laura Young-Cennamo.

Eine Umarmung und ein Dank an Tharind Bopearachchigedon, Joaquin Diaz und Morgan Rieb, drei junge *Bücherjagd*-Fans, die eine frühe Version dieses Buchs gelesen haben. Euer Feedback war sehr hilfreich und gab mir einen Selbstvertrauensschub, als ich ihn am meisten brauchte.

Meine lieben Writing Roosters – Tracy Abell, Vanessa Appleby, Claudia Mills, Laura Perdew, Jennifer Simms und Michelle Begley, die im Geiste immer bei uns sein wird –, ihr baut mich auf mit eurer Ermutigung, eurem Lachen, eurer Weisheit, konstruktiven Kritik und Freundschaft. Ich danke euch so sehr. Ich bin auch der Kinderliteratur-Gemeinde generell sehr dankbar. Diese Geschichte im Speziellen und meine geistige Gesundheit, während ich sie geschrieben habe, haben von der Beratung und dem Feedback profitiert von: Ann Bedicheck, Tara Dairman, Kari Anne Holt, Ingrid Law, Jeannie Mobley, Katherine Rothschild, Jennifer Stewart und Elaine Vickers.

Wie immer auch vielen Dank an meine Familie und Freunde, für eure Liebe und Unterstützung und dafür, dass ihr verstanden habt, dass ich mich in den letzten zwei Jahren in einer sehr hektischen Phase befunden habe.

Ein spezielles Dankeschön an meinen Ehemann Justin: die Liste der Gründe würde alleine schon ein ganzes Buch füllen. An unseren Sohn: Du warst drei und vier Jahre alt, als ich diese Geschichte geschrieben habe und ich gebe dir 201099 Umarmungen und Knutscher, weil du der beste kleine Junge bist, den eine Mama sich erhoffen könnte.

An die Buchhändler, Bibliothekare, Erzieher und andere, die sich jeden Tag für Kinderbücher einsetzen: Danke für das, was ihr tut. So viele von Ihnen haben die *Bücherjagd* angenommen und sind mit mir in Austausch getreten, was mir viel bedeutete. Das Risiko eingehend, dass ich jemanden vergesse, wofür ich mich später treten könnte, muss ich den folgenden Leuten danken, dass sie so wahnsinnig inspirierend und toll sind: Sarah Azibo, Eric Barbus, Lauren Baumgartner, Leslie Berkler, Kim Campbell, Kirsten Cappy, Jesica DeHart, Brooke Dilling, Drew Durham, Scott Fillner, Kristen Gilligan, Cressida Hanson, Brett Keniston, Sharon Levin, Angela Mann, Cheryl McKeon, Kim Parfitt, Kari Riedel, Angie Tally, Susan Tunis, Brianne Walterhouse und Susan Whited.

Zu guter Letzt an die begeisterten Fans des ersten Bands: *Vielen Dank*. Ich hatte die Gelegenheit, in den vergangenen zwei Jahren viele von euch zu treffen und mit euch zu sprechen, und diese Erfahrungen führten immer dazu, dass ich motiviert und aufgeregt zu diesem Buch zurückgekehrt bin. Ich habe versucht, euch die Ehre zu erweisen, die beste Fortsetzung zu schreiben, die ich konnte. Ich hoffe, sie hat euch gefallen.

© Joseph Jestes

JENNIFER CHAMBLISS BERTMAN schreibt Geschichten mit einer Prise Geheimnis, einem Hauch Krimi, einem Schuss Rätsel und ganz viel Humor. Ihr Debüt *Mr Griswolds Bücherjagd* wurde mehrfach ausgezeichnet und stand wochenlang auf der *New York Times*-Bestsellerliste. Jennifer Chambliss Bertman besitzt einen Master of Fine Arts in Creative Writing und hat über zehn Jahre im Verlagswesen gearbeitet, bevor sie Kinderbuchautorin wurde.

WIE ALLES BEGANN …

Mr Griswolds Bücherjagd
Das Spiel beginnt

ISBN 978-3-95854-065-1

Die Bücherjagd ist in Gefahr! Der Erfinder des Spiels – Mr Griswold – wurde überfallen und auf der Jagd nach dem verlorenen Buch kommen Emily und James einem viel größeren Geheimnis auf die Spur!

»... von der ersten bis zur letzten Seite spannend.«
Dein Spiegel

DIE BÜCHERJAGD GEHT WEITER!

Mr Griswolds Bücherjagd
Band 3
ISBN 978-3-95854-131-3

Mr Griswold ist zurück und hat mit »Unlock the Rock« ein neues Spieleabenteuer auf der Gefängnisinsel Alcatraz erschaffen. Können Emily und James die Rätsel knacken und den mysteriösen Escape Room als Erste verlassen?

Letzter Teil der raffinierten und mitreißenden *New York Times*-Bestsellertrilogie!

Copyright © Jennifer Chambliss Bertman, 2017

Originalausgabe erschienen 2017 bei
Henry Holt and Company, LLC. New York
unter dem Titel »Book Scavenger. The Unbreakable Code«

Für die deutschsprachige Ausgabe:
Mixtvision Verlag, München 2018
www.mixtvision.de
Alle Rechte vorbehalten.
Übersetzung: Elisa Martins
Umschlag- und Reihengestaltung: Yvonne Hüttig, Zürich
Umschlagillustration: © astudio (Shutterstock) /
© MSSA (Shutterstock) / © rangepuppies (iStock)
Layout und Satz: www.lenaellermann.de
Druck und Bindung: CPI books GmbH, Leck

MIXTVISION DRUCKT IN DEUTSCHLAND

MIX
Papier aus verantwortungsvollen Quellen
FSC www.fsc.org FSC® C083411

ISBN: 978-3-95854-120-7

Auch als E-Book erhältlich